KB236812

Complete Mage

컴플리트 메이지

컴플리트 메이지 12

김현우 퓨전 판타지 소설

초판 1쇄 찍은 날 § 2013년 8월 13일
초판 1쇄 펴낸 날 § 2013년 8월 19일

지은이 § 김현우
펴낸이 § 서경석

편집부장 § 권태완
편집책임 § 어정원
디자인 § 이혜정

펴낸곳 § 도서출판 청어람
등록번호 § 제1081-1-89호
등록일자 § 1999. 5. 31
어람번호 § 제1-1661호

주소 § 경기도 부천시 원미구 심곡2동 163-2 서경B/D 3F (우) 420—822
전화 § 032-656-4452 팩스 § 032-656-4453
http://www.chungeoram.com
E-mail § chungeorambook@daum.net

ⓒ 김현우, 2012

ISBN 978-89-251-3425-3 04810
ISBN 978-89-251-3009-5 (세트)

Complete Mage

컴플리트 메이지

FUSION FANTASY STORY

김현우 퓨전 판타지 소설

12

[완결]

도서출판 청어람

Contents

제1장

디멘션 소드

단 한 번의 충돌이지만 그것이 상대의 실력이 얼마나 되는지 파악할 수 있었다.

아라발라가 공작은 대륙 최강의 검사라는 칭호를 부여받았지만 그의 본 실력은 대륙 최강이라 주저없이 뽑을 만큼 압도적이지 않았다.

그럼에도 그러한 명칭으로 불릴 수 있었던 것은 그의 검이 존재하기 때문.

지금은 잊혀졌지만 전설에 조금이라도 관심있는 이라면 모르지 않는다.

오대 신검과 신에게 도전한 마도시대의 삼대 보검.

혹은 삼대 명검이라 불리는 이것은 마도시대 인간들이 신의 권위에 도전하면서 그들보다 뛰어난 검을 만들고자 했던 검을 말한다.

그 위력은 인간의 한계를 초월했으며, 모두 모은다면 인간의 몸으로 신이 될 수 있다고 하였다.

아라발라가 공작은 삼대 보검 중 하나인 레드 티어즈의 주인이었다.

그것은 사용자의 오러를 강화시켜 주는 능력을 지니고 있었는데, 그 위력은 실로 막강하여 어느 누구도 그의 검을 받아내지 못했다.

이번 리즈를 토벌함에 있어 아라발라가 공작은 자신의 실패를 추호도 예상하지 않았다.

레드 티어즈의 힘이라면 능히 그를 제압할 수 있으리라 생각한 것이다.

하지만 그것이 자신의 실수라는 걸 깨닫게 되었다. 단지 아름답다고만 생각했던 루시아가 그랜드 마스터였으며, 그의 조력자인 젊은 여인은 대마법사의 수준에 다라라 흑마법을 자유롭게 구사하고 있었다.

아닌 척했지만 방금 전 충돌은 그로서도 그리 여유롭지 못했다.

"……."

심상치 않게 돌아가는 상황에 아라발라가 공작의 표정은 딱딱하게 굳어 있었다.

"내가 어떻게 하길 원하냐?"

"이번에는 내가 구함을 받으면 좋겠군."

"후후, 그런가? 내 마음속에 남아 있는 빚이었는데 그것을 털어낼 수 있게 되었군."

입가에 미소를 띤 아스렌의 시선이 아라발라가 공작에게 향했다.

그러나 그의 시선은 정확히 들고 있는 검에 향해 있었다.

정체를 알 수 없는 검.

강자가 강자를 알아보는 것처럼 명검은 명검을 알아보는 것일까.

조금 전부디 레드 티어즈가 끊임없이 경고를 보내왔다.

저 검은 위험하다고. 절대로 정면충돌을 벌이면 안 된다고.

언제나 살기등등하여 피를 갈구하던 레드 티어즈였다.

다루기가 너무 까다로워 고생도 이만저만이 아니었던 아라발라가 공작은 처음으로 보는 레드 티어즈의 약한 모습에 고민을 했다.

결정을 굳힌 그는 아스렌에게 시선을 옮겼다.

리즈와 별 차이 없는 젊은 나이.

본신의 실력은 그랜드 마스터였지만 레드 티어즈의 힘이라면 해볼 만하다고 여겼다.

"마음을 굳혔나."

"어린 녀석이 말이 짧군."

"이런 생활을 하다 보니 어쩔 수 없더라고."

부아가 치민 아라발라가 공작은 아무 말도 하지 않은 채 곧장 기습공격을 감행했다. 공간을 스치고 지나가는 몸놀림은 그가 전력을 다하고 있음을 알려주었다.

슈악!

아스렌도 그의 검을 끝까지 응시하면서 검을 휘둘렀다. 하지만 검에 솟아난 오러가 어느 순간 기이한 각도로 휘었는데, 아라발라가 공작은 주변에서 강렬한 예기가 자신을 감싸고 들어오는 것을 느끼곤 황급히 검을 휘둘렀다.

따당! 따다다다당!

그것은 하나의 진기에 가까웠다.

몸을 비틀면서 순식간에 십여 번의 충돌을 만들어낸 눈부신 검격.

막아낸 아라발라가 공작도 대단했지만, 전혀 예상치 못한 아스렌의 공격도 상상을 초월했다.

"이건?"

"아직도 눈치를 못 챘나? 그러면 나한테 유리하겠지만."

히죽 웃은 아스렌이 공격을 감행했다.

그의 검에 푸른 오러가 뿜어져 나오면서 엿가락처럼 휘어졌는데, 아무렇지 않게 휘두를 때면 공간의 제약을 무시하며 아라발라가 공작을 공략했다.

쫘광!

언제 어디서 오러가 자신을 덮쳐 올지 모른다는 심리적 위축감에 아라발라가 공작은 미간을 찌푸렸다. 당장 달려들어 아스렌을 베어버리고 싶었지만 영문을 알 수 없는 오러의 존재는 그로 하여금 함부로 나서지 못하게 만들었다.

"큭!"

"좋아, 좋아. 그동안 그랜드 마스터와 맞설 기회가 없었는데 이것 참 좋군."

　공방이 이어질수록 아라발라가 공작의 표정은 일그러지고, 아스렌의 입가에 미소가 짙어졌다.

　한편, 둘의 대결을 지켜보는 리즈는 벙 찐 표정을 감추지 못했다.

　뜬금없이 만나게 된 아스렌의 존재도 존재였지만 자신들을 압도하던 아라발라가 공작이 형편없이 밀리는 모습에 어떻게 된 상황인지 판단이 불가능했다.

　"…대체 이게 뭐지."

　아스렌이 그토록 강한 것인가.

　자신들을 상대로 압도하던 아라발라가 공작이 고전을 면치 못하는 모습에 리즈는 머릿속이 복잡해졌다.

　"검의 능력이에요."

　"검의 능력?"

　어느새 리즈의 옆에 선 루시아의 말이었다.

　그는 검을 바라보다가 아스렌의 오러가 공간을 자유로이 넘나드는 것을 보고 그의 본 능력이 아닌 검의 능력이란 것을 알 수 있었다.

　그리고 그러한 검은 언젠가 한 번 들어본 적이 있다.

　공간을 괴리하는 검.

　공간의 제약을 과감히 무시할 수 있는 신검은 마왕을 처단한 용사의 것이라고 알려져 있다.

　"디멘션 소드!"

　"…저 검을 아시나요?"

“오대 신검 중 하나야.”

오대 신검이라는 말에 루시아가 굉장히 놀란 표정을 지었다.
전설로 전해지는 신검의 존재는 그 자체만으로 국가를 멸할 수
있다는 절대적인 존재였던 것이다.

그 반응은 사라를 통해 고스란히 전해졌다.

“오대 신검? 그게 실제로 존재하는 거였어?”

“저도 소문인 줄 알았는데 아직까지 존재하는 것이었네요.”

금탑주의 심득에는 오대 신검에 대해 자세히 서술되어 있었
는데, 그는 신검의 주인인 아이넨스와 굉장히 친한 사이라고 했
다. 디멘션 소드는 공간을 자유자재로 다루며, 그 위력은 그랜
드 마스터가 실력을 발휘했을 때 진정으로 드러난다.

아라발라가 공작을 밀어붙이는 실력은 신검의 힘이 발휘되지
않고서는 불가능했다.

“그럼 아라발라가 공작은? 저 검도 보통은 아니잖아.”

그의 실력은 이미 객관적으로 드러났다.

근소하지만 덴블로 후작보다 위에 있었고, 검술의 응용 능력
또한 뛰어났다. 하지만 그것뿐, 세 사람을 압도할 수 있을 정도
는 아니었다.

모든 비밀은 그가 들고 있는 검에 있었다.

그 정체를 모르는 사라로서는 궁금증이 커질 수밖에 없었다.

“레드 티어즈.”

“저게 레드 티어즈라고? 마도시대의 보검?”

“네, 레드 티어즈예요.”

“맙소사, 내가 살아생전 신검과 보검을 보게 되다니. 정말 저

것들이 실존하고 있었다니."

놀라움이 사라는 말을 잇지 못했다.

레드 티어즈는 먼 옛날 기사의 시대에서 최초이자, 최강의 검사인 레닐이 다루던 검이었다. 검신이 붉고, 사람을 집어삼키는 마검과도 같은 이것은 사용자의 오러를 극도로 강화시켜 주는 능력을 지니고 있었다.

전설을 두 눈으로 목격하게 된 그들의 놀라움은 이루 헤아릴 수 없을 정도였다.

그사이 대결은 종반으로 치닫고 있었다.

아라발라가 공작은 미간을 지그시 모았다. 공간을 넘나드는 오러의 존재가 내내 감각에 걸려들었던 것이다. 그렇다고 직접 달려들어 그를 베어버릴 수도 없었다. 신검의 힘을 제외하더라도 객관적인 그의 실력은 나무랄 데 없는 그랜드 마스터의 것이었다.

'상성이 안 좋다.'

레드 티어즈는 이제 잊혀진 그랜드 마스터의 강화 속성을 지닌 검이다. 오러의 위력을 극도로 끌어올린 이 힘은 어떠한 적도 무너뜨릴 수 있는 막강함을 자랑했다.

하지만 공간을 지배하는 신검은 변환계에 가까운 불규칙한 변화를 일으켰고, 하나하나의 위력 또한 경시할 수 없었다.

제아무리 강한 공격이라도 맞출 수 있어야 위력을 발휘할 수 있는 법.

자신의 방어 능력과 상대의 공격 능력이 서로를 해하지 못할 수준에 이르렀으니 더 이상 대결이 이어져 봤자 자신만 손해였다.

쾅!

오러 파편이 사방으로 비산하는 순간 아라발라가 공작이 뒤로 물러났다.

"더 붙잡지 않겠다."

"흐음, 이대로 보내달라는 것이오?"

"시간을 끌면 좋지 않다는 걸 알고 있을 터."

"그 전에 죽을 거란 생각은 안 해봤소? 저쪽 인원이 가만히 있지 않을 텐데."

"……."

이죽거리는 아스렌의 말투에도 아라발라가 공작은 흔들리지 않았다. 지금 상황에서 최적의 선택은 자리를 벗어나는 것이란 걸 알고 있었다.

"이러면 되겠지."

"모두 피해!"

언제라도 공격할 준비를 하던 리즈는 레드 티어즈에 모여드는 어마어마한 양의 마나를 느끼고는 외쳤다. 그와 동시에 아라발라가 공작이 지면을 향해 검을 휘둘렀다.

쫘아아아앙!

어마어마한 폭발이었다.

사방에 흙먼지가 비산하면서 강렬한 소용돌이를 일으켰다.

그야말로 무지막지한 힘의 발현.

방어 마법으로 그 여파를 견뎌낸 리즈는 시력 확장 마법으로 아라발라가 공작의 뒤를 쫓았지만 그는 이미 저 멀리 멀어진 뒤였다.

뒤를 쫓는다 한들 붙잡을 수 있는 확률이 적었기에 리즈는 고개를 절레절레 저었다.

중요한 것은 그를 물리침으로써 제국의 추격을 뿌리칠 수 있게 되었다는 점이다.

그의 입에서 안도의 한숨이 흘러나왔다.

"하아, 어떻게든 되었군."

"무사해서 다행이다."

다가온 아스렌의 입가에 미소가 걸려 있었다.

처음 보았을 때와 사뭇 다른 모습. 세상의 모든 것을 비관하는 듯하던 모습이 머릿속이 깊이 박혀 있었기에 곧잘 웃는 모습은 좀처럼 적응이 되지 않았다.

하지만 그 웃음이 반가움의 표시임을 리즈는 모르지 않았다.

가까이 다가온 아스렌이 리즈에게 손을 내밀었다.

"반갑다."

"나도 반갑다."

굳게 서로의 손을 맞잡았다. 같이 보낸 시간은 극히 짧았지만 등을 대고 목숨을 건지고자 발악했던 그때 그 순간은 잊을 수 없는 강렬함을 선사했다.

하지만 진중한 성격의 그가 산적이 되었다는 사실이 조금이지만 황당했다.

'물과 기름처럼 섞이지 않을 텐데.'

강직하기까지 하던 아스렌의 성격을 떠올리며 리즈는 고개를 갸웃했다.

"근데 네 부인이냐? 진짜 소문대로 완전 쩌는군."

"……."

그것이 자신의 착각이라는 걸 리즈는 깨닫게 되었다.

아스렌은 리즈 등을 데리고 산채로 복귀했다.

그가 산적 두목은 아니었지만 실질적인 무력 담당자인만큼 그 위치는 두목보다 더 높다고 해도 과언이 아니었다. 그가 거주하고 있는 산채에는 오백여 명의 산적과 식구 천오백여 명을 합쳐 이천에 달했는데, 그곳에서 그에 대한 신망이 대단했다.

"…그렇게 된 거다."

"하하!"

아스렌의 이야기는 그야말로 황당함의 연속이었다.

플로비스 왕국에 질려 북으로 북으로 걸음을 옮긴 그는 우연히 이곳에 도착하게 되었는데, 산적이 나타나서 물품을 강탈하려고 했다.

하지만 실력적인 측면에서 애초에 그의 상대가 되지 못했다.

개 패듯이 산적을 구타한 아스렌은 토끼 같은 딸과 여우 같은 마누라가 있다는 변명을 듣고 정말인지 확인하려고 산채에 가게 되었다.

갑작스러운 침입자인 그에게 산적들이 달려드는 건 당연한 일.

무려 일 대 오백의 대결이 벌어진 것이다.

그러나 대결의 결과는 아스렌의 승리.

참혹할 정도로 구타당한 산적이 백 명이 넘어갈 무렵, 두목은 항복하면서 그를 손님으로 대접했다.

처음에는 산적에 대해 부정적이었지만 산길을 정비하고, 몬스터를 사냥하면서 지나다니는 상단에게 보호세를 받는 걸 보고 생각을 달리하게 되었다.

더군다나 그의 실력을 알아본 산적 두목은 극진히 대접하면서 수련에 필요한 모든 부분을 지원하니, 다른 곳을 찾을 필요 없이 얼렁뚱땅 이곳에 눌러앉게 되었다.

그것이 아스렌이 밝힌 그동안의 일이었다.

"산적이지만 세간의 시선이 뭐 중요하겠냐? 그냥 조용히 수련하면서 살아가면 되는 일이지."

"그때 네 모습을 떠올리면 이렇게 될 거라 생각지 못했다. 산적이라니, 하하."

"산적이 뭐 이상하냐? 어쨌든 이렇게 만나게 되어 반갑다."

아무래도 환경이 환경이다 보니 아스렌의 입담은 걸쭉했고, 표현은 거침이 없었다. 예전을 떠올리면 도저히 적응이 되지 않을 모습이었지만 리즈는 친근감이 들어 편하게 대할 수 있었다.

"당분간 푹 쉬어라."

"그래."

더 물어볼 것이 남았지만 나중을 위해 리즈는 여지를 남겨두었다.

─리즈 리안이 제국의 추격에서 벗어났다!

　이러한 소문은 대륙 전역에 빠른 속도로 퍼져 나가기 시작했다.

　그가 암흑왕국과 내통하여 제국을 위기에 빠뜨리려 했다는 소문은 이미 널리 알려진 것이었다. 하지만 대륙의 각국은 그 소문을 온전히 믿지 않았는데, 자세히 파악하지 못했지만 제국의 내부 다툼에 의해 숙청될 뻔했다는 것을 알 수 있었다.

　제국 내에서 단기간에 권력을 응집하여 황제에게 도전할 정도가 되자 숙청하려 들었다는 것이 일반적인 중론이었다.

　그런 점에 있어 8단계 대마법사가 제국의 추격을 피해 몸을 보전했다는 소식이 그들의 구미를 자극했다.

　뛰어난 대마법사의 존재는 그 국가의 위상을 높일 수 있는 법.

　제국과 원수가 되었지만 리즈는 여전히 매력적인 존재였다. 게다가 제국의 미움 살 것을 걱정하지 않아도 되었는데, 그의 숙청 이후 제국은 칼을 갈면서 각 국경 전선에 병력을 배치하기 시작했던 것이다.

　대륙 전역에 전운이 감돌고 있는 상황.

　그 가운데 8단계 대마법사의 존재는 재앙이 아닌 복덩어리였다.

　그들은 남동부에서 제국의 추격을 뿌리친 리즈가 어디에 있는지 파악하고자 모든 정보망을 동원하였다.

　하지만 그 어디에도 그의 흔적을 발견할 수 없었다.

　산채에서의 생활은 그리 나쁘지 않았다.

산적들이 거주한다는 것을 제외하고는 평범한 마을에 가까웠다. 산적의 식구들은 대부분 농사를 지었고, 부수입이 필요한 이들은 무리 지어 몬스터나 맹수를 사냥하기도 했다.

그 가운데 리즈는 상당량의 재물을 내놓으면서 당분간 편히 쉴 수 있는 거처를 요구하였고, 받아들여졌다.

그동안 도피하면서 쌓인 여독을 풀고 몸 상태를 점검하면서 하루하루를 보냈다.

아쉽게도 아스렌은 보기 힘들었는데, 그가 모습을 드러낸 것은 마지막으로 만난 것이 약 보름 정도 될 무렵이었다.

여느 때와 다를 바 없이 천연덕스러운 모습으로 나타난 그가 리즈에게 인사를 건넸다.

"하하, 미안하다, 갑자기 일이 생겨서."

"그럴 수도 있지. 그런데 꽤 시간이 걸린 것 같은데?"

"그렇지? 최근 귀찮은 일이 늘어나서 말이다. 우리를 잡으려는 귀족들도 있고."

아스렌이 머물고 있는 산적단을 토벌하기 위해 종종 토벌대가 조직되기도 하는데, 대부분 그들에게 한 번쯤 당한 귀족들이었다.

이 지역 일대는 산적들이 지배하고 있으며, 그들이 닦아놓은 길을 이용함으로써 사용료를 지불한다. 하지만 귀족들의 경우 실컷 이용해 놓고 오리발을 내미는 경우가 종종 발생하는데, 그 결과는 충돌이었다.

하지만 그랜드 마스터가 있는 아스렌을 당해낼 수 있을 리 없다.

　대부분의 귀족들은 전투 끝에 사로잡히기 일쑤였고, 막대한 배상금을 물어야 했다.

　그것은 또 다른 원한을 만들어냈고, 일정 주기마다 토벌대를 파견하여 귀찮게 굴고는 하였다.

　"뭐, 그런 거다. 앞으로 더 귀찮아질 것 같지만."

　"미안하다."

　말속에 뼈가 담겨 있었는데, 결국 리즈의 존재가 제국으로 하여금 어떠한 움직임을 재촉했다는 뉘앙스였다.

　"아니, 미안할 것 없다. 어차피 귀족들을 건드리면서 그 부분에 대해서는 어느 정도 각오를 하고 있었으니까. 뭐, 제국도 고작 산적 토벌하려고 얼마나 힘을 쏟겠냐만은."

　"어떻게 하려고?"

　"계속 버텨봐야겠지. 다른 곳으로 가더라도 적응할 수 있을지 모르겠고, 무엇보다 이곳에 상당히 정이 들어버려서, 하하!"

　산적 생활이 마음에 들고, 산적에게 정이 들었다는 이야기를 하는 아스렌의 웃음에 어색함이 묻어나왔다.

　"……."

　그 모습에 리즈는 미안함을 느껴야 했다.

　누가 뭐라 하든 결국 자신의 책임이었다.

　"한 가지 묻고 싶은 게 있는데."

　"뭔데?"

　"네가 가진 검이 신검이란 걸 알고 있다."

　"뭐, 똑똑한 마법사니까 그 정도는 알고 있었겠지. 그게 뭐?"

　대수롭지 않은 듯 대답하는 그였으나 이어지는 말에 표정이 딱딱하게 굳어갔다.

"혹시 슈그르빌 가문의 후예인가?"

"…너, 그거 어떻게 알았냐?"

"사실이군."

"어떻게 알았냐고!"

큰 부분을 건드린 듯, 목소리를 높이며 리즈를 노려보는 아스렌이었다.

자신이 디멘션 소드를 소유하고 있다는 정도는 상관없다.

전설이 현실로 실재한다는 것을 증명하는 거니까.

하지만 슈그르빌 가문의 후예를 알아낸 것은 무게감이 다르다.

신검가로 알려진 그곳은 전설 속에서 구전되어 내려오는 가문이며, 누구도 알아서는 안 될 중대한 비밀을 지니고 있기 때문이다.

"네가 확답을 주면 나도 말을 하겠다."

"이미 알고 있으면서 묻는 거냐? 그래, 네 예상대로 나는 슈그르빌 가문의 후예 아스렌이다."

"역시나."

금탑주의 절친한 친우이자, 신검의 주인이었던 아이넨스의 후예가 바로 아스렌이었던 것이다. 구전으로 내려오는 신검의 존재와 그것을 대대로 전승해 온 아스렌이 새삼 다르게 보였다.

"그럼 이제 내 차례다. 넌 어떻게 슈그르빌 가문의 존재를 알고 있는 거지?"

"금탑주."

“뭐? 그 이름이 왜…….”

“내가 금탑주의 발명품이었던 매직 스톤으로 큰돈을 번 걸 모르지 않을 텐데?”

“그 말은 네가 금탑주의 후인이라는 거냐?”

아스렌의 두 눈에 안광이 번뜩였다. 금탑주와 슈그르빌 가문의 연관성을 증명하지 못한다면 그의 말은 모두 거짓부렁에 지나지 않는다.

“아니, 정확하게 말하면 금탑주의 심득 일부분을 얻었다고 해야 함이 옳겠지.”

“그게 나와 무슨 상관이지?”

“금탑주와 네 조상이 친한 사이란 걸 알면서 능청도 잘 떠는군.”

“…….”

피식 웃으면서 말하는 모습에 아스렌은 아무 말도 하지 못했다.

뒤이어 리즈는 그가 가장 꺼려하는 부분에 대해서 언급했다.

“안심해도 된다. 내가 네 가문에서 마검이 배출되었다는 건 이야기하지 않을 테니까.”

“…큭! 알고 있었군.”

“어쩌다 보니 그렇게 되었다.”

이를 꽉 깨물면서 신음을 흘리는 모습에 리즈는 미안한 마음이 들었지만 자신이 알고 있는 것을 밝혀 안심을 시켜주고 싶기도 했다.

슈그르빌 가문은 신검을 대대로 전승해 온 가문이지만 아스렌의 선조인 아이넨스대에서 커다란 변화를 맞이하게 된다.

가문 내에 두 명의 천재가 존재했던 것이다.

하나는 신검의 계승자인 아이넨스였고, 다른 한 사람은 그의 누나 루이넨스였다.

그녀의 재능은 동생을 뛰어넘는 진짜배기였다.

하지만 여자는 신검을 계승할 수 없는 규칙이 존재했고, 실의에 빠진 그녀는 가문을 나서기에 이른다.

그리고 긴 세월이 흐른 뒤, 모습을 드러낸 그녀는 완전한 그랜드 마스터의 경지에 올라 있었다.

그뿐만이 아니라 그녀가 들고 있는 검.

그것은 다름 아닌 마검이었다.

신검가에서 신검과 마검의 주인이 동시에 배출되었던 것이다.

여기까지는 단순히 가문의 흑역사라 할 수 있지만 문제는 그 다음에 발생한다.

대륙을 지배할 야욕을 보이던 9클래스 대마법사 루이아스는 마검의 주인인 루이넨스를 심복으로 부렸는데, 금탑주 엘리미스와 아이넨스가 힘을 합쳐 그녀를 구출, 세뇌를 풀어내는 데 성공했다.

신검가로 돌아온 루이넨스는 한평생 검술을 갈고닦으며 생을 마감했다.

하지만 대를 이어오면서 마검에 절대적인 금기는 서서히 깨져 갔다.

급기야 마왕이 강림하고 대륙에 혼란이 들이닥쳤을 때, 신검가의 일원이 마검을 가지고 마왕의 세력에 들어가는 일이 발생했다.

오늘날 암흑삼공의 일인이라 불리는 암흑기사.

그 시초가 신검가 가문의 일원이었다.

그것을 알기에 아스렌은 언급을 꺼렸고, 리즈는 확실하게 매듭을 풀고자 했다.

"그걸 가지고 네게 어떤 걸 요구하는 일은 없을 거다. 그러니 안심해도 좋아."

"그래, 넌 믿을 수 있는 녀석이니 내가 신경을 쓰지 않아도 되겠지."

"아, 물론이다. 다른 게 아니고 그 부분에 대해서 너와 나중에 불필요한 오해가 생길 수 있으니 미리 짚고 넘어간 거다."

"그렇군."

아스렌은 리즈에게 다른 의도가 없음을 알자 적잖이 안도했다.

신검의 주인이라는 명칭이 부담스러웠지만 그보다 더 큰 부담감은 암흑기사가 신검가의 출신이라는 소문이었다.

금탑주의 심득에 언급될 만큼 극비의 정보인만큼 정보의 보안에 대해서는 믿을 수 있었다.

"이곳에 상당한 애정이 있는 것 같아."

"그런 셈이지. 이제는 내 집처럼 느껴질 정도니까."

선뜻 고개를 끄덕이는 아스렌의 모습에 리즈는 잠시 생각에 잠겼다.

제국에서 쫓겨나고, 대륙 어느 국가에도 선뜻 발을 붙이지 못하게 된 리즈는 아스렌이 없을 때 사라와 루시아, 두 사람과 많은 대화를 나누었다. 그리고 한 가지 계획을 실행하기로 결심했는데, 아스렌이 힘을 보탠다면 큰 도움이 될 터였다.

"내게 한 가지 계획이 있다. 그것을 네가 도와주면 큰 힘이 될 것 같은데."

"내가 돕는다고? 아서라, 그게 무슨 도움이 될 거라고 그러는 거냐."

"아니, 도움이 될 것 같아서 그래. 아마 네게도 나쁘지 않은 제안이라 생각해서 하는 말이다."

"내게도 나쁘지 않다고? 흐음, 그럼 일단 들어나 보자."

"언제고 이곳에서 사는 건 힘들다는 걸 너도 알 거다."

"그렇지."

이곳이 마음에 들고 애착이 갔지만 평생 살아가는 것은 무리란 걸 아스렌도 부인하지 않았다. 그는 당장 마음이 끌리기에 이곳에서 머물고 있을 뿐이다.

"그것은 나 또한 마찬가지다. 곰곰이 생각을 해봤는데, 나는 근본적으로 권력자와 파장이 맞지 않는 것 같다."

"지금까지 드러난 정황을 보면 부인하기 힘들겠지. 그런데 무슨 말을 하고 싶어서 이렇게 이야기를 장황하게 늘어놓는 거냐?"

"간단해, 어디에도 발을 붙이기 힘들다면 내 땅을 구해볼까 싶어서."

"네 땅을? 그게 무슨 말이냐?"

"말 그대로다. 어느 왕국에 도움을 줘서 내 힘으로 얻은 영토의 자치권을 달라고 할 생각이다."

"그 마탑이란 게 아니라 직접 국가를 운영하겠다는 뜻이지?"

아스렌이 고개를 갸웃했다. 리즈가 언급한 형태는 여태까지 대륙에 단 한 번도 모습을 드러내지 않았던 것이다. 그 또한 미소를 지으며 고개를 저었다.

"국가라기보다 도시라고 봐야겠지. 비슷한 형태로는 파르베크 도시국가가 있겠군."

"음, 그래서 내게 힘을 보태라고 한 것이군."

"그래, 나는 영토를 얻어 자치권을 확보하면 너와 산채를 이동하라고 권유하고 싶다."

"겸사겸사 내 힘도 보태고?"

"그러면 좋고, 아니면 가문을 복원해도 괜찮다."

"으음, 가문이라."

어떤 사건이 벌어져 슈그르빌 가문이 사라진 것인지 모르지만 아스렌의 입장에서 결코 손해 볼 것 없는 제안이었다.

"넌 어디를 생각하고 있는데?"

아스렌은 리즈가 어느 땅을 생각하고 어떤 구상을 가지고 있는지 궁금해했다.

그에 미리 답을 준비해 놓은 리즈가 품속에서 지도를 꺼내 들며 탁자 위에 놓았다. 그리고 손가락으로 한 지점을 가리켰다.

"여기다."

"…제국과 전쟁을 벌이겠다고?"

"어차피 피할 수 없는 싸움이다. 매도 먼저 맞는 것이 낫지."

"하지만 상대는 제국이다. 그 파악할 수 없는 대군을 맨몸으로 상대한다는 것이 상식적으로 말이 된다고 생각하냐?"

리즈가 가리킨 지점은 다름 아닌 제국의 남부였다. 이곳에서도 별로 멀리 떨어진 곳이 아니기에 이동하기 적합했지만 대륙 최강의 국가를 상대로 영토를 빼앗겠다는 발상이 놀랍기만 했다.

"어차피 전쟁은 피할 수 없어. 빌리오덴 3세는 대륙 전체와 전쟁을 벌일 생각이니까."

"그게 가능하냐?"

"축적된 제국의 저력이라면 충분히 가능하겠지. 아마 다른 국가들도 전쟁의 기운을 감지하고 열심히 대비하고 있을 거다. 그런 상황에서 힘을 보태어 영토를 빼앗는다면 우리 것으로 만들 수 있지."

"가능성은 있어 보이지만 성공 여부는 모르겠다. 만약 빼앗는데 성공하더라도 제국이 가만히 보고 있을 가능성도 없고."

"그래서 이 지점부터 여기까지 생각하고 있어."

"…너무 파고드는 것 아니냐?"

리즈는 플로비스 왕국과 접한 국경지대를 넓게 펼치다가, 점점 좁아져서 하나의 점에서 만나는 삼각형을 그렸다.

"이렇게 되면 남쪽을 제외한 세 곳에서 제국과 국경을 맞대잖냐."

"하지만 괜찮아. 이곳은 다들 방어하기 적합한 지형이고, 무엇보다 북쪽이 길쭉하게 뻗어 있어 황도로 진격할 수 있으니까. 무엇보다 과거에 이런 형태의 왕국이 이 땅에 존재했다. 비록 멸망했지만 랭가스터 제국을 단단히 물 먹인 곳이지."

"그걸 모티브로 했군."

"그래, 네가 도움을 준다면 나는 대륙 남부 국가들을 돌아다니면서 도움을 구할 생각이다. 성공한다면 우리가 멸망하지 않는 이상 제국의 야욕에서 자유로워질 수 있으니 결코 손해가 아니겠지."

"…오늘 결정하기에는 사안이 크다. 내게 생각할 시간을 주면 심사숙고해서 결정을 내리마."

"너무 오래 걸리지만 말아줘."

"그래. 그럼 이만."

그렇게 말을 남긴 아스렌이 자리에서 일어났다. 홀로 남은 리즈는 한동안 지도를 뚫어지게 바라보며 중얼거렸다.

"결국 이렇게 돌아가는 건가."

입맛이 써 옅은 웃음을 흘렸다.

제2장

리즈의 제안

“합류하겠다.”

사흘 동안 두문분출하던 아스렌의 대답이었다.

이곳에 있어봤자 평생 산적질만 하면서 시간을 흘려보낼 것이란 걸 모르지 않았다. 여태까지 편히 수련을 해온 만큼, 세상에 모습을 드러내 잊었던 꿈을 펼치는 것도 나쁘지 않았다.

“좋은 판단이야, 우리의 계획은 반드시 성공할 거다.”

“어떻게 하려고 하냐?”

“먼저 플로비스 왕국으로 간다. 그곳에서 베드로 국왕과 담판을 지을 생각이야.”

“널 쫓아낸 왕국이잖냐. 과연 협상이 순조롭게 진행될까?”

“머리가 있다면 순조로울 수밖에 없겠지.”

리즈의 입가에 자신만만한 미소가 걸렸다.

그가 구상하는 것은 파르베크 도시국가의 형태를 띠면서 의사결정권을 실무자 회의를 통해 결정하는 방향으로 가려고 했다.

거창하게 민주주의를 구현한다거나 그런 야망은 없었다. 다만 어느 곳을 지배하고 다스리면 그만큼 많은 시간을 빼앗기니 자신들을 간섭하지 않을 땅이 필요했을 뿐이다.

"바지 국왕인가?"

문득 그렇게 생각한 리즈는 실실 웃었다. 모든 결정권을 다 갖는 막강한 권력자인 국왕을 바지 국왕으로 비유하니 스스로도 황당했다.

하지만 뛰어난 정치인이라면 그것은 오히려 효율적이었다.

사라도 리즈의 의견에 찬성했다.

"여태까지 본 적 없는 새로운 형태이긴 해."

"효율적이면 되니까요. 중요한 각 방위는 공신 가문에게 맡기고, 내부적인 정치는 전문 정치가들에게 맡길 생각이에요. 여차하면 다 쫓아낼 수 있으니."

"그래도 필연적으로 부패할걸? 지금은 네 장악력이 높아 아무 일이 없다 쳐도 미래까지 어쩔 수는 없는 법이잖아."

"미래는 후손들이 스스로 지혜롭게 판단을 내려야겠죠. 전 거기까지 내다볼 만큼 대단한 사람도 아니고요."

"후손 일은 후손에게 맡긴다? 흥미로워. 그런 형태라면 어떻게든 되겠지."

"거기에 그치지 않고 분명한 속성을 지니게 하려고요. 제가 그동안 출간했던 책들을 보관할 도서관을 세우고, 홀대받는 문학인들을 데려와야죠. 위치상 대륙의 중심에서 조금 아래로 치우친 방향이니 계획대로 진행된다면 향후 대륙의 인문학은 우리가 주도할 수 있을 것입니다."

리즈는 많은 것을 원했고, 계획했다. 하지만 그러한 포부에 오히려 사라가 걱정을 드러냈다.

"다 좋은데 너무 거창하게 가려는 거 아니야? 문화적인 발전도 중요하지만 힘을 기르는 데 게을리하면 제국에 먹힐 텐데."

"그런 의미로 한 말이 아니에요. 저는 기본적인 국력 향상에 초점을 두되, 문화의 선두로 나서고자 해요. 대륙이 안정되고, 평화가 찾아오게 되면 문화의 힘은 창검보다 더 큰 위력을 발휘할 테니까."

"기대할게."

"예, 기대를 배반하지 않을 거예요."

계획을 세우는 리즈의 두 눈이 기대감으로 반짝이고 있었다.

제국을 벗어나는 필사의 도주는 그들의 관계를 더욱 돈독하게 만들어주는 계기가 되었지만 한편으로는 많은 것을 깨닫게 만들었다.

특히 루시아의 경우가 그러했다. 그녀가 받은 충격은 상당했다.

"괜찮지?"

"네."

"미안, 다시 돌아가고 싶지 않았는데 이런 결정을 내리게 되어서.”

“아니에요. 그것이 최선이라면 저는 믿고 따를 수 있어요.”

“응, 고마워.”

리즈는 자신을 믿고 지지해 주는 루시아에게 고마움을 표했다. 아라발라가 공작에게 일방적으로 밀린 뒤, 그녀는 자신의 실력에 심각한 자괴감을 느낀 듯했다.

그것을 위로해 주고 싶었지만 그 또한 보검 앞에서 그토록 무기력해질 줄은 몰랐다. 무위에 큰 의미를 두지 않는 자신이 그러한데 모든 것을 그곳에 건 그녀는 어떨 것인가.

최근에는 검을 수련하지 않고 멍하니 있는 모습을 보면 가슴이 아파왔다.

“루시, 날 이해해 줄 수 있어?”

“물론이에요.”

“후우!”

마치 기계처럼 매번 똑같은 대답을 하니 리즈는 한숨을 내쉬었다.

하지만 이 모든 것도 시간이 해결해 줄 일, 그녀에게 뭐라 할 수 있는 것도 아닌 만큼 리즈는 더 재촉하지 않고 사실을 그녀에게 통보하는 형식으로 하였다.

아스렌이 머물고 있는 산채는 그들이 몸을 숨기고 힘을 기르기에 적합했지만 리즈는 제국의 폭정 아래 이대로 숨을 죽이고 있을 수 없다는 생각이 들었다.

그러기 위해서는 그녀에게 시간이 필요하다는 것도 사치였다.

리즈의 두 눈에 강한 힘이 실리며 음성에도 의지가 묻었다.

"루시아."

"…네?"

"잠시 날 따라와."

"……."

무언가 결심을 굳힌 그의 모습에 그녀는 마치 자석처럼 그의 뒤를 따랐다.

리즈와 루시아가 나온 것은 산채 밖이었다. 곳곳에 나무가 자라고 있어 빽빽한 모습을 자아냈는데, 그것이 숨이 막힐 정도로 단단히 밀집되어 있었다.

얼마 전까지 깔끔하게 정돈된 정원만 보아오던 그들에게 있어 지금의 광경은 낯설 수밖에 없었다. 하지만 며칠이 지난 지금은 어느 정도 익숙해졌다.

그가 자리에서 멈칫하니, 루시아도 덩달아 자리에서 멈춰 섰다.

"난 저번 도피에서 루시가 실력으로 아라발라가 공작에게 밀린 건 아니라고 생각해."

"……."

"내가 입에 발린 말을 하는 거라 생각해?"

고개를 돌린 리즈가 그녀의 대답을 기다렸다. 잠시 머뭇거리던 그녀는 입술을 살짝 깨물면서 고개를 끄덕였다.

"…네."

"내가 입에 발린 말을 한다고?"

"결과는 이미 드러났어요. 그런데 제가 밀리지 않았다고요?"

"아니, 내 말은 그런 의미가 아니야. 단지 실력에 있어서 크게 밀리지 않았다고 말을 하고 싶었을 뿐이야. 실제로 정면 대결에서는 크게 밀리지 않았잖아?"

"검의 능력도 그 사람의 실력과 같아요. 저도 검의 능력으로 이득을 본 게 사실이니까요."

리즈의 생각대로 그녀는 그날의 대결이 큰 충격으로 다가온 듯했다.

'하긴.'

자신이어도 그럴 수밖에 없다는 생각이 들었다.

어린 나이에 그랜드 마스터에 오른 루시아는 의외로 자만심 같은 것은 없지만 스스로에 대한 발전 지향적인 자세는 전투적이라 할 정도로 신경을 집중한다.

그녀는 그랜드 마스터에 오른 뒤, 철저하게 자신을 갈고 닦으면서 자신감을 얻었을 터였다.

하지만 드러난 결과는 누구에게도 우위를 점하지 못하는 상태.

덴블로 후작과 동수를 이루었고, 아라발라가 공작에게는 처참한 패배를 면치 못했다.

그것은 그녀에게 존재하던 한 가닥 자존심마저 사정없이 짓밟아 놓았다.

얼마나 큰 고통인지 짐작할 수 없었지만 리즈가 보기에는 자신이 힘이 되고 의지가 되어야 그녀가 보다 더 빠르게 재기할 수 있다고 생각했다.

"맞아. 그 말이 틀리지는 않아."

"그럼 당신의 말은 틀린 거죠."

루시아는 블러디 로즈의 검을 들고도 덴블로 후작을 이기지 못했다. 이는 검의 우위를 점했음에도 실력이 그를 뛰어넘지 못했다는 뜻이다. 반대로 아라발라가 공작과는 검의 차이에서 패배했지만 그것도 결국 실력이다.

"하지만 다르다고 생각해. 만약 지닌 검이 비슷했다면 어땠을까?"

"누굴 말하는 거죠?"

"아라발라가 공작과."

"…그래도 제가 졌을 거예요."

자괴감을 느끼고 있었기에 반대로 냉정하게 자기 자신의 상태를 털어놓는 것이 가능했다.

비슷한 실력에 비슷한 검을 지녔다고 해도 결과는 크게 달라지지 않았을 것이다.

그 이유는 검을 다루는 숙련도가 큰 차이를 보였기 때문이다.

"맞아, 결국 검을 다루는 능력에 있어 루시가 밀린 거지."

"……."

"그런데 이렇게 생각도 해봤어. 지금 검이 과연 루시에게 적합한 걸까?"

"그건 무슨 뜻이죠?"

"말 그대로야. 그 검은 블러디 로즈가 사용했던 거잖아. 분명 뛰어난 힘을 지니고 있지만 그것뿐, 루시의 손에 적합하다는 생각은 들지 않아. 오래 전부터 다뤄왔지만 제 몸처럼 다룬다고 생각은 하지 않아."

리즈의 말에 그녀는 충격을 받은 표정을 지은 채 한동안 멍하니 서 있었다. 하지만 곧이어 분노에 물든 표정으로 쏘아붙였다.

"그건 절 무시하는 말이에요."

"그렇게 들렸다면 미안. 하지만 내가 보기에는 그래. 만약 루시만의 검이 존재했다면 덴블로 후작을 제압하고 아라발라가 공작과도 해볼 만했을 거야."

"저는, 저는 모르겠어요."

루시아는 리즈가 자신을 위로하고자 하는 말인지, 아니면 정말 그 가능성을 믿기에 하는 말인지 짐작을 할 수 없었다.

한 가지 분명한 것은 축 처져 있던 자신이 어느 정도 힘을 되찾았다는 것이다.

"내가 금탑주의 심득을 얻었단 이야기를 알 거야."

"네."

뜬금없는 이야기였지만 알고 있는 사실이기에 그녀는 고개를 끄덕였다.

그러자 리즈의 입가에 걸린 미소가 짙어진다.

"그곳에는 골든 나이트란 나이트 골렘이 있어. 그 무위는 그랜드 마스터와 비등할 정도여서 금탑주의 든든한 호위 역할을 했지."

"골렘이 그랜드 마스터였다고요?"

믿기 힘든 사실이었지만 리즈가 말하니 사실일 확률이 높았다. 골렘이란 그저 둔탁한 움직임으로 시간을 벌어주는 존재라 생각했던 그녀의 입장에서 충분히 놀라운 것이었다.

"그래, 골렘이 그랜드 마스터와 대등하게 맞설 수 있었던 것은 뛰어난 전투 지능을 지닌 에고도 한몫을 했지만 골렘 제작술도 한몫을 했어. 거기에 한 가지를 더하자면 뛰어난 무기 제조술이지."

"무기 제조술."

방금 전 장황하게 늘어놓던 그의 말과 연결점이 생겨났다. 그리고 그 예상은 빗나가지 않았다.

"골든 나이트는 세 가지 무기를 지녔어. 그중 활을 제외하더라도 골든 소드와 룬 블레이드란 검이 존재했지. 그 가운데 룬 블레이드는 당시 성국의 신기와 충돌을 벌여도 밀리지 않았다고 해."

"……."

"그리고 그 제작 비법은 내게 있지."

"아!"

리즈가 무엇을 말하고자 하는지 깨달은 그녀는 탄성을 흘렸다. 그리고 놀란 표정으로 그를 바라보았다. 그토록 대단한 무기 제조술이 그에게 있으리라고 미처 생각지 못했다.

"난 루시가 지금 그 정도로 충분하다고 여겼어. 하지만 루시는 그렇게 생각하지 않지? 그렇다면 내가 나서야지. 루시에게 더 좋은 무기를 제조할게. 과거 신기와 맞설 수 있던 룬 블레이드, 그 이상의 무구를."

"저는, 저는……."

그녀는 말끝을 흐렸다. 울컥 가슴 밑에서 치밀어 오르는 말을 끝맺지 못할 만큼 가슴이 벅찼다.

욕심이 났다. 그리고 갖고 싶었다.

황도에 있던 때라면 크게 욕심을 내지 않았을 것이다.

하지만 무구에 의해 절대적인 실력 차이를 겪은 그녀의 생각은 바뀌었다.

뛰어난 실력에 뛰어난 무구.

그것이 일으킬 수 있는 시너지 효과는 가히 천차만별.

자신의 손에서 온전히 위력을 발휘할 수 있는 신기라면 능히 아라발라가 공작과 맞서도 접전을 벌일 수 있으리라 생각했다.

"어때?"

"부탁드릴게요."

"그러니 더 이상 풀 죽지 마. 그 모습을 보는 내 마음도 아프니까."

"네. 미안해요, 그리고 고마워요."

자신을 걱정하는 리즈의 마음에 애틋함을 느낀 그녀가 다가가 품에 안겼다. 입가에 미소를 지은 리즈가 그녀를 부드럽게 안아주었다.

대륙의 모든 정세가 급박하게 흘러갔다.

제국의 침공.

더 이상 침략 의지를 숨기지 않은 빌리오덴 3세는 일제히 병력을 동원하여 국경 부근에 대대적으로 병력을 투입하기 시작했다.

북으로 삼십만, 동북으로 이십만, 그리고 남부로 삼십오만.

무려 팔십오만에 달하는 병력이 동원된 사상초유의 대륙전쟁이었다.

대륙의 각국은 제국이 동원한 병력을 보고 전율을 금치 못했다. 그들에게 있어 십만의 병력을 동원하는 것도 전 국력을 동원할 정도로 어마어마한 것이었다.

그런데 이 오만한 대륙의 최강국은 상상도 하지 못할 어마어마한 병력을 동원하여 대륙 통일의 야심을 감추지 않았다.

두려웠다. 어떻게 그들의 전진을 가로막아야 할지 짐작이 되지 않았다.

그럴수록 각국은 제국의 추격을 피해 사라진 리즈를 찾고자 모든 촉각을 곤두세웠다. 8단계 대마법사인 그가 있다면 제국의 야욕을 어느 정도 가로막을 수 있으리라.

앞으로는 전쟁을 준비하며 뒤로 리즈를 찾기 바쁠 때, 두 달 동안 소식이 없던 그가 존재감을 드러냈다.

그곳은 바로 한 번 그를 떠나보낸 곳, 플로비스 왕국이었다.

웅웅웅!

마나가 거세게 요동치면서 주변 대기를 울렸다.

"으읏!"

"이것이 텔레포트."

마법진을 그렸던 마법사들은 감히 자신들이 시도조차 할 수 없는 현란한 마법 수식이 복잡하게 얽혀 있는 것을 보고 경외감 가득한 표정을 지었다.

이리저리 꼬인 좌표를 풀어내고 텔레포트를 시전할 마나를 운용한다는 것은 감히 상상도 하지 못할 복잡한 과정이었다.

"그럴 수밖에."

그 모습을 지켜보던 한스는 입가에 미소를 지은 채 고개를 끄덕였다.

플로비스 왕국의 하나뿐인 대마법사, 자신조차 엄두도 내지 못할 수식이니 다른 마법사들이 느끼는 충격이 얼마나 클지 상상이 되었다. 한편으로는 이와 같은 마법을 어렵지 않게 구사하는 리즈가 대견했다.

그사이 마나 진동이 더욱 강렬해지더니, 이내 한 줄기 빛이 폭사했다.

스파앗!

빛이 사라진 자리에 나타난 것은 일남이녀였다. 선두에 선 남자, 리즈는 자신을 경외하는 눈으로 바라보는 마법사들을 향해 싱긋 미소를 짓다가 한스를 발견하고는 반가운 표정을 지으며 다가갔다.

"오랜만입니다, 한스 님."

"아아, 그래. 이렇게 다시 만나서 반갑다."

"그렇지요? 저도 다시 이곳에 오게 될 줄 몰랐습니다."

"사람의 운명은 어떻게 흘러갈지 모르는 법이지. 그런데 이분은……?"

한스는 루시아를 알아보았지만 옆에 있는 사라를 보며 고개를 갸웃했다.

얼핏 본 그녀에게서 상당히 음침한 기운이 흘러나오고 있었는데, 그것은 다른 것이 아닌 어둠의 마나였다. 잘 갈무리하여 다른 마법사들은 느끼지 못했지만 한스는 예민해서 오히려 그것이 적나라하게 느껴졌다.

마치 연구대상을 살피듯 샅샅이 탐색하는 기색에 기분이 안 좋아진 사라가 한마디 툭 내뱉었다.

"선배의 모습도 못 알아보고, 참 못난 후배네."

"예? 그게 무슨……."

"날 모르겠어?"

자신은 상대를 모르는데 상대는 자신을 알고 있단다.

이보다 더 황당한 상황은 없었으나 그녀의 모습을 보고 있으면 자신에게 거침없이 쏘아붙이던 한 존재가 생각이 났다.

"…설마 사라 님?"

"딩동!"

"말도 안 돼."

환하게 웃는 사라를 보면서 한스는 넋 나간 표정으로 중얼거렸다.

루시아와 사라는 응접실로 향하고, 리즈는 베드로 국왕을 알현하기 위해 대전으로 향했다. 제국에 비하면 협소한 장소였지만 그것을 제외하더라도 그동안 자신이 드나들던 곳이어서 익숙함이 느껴졌다.

안내를 받아 대전 안으로 들어선 그는 베드로 국왕을 대면할 수 있었다. 불과 이 년의 시간이 흘렀지만 그는 몰라보게 수척해졌다.

"이렇게 다시 뵙게 될 줄 몰랐습니다."

"그렇군."

느릿하게 고개를 끄덕인 베드로 국왕이 리즈를 바라보았다.

그를 다시 보게 될 줄은 꿈에도 몰랐다. 제국의 침공이 눈앞에 드리운 가운데, 다른 국가들은 전부 리즈를 찾고자 혈안이 되어 있었지만 베드로 국왕만은 그럴 수 없었다. 그를 쫓아낸 것은 둘째 치고, 의동생이었던 파트리스 후작에게 심각한 불이익을 주었던 것이다.

뒤늦게 그것이 자신의 실수라는 걸 깨달았지만 이미 일은 벌어진 이후였다.

최상급 정령을 다루는 정령사, 대런 파트리스 자작은 중앙 정계의 일에 손을 떼겠다고 선언함으로써 화를 피하는 모습을 보였다.

그러니 리즈를 마주하는 것이 어색할 수밖에 없었다.

한순간 감정에 휩쓸려 일을 저지른 것은 자신이었으니까.

"무슨 일인가."

"국왕 전하께 제안을 하고자 찾아뵙게 되었습니다."

"제안이라. 이제는 제안인가."

전에는 일방적인 명령이었지만 이제는 주고받는 제안이었다.

자조 섞인 미소를 지은 베드로 국왕이 말을 재촉하는 표정을 짓자, 리즈가 입을 열었다.

"왕국의 편에 서서 제국과의 전쟁에 힘을 보태겠습니다."

"무엇을 원하는가?"

"저는 단지 제국의 침공을 물리치는 것에 초점을 두고 싶지 않습니다. 남부 전선에 배치된 제국군을 물리치고, 그 위로 올라가고자 합니다."

"제국을 공격하려는 건가?"

생기없던 베드로 국왕의 얼굴에 놀라움이 스쳤다. 무려 삼십오만이 배치된 남부 전선의 제국군을 물리치는 것도 모자라 역공을 취하겠다는 말은 그가 듣기에도 어처구니가 없었다.

하지만 리즈는 당당했다.

"언제나 공격만 해온 제국이기에 방어를 함에 있어 맞지 않는 옷을 입은 것처럼 어색할 것입니다. 저는 그 틈을 노리고자 합니다."

"말은 쉽지만 그게 어렵다는 걸 모르지 않을 것이다."

"어렵고 아니고는 상황이 벌어지는 것을 보고 결정하셔도 늦지 않습니다. 만약 제국군의 침공을 막는 것에 지나지 않는다면 저는 왕국을 위해 무료로 봉사하겠습니다. 하지만 제가 결정적인 역할을 하여 제국을 물리치고 역공을 취할 수 있다면 제 이익을 취하고자 합니다."

"원하는 게 뭔가?"

"오만의 군대를 임의대로 사용할 수 있는 권한입니다."

"오만의 군대를?"

"예, 저는 제국을 침공하여 그들에게 큰 타격을 입히고자 합니다. 제국군을 물리치고 전쟁에 승리한다면 오만의 병력을 용병처럼 고용하고자 합니다."

"그들을 모두 잃으면 왕국은 막대한 타격을 입게 된다."

"물론입니다. 하지만 그만한 대가는 반드시 지급하도록 하겠습니다."

키이잉!

공간의 균열음이 울려 퍼지면서 검은 공간이 드러났다. 호위를 서고 있던 기사들이 움찔하는 모습을 보였지만 공격하려는 의사가 없으니 이내 동작을 멈추었다.

"천만 골드입니다."

"…천만 골드라고?"

"제가 그동안 벌어들인 돈이 있으니 충분하지 않겠습니까? 이것으로 오만의 병력을 빌리도록 하겠습니다. 기한은 삼 년. 만약 절반 이상을 잃게 된다면 이유 불문하고 병력을 되돌려 보내도록 하겠습니다. 어떻습니까?"

"……."

리즈의 파격적인 제안에 베드로 국왕은 입을 다물었다.

그의 제안은 가히 파격이라고 해도 부족하지 않은 것.

오만의 병력을 천만 골드에 대여하는 거래는 대륙 어느 국가에서도 없었을 것이고, 앞으로도 발생하지 않을 큰 거래였다.

"본국은 그대가 떠난 뒤, 심각한 자금난에 시달리고 있다. 추후 정국이 안정되고 매직 스톤을 공급할 의사가 있다면 거래를 받아들이겠다."

"먼저 등을 돌리지 않는 이상 제가 배신하는 일은 없을 것입니다."

그들이 갈라질 수밖에 없었던 순간을 꼬집는 말이었다. 베드로 국왕은 무안한 표정을 지었지만 무엇이 국가를 위해 이익인지 알았다. 앞서는 감정을 모두 정리한 이상 왕국의 이익을 위해 결정을 내릴 뿐이다.

"좋다, 받아들이지."

"현명한 판단이십니다."

리즈의 입가에 환한 미소가 지어졌다.

　오만의 병력을 건 초대형 거래가 이루어지는 사이, 한스는 루시아와 사라를 맞이하며 그동안 있었던 일에 대해 이런저런 대화를 나누고 있었다.

　주로 말하는 것은 사라였는데, 그녀는 자신이 태어나고 자란 플로비스 왕국에 돌아온 것이 무척 기쁜 듯했다.

　"허어, 그런 일이."

　에고였던 그녀가 육체를 얻고 새로운 삶을 얻게 된 것에 한스는 경악을 금치 못했다. 그 이야기는 간단하게 치부할 수 없을 만큼 엄청난 성과여서, 가히 인간의 경계를 초월한 부활에 가까웠다.

　"내 마음대로 할 수 없으니 아쉽지. 백마법사였던 내가 흑마법을 쓰게 되었으니."

　"허허, 그래도 새로운 삶이 아니겠습니까? 저도 선배님 같이 젊어질 수 있다면 흑마법사가 되는 것도 한 번 고려해 보겠습니다."

　"빈말하기는. 어쨌든 그런 일이 있었어. 리즈가 많이 고생했지."

　"타지에서 그런 성과를 거두었다는 게 놀라울 따름입니다."

　"그렇긴 하지? 나도 정말 약속을 지킬 줄 몰랐는데 고마운 마음이 가득해."

　전보다 괴팍함이 가신 말투 때문에 분위기는 시종일관 부드러웠다.

　한스는 리즈가 무슨 연유로 플로비스 왕국에 다시 돌아온 것이 궁금했지만 사라나 루시아는 그에 대해 답을 주지 않았다.

답답한 마음이 들기도 했지만 사람 일이란 것이 제 마음대로 되지 않으니 더 묻지 않고 사소한 근황과 제국의 추격전에서 벌어진 일 등에 대해 대화를 나누었다.

어느 정도 분위기가 무르익자, 사라가 한마디 했다.

"한 가지 분명한 건 당장 떠나지 않을 점이란 거야."

"그 말은?"

"이곳에 머문다는 이야기지."

"잘됐습니다. 국왕 전하께서 현명한 판단을 내리셔야 할 텐데."

"하지도 않은 것을 두려워해서 뛰어난 신하를 타국으로 내쫓는 걸 보면 그렇게 현명한 판단을 내리지도 않을 것 같은데."

"허허!"

신랄한 그녀의 말에 어색한 웃음을 짓는 한스였다. 그 말마따나 최근 들어 베드로 국왕은 부쩍 노쇠한 모습을 보이면서 올바르지 못한 판단을 내리고 있었다.

왕세자인 로드비엘이 확고하게 자리를 굳히고 있어 후사에 염려가 없지만 그는 왕좌에 내려올 생각이 없는 듯해서 문제가 조금씩 드러나는 중이었다.

"어차피 제국군은 숫자만 많을 뿐이야. 전력 면에서는 우리가 뛰어나. 그러니 전면전이 벌어지면 참혹한 미래를 맞이하겠지."

"하긴, 제국의 저력이 뛰어나지만 여기에 모인 전력에 하자가 있겠지요."

만약 리즈가 플로비스 왕국 편에 선다면 그 전력은 유례가 없을 정도로 대단해진다.

먼저 플로비스 왕국에 그랜드 마스터인 글론드와 8단계 대마법사인 한스가 있다. 여기에 리즈와 루시아, 사라가 합세한다면 일약 다섯 명의 초인이 플로비스 왕국에 힘을 보태게 되는 것이다.

현재 제국이 보유한 초인의 숫자가 다섯 명인 걸 감안하면 최상위 전력은 대등해지는 셈.

한 곳에 집중할 수 있는 플로비스 왕국과 달리 제국은 세 방향으로 전선을 넓힌 만큼 결코 우위를 점할 수 없을 터였다.

"물론 그게 말처럼 쉽지 않다는 건 잘 알고 있지?"

"물론이시요."

"어쨌든 그래. 다른 생각한 바가 있긴 한데 그건 리즈에게 듣는 게 좋을 것 같고."

"제게요?"

밖에서 목소리가 들리는가 싶더니 리즈가 모습을 드러냈다. 사라는 그가 오는 것을 알고는 대답을 미루었던 것이다. 한스는 장난기 어린 미소를 짓는 사라를 보다가 고개를 꾸벅 숙였다.

"제가 심심하지 않게 배려해 주셔서 감사합니다."

"늙으면 느는 건 호기심뿐이잖아? 괜히 그것 때문에 혈압 올라서 쓰러지면 안 되니깐."

"이것 참."

실제 나이는 그렇다 쳐도 겉모습은 영락없는 이십대 여인인 그녀가 그런 말을 하니 느껴지는 괴리감이 상당하여 입맛을 다시게 했다.

"선배님이 그러시는구나."

"어디까지 들으셨는데요?"

"먼저 이곳에 머물 거라 들었다."

"네, 이야기가 잘되었어요. 말이 먹히지 않으면 어쩌나 싶었는데 역시 돈을 앞세우니 이야기가 먹혀드네요."

"그렇지? 네가 사라지면서 엄청난 자금난에 시달렸을 테니 돈이라면 눈이 뒤집히겠지."

베드로 국왕을 설득하는 과정에서 돈을 동원하라고 주장하던 사라는 자신의 의견이 맞아떨어지자 손뼉을 마주치며 즐거워했다. 그것이 베드로 국왕을 너무 속물로 만드는 것 같아 한스는 헛기침을 흘렸다.

"흠흠, 사라 님, 조금 자중을. 그래서?"

"말 그대로 거래가 받아들여졌습니다. 전쟁이 끝날 때까지 이곳에 머물면서 플로비스 왕국에 힘을 보탤 것입니다."

"이곳으로 돌아올 생각은 없나?"

"한 번 떠난 곳입니다. 다시 예전처럼 웃으며 돌아오는 것은 불가능하지 않겠습니까?"

뼈가 담긴 그 말에 한스는 고개를 끄덕였다. 사람의 관계는 유리와도 같아서 한 번 금이 가게 되면 이내 깨져 버리고는 만다.

그것은 다시 복구할 수 없을 정도로 큰 골을 만들어냈다는 걸 그도 느꼈다.

"그렇지, 내가 너무 많은 것을 바랐군."

"그래도 좋은 관계를 유지할 것입니다. 너무 걱정하지 않으셔도 됩니다."

"그것만은 믿음직하군."

이래나 저래나 리즈가 플로비스 왕국에 힘을 보탠다는 사실은 변함이 없다. 한스는 마음이 든든해지는 걸 느끼며 마음의 부담감을 한결 덜어낼 수 있었다.

리즈는 왕도에서 거주하던 시절, 머물던 저택으로 돌아왔다. 오랜만에 집에 돌아왔다는 사실이 그로 하여금 마음을 편하게 만들었다. 그러니 거창하게 세웠던 모든 계획이 귀찮아지기도 한다.

"이대로 눌러앉을까?"

솔직히 그런 마음이 드는 것도 사실이다. 베드로 국왕은 자신의 가치를 잘 알고 있고, 그런 의사를 드러낸다면 못 이기는 척 받아들일 것이다.

하지만 그러한 생각은 이내 접어두었다.

자신이 권력자인 그들에게 어떠한 영향을 끼치는지 알고 있어서였다.

"어차피 파국을 맞이하겠지."

플로비스 왕국과 랭가스터 제국을 떠날 수밖에 없었던 일들.

이에 대해 리즈는 홀로 제법 많은 생각을 해야만 했다.

제 딴에는 군주를 자극하지 않고 자신의 위치에서 최선을 다하려고 했다.

하지만 드러난 결과는 참혹했다.

베드로 국왕이나 빌리오덴 3세는 자신을 탐탁지 않게 여겼고, 결국 정든 터전을 떠나야만 했다.

단 두 번의 사례였지만 심사숙고한 끝에 내린 결론은 자신의 기질이 기존의 체제에서 군림해 온 군주들과 어울리지 않는다는 점이었다.

그들 입장에서는 자신보다 뛰어난 실력을 보이는 신하를 곁에 두는 것은 부담스러운 일이기에.

기존의 마법사처럼 권력에 관심없는 것도 아닌 만큼 불안감을 심어주기에 충분했을 터였다.

처음에는 쥐 죽은 듯이 조용히 지내볼까 싶기도 했고, 아니면 다른 곳에 은거할까도 생각했다.

하지만 모두 불가능.

자신은 인간이었고, 사회의 동물이었다. 누군가와 부대끼며 살아가고 행복을 느끼는 만큼 이곳에서 살아가는 것은 당연한 순리였다.

"후우, 가장 어려운 일이 사람과 사람의 관계라더니 그게 딱 이로군."

어느 것도 선택할 수 없는 상황.

그렇기에 결정한 것이 자신만의 영토를 갖는 것이다.

베드로 국왕은 자신이 무슨 이유로 오만의 병력을 빌리고자 하는지 모를 것이다.

그저 짐작만으로 오만의 병사가 필요한 이유를 알 뿐.

리즈는 그 틈을 비집고 들어갈 생각이었다.

누구도 이뤄낼 수 있는 일이기에 그는 반드시 기회가 찾아올 수 있으리라 여겼다.

제3장

명검 제작

　리즈의 플로비스 왕국 복귀는 대륙 각국에 빠른 속도로 전해
졌다.

　전혀 뜻밖의 소식에 그를 영입하고자 했던 다른 국가들은 아
쉬움을 금치 못했다. 하지만 제국과 적대하는 곳으로 돌아갔다
는 사실이 한 가닥 위로가 되었다.

　랭가스터 제국과 리즈의 관계가 더 이상 되돌릴 수 없을 만큼
악화되었다는 걸 알고 있기에 그렇다.

　전쟁의 기운이 고조되는 가운데 플로비스 왕국의 복귀는 제
국과 정면으로 맞서겠다는 의지의 표현과 같았다.

　이는 플로비스 왕국의 국제적인 위상이 급속도로 상승하는
결과를 낳았다.

　은연중 대륙 남부 국가의 맹주 역할을 맡았으나, 그가 떠남으

로서 그 위치는 급속도로 흔들리던 차였다.

글론드가 있고, 한스가 있어 가장 강력한 힘을 보유했지만 그들은 너무 노쇠했던 것이다. 연합 전선을 형성했지만 헤센 왕국이나 파르베크 도시국가 모두 자국의 이익을 중요시하는 것은 똑같았다.

그런 상황에서 리즈가 돌아왔으니 본래 위치로 돌아가는 것은 당연한 이치였다.

전쟁 준비로 대륙 전역이 바빴지만 리즈는 예외였다. 그는 저택에서 휴식을 취하면서 오랜만에 돌아온 플로비스 왕국 이곳저곳을 둘러보았다.

루시아 또한 터전으로 돌아오니 기분이 좋은 듯했다. 이제 남은 것은 그녀가 사용할 검을 제작하는 것만 남았기에 그의 마음이 한결 가벼웠다.

그런데 새로운 고민거리가 그에게 생겼으니, 바로 사라였다. 그의 시선에 아랑곳하지 않고 그녀는 깊은 한숨을 내쉬었다.

"하아."

"왜 그러세요?"

"그냥, 좀 기분이 안 좋네."

"다른 일이 있는 건 아니죠?"

"없어. 걱정 끼친 것 같은데?"

걱정스러운 리즈의 표정을 본 사라는 고개를 저으며 미소를 지어보였다. 하지만 그 속에 힘이 담겨 있지 않아 그의 마음에 걸리게 만들었다.

'무슨 일이 있는 것 같은데.'

좀 더 캐묻고 싶은 마음이 들었지만 본인이 원하지 않는 상황에서 재촉할 수 없는 노릇이었다. 리즈는 사라에게도 좀 더 신경을 써야겠다고 생각하면서 조심스럽게 말을 건넸다.

"한 가지 부탁을 드리고 싶은 게 있는데요."

"부탁? 뭔데?"

"제가 이번에 검을 만들 생각이거든요."

"검? 마법사인 네가 검을 왜? 아아, 루시아에게 전해주려고?"

"네, 전에는 잘 몰랐지만 검사들 간의 대결에서 실력뿐만 아니라 검이 상당히 중요하다는 걸 깨달았어요."

"그렇지. 너같이 두드러지지는 않지만 마법사의 경우에도 스태프에 따라서 캐스팅 속도가 단축되기도 하거든. 그런 영향을 간과할 수 없지."

고수는 아무것도 가리지 않는다는 말이 있지만 그것은 결국 고수이기에 일정 부분 해낼 수 있다는 것에 지나지 않는다.

그들도 더 나은 장비를 갖추면 더 강한 실력을 발휘할 수 있다. 리즈는 그 점에 착안하여 루시아에게 제안을 했고, 그녀를 위한 검을 제작하려고 마음을 먹었다.

"다른 게 아니라 제가 시도하려고 하는 검은 마도시대 삼대 보검에 비견되는 거예요."

"그게 가능해?"

"불가능하더라도 시도를 해봐야겠죠."

"흐음, 어려울 텐데. 아아, 금탑주의 심득으로 도전할라고?"

"네, 그 안에 적힌 건 나이트 골렘의 무구지만 그것을 해낼 수 있다면 역사에 우리의 이름을 남길 수 있지 않겠어요?"

금탑주가 제작한 나이트 골렘의 무기 중 신기에 비견되던 것은 다름 아닌 룬 블레이드였다. 하지만 그것을 그대로 재현하는 것은 리즈에게도 상당한 부담이 따랐는데, 당시 금탑주는 거대한 룬 블레이드 검신 전체에 빼곡할 정도로 룬을 가득 채워 무지막지하게 많은 마법을 중첩시켰다고 한다.

제작비용도 비용이지만 만약 인간이 사용할 정도로 무기 크기가 작아진다면 적을 수 있는 룬 또한 줄어들게 마련이다.

이것은 그만큼 무기의 위력이 약해지는 걸 의미했다.

하지만 리즈는 한 번쯤 시도해 볼 수 있다고 여겼다. 룬어는 줄어들지만 그와 별개로 대마법사 두 명이 달려들어 세밀하게 룬어를 새길 수 있다면 룬 블레이드에 버금가는 무기가 만들어질 것이다. 혼자서는 무리란 걸 알기에 그녀에게 부탁을 한 것이고.

그래서 역사를 언급한 것이다. 명예에 목숨을 거는 마법사라면 분명 역사에 자신의 이름을 남기는 것에 관심을 보일 것이다.

아니나 다를까, 사라는 그 말에 혹하는 모습을 보였다.

"역사에 우리의 이름을?"

"그렇죠. 마도시대의 영광에 도전한 대마법사, 그것을 이뤄내다. 어떤가요?"

"호오, 괜찮은 것 같아."

"이 작업은 성공한 것과 다를 바 없지만 어려운 점이 있다면 바로 제작 기간이에요. 저희들이 그만큼 많은 신경을 쏟아야 한다는 말이 되거든요."

"그래? 흐음, 8단계 대마법사만 그래야 하나?"

"마법진에 대한 이해도가 높다면 7단계 마법사도 상관이 없지만 그래도 비슷한 수준이어야 제작하는 데 무리가 없겠죠."

"제작기간은 어느 정도로 잡고 있는데?"

"전쟁이 벌어지기 전에 완성할 생각이에요. 그래야 루시에게 검에 적응할 시간도 주고, 우리도 점검할 수 있지 않겠어요?"

완벽하게 낚았다고 생각했지만 사라도 나름대로 생각이 있는 듯했다. 그럼에도 구미가 당기는 표정을 짓자 모든 것을 순순히 털어놓았다.

"그렇단 얘기지? 흐음, 나쁘지 않아. 네 부인을 위한 것이지만 마도시대의 보검을 뛰어넘는 새로운 검을 만든다면 내 이름은 후세에 영원히 남아 끊이지 않도록 찬양을 들을 수 있으니까."

"하, 하!"

다른 부분에 집착을 보이는 걸 보고는 어색한 웃음만 흘리는 리즈였다.

하지만 사라의 신경은 거기에 있지 않았다. 그녀는 손뼉을 마주쳐서 박수를 짝 치더니 리즈가 전혀 예상치 못한 이름을 언급했다.

"기왕이면 우리 둘만 하지 말고 한스도 끼워서 하자."

"한스 탑주님을요?"

"응, 아마 걔도 역사에 자신의 이름이 남는다면 혹할걸?"

"바쁘신 걸로 아는데……."

"그럼 나는 무지 한가해서 함께하는 줄 알아? 아마 한스도 별

로 할 일이 없을 거야. 그렇다고 흥미로운 연구 주제도 없을 거
고. 그러니 한 번 연락을 해봐. 아마 이런 명검 제작에 참가하는
걸 의외로 바랄 테니.”

모든 것을 꿰뚫어 보고 술술 말을 하는 사라였다. 조금 전 우
울한 기미를 보였던 것과 사뭇 다른 모습이어서 의아함이 들었
지만 그럴 수도 있다고 여기고는 고개를 끄덕였다. 그러다 문득
한 가지 의아함이 생겨나 물었다.

“예, 그렇게 말씀하시니 연락을 하겠습니다. 그런데 궁금한
게 있습니다.”

“뭔데?”

“사라 님이 어떻게 한스 탑주님의 근황에 대해 잘 알고 있으
세요?”

“…….”

“예?”

뭐라 중얼거렸는데 귀에 들리지 않았다. 살짝 고개를 숙인 그
녀의 얼굴이 붉어졌지만 리즈는 확인할 수 없었다.

“그냥 그럴 것 같다고. 그러려니 해.”

“아, 예.”

더 물어봐서는 안 될 것 같은 느낌에 리즈는 더 캐묻지 못했
다.

그녀의 예상대로 한스는 명검 제작에 흔쾌히 응했다. 그것을
보면서 리즈는 마법사란 존재가 생각했던 것 이상으로 명예란
것에 약하다는 걸 느끼게 되었다.

"그래도 너무 흔쾌히 응하시는 것 같은데?"

그 이면에 숨겨진 것을 모르는 그로서는 사라나 한스의 자발적인 참여가 제대로 이해되지 않았다.

그것과 별개로 명검 제작은 본격적으로 시작되기 시작했다.

리즈는 가장 먼저 금탑주가 호위 골렘이었던 골든 나이트가 사용했던 무기에 대해서 설명하기 시작했다.

기본 검이되, 마나 전달력에 초점을 둔 골든 소드., 거대한 마나를 한데 응집하여 마나 화살을 생성했던 골든 피닉스, 그리고 신기와 정면으로 맞설 수 있었던 최강의 검, 룬 블레이드까지.

하나하나가 범상치 않은 무기였지만 그중 룬 블레이드는 당연 압권이었다.

당시 신기였던 세인트 해머는 모든 사마의 기운을 멸했는데, 사념으로 에고를 형성한 골든 나이트에게 천적과 같았다. 하지만 룬 블레이드는 그러한 신의 힘을 모조리 틀어막았다. 이는 인간의 물품이 신의 의지를 꺾은 것과 다름없었다.

설명하면서 골든 소드와 골든 피닉스의 제작도를 보여주었고, 마지막에 룬 블레이드를 만든 설계도를 공개했다.

한동아 정신없이 제작원리를 살피던 한스는 허탈함이 깃든 어조로 중얼거렸다.

"위력은 룬 블레이드가 가장 강하지만 완성도는 골든 소드가 제일 높군."

"이렇게 무식한 방법을 사용했으니 위력이 높았던 거였어. 하아, 이게 정말 가능하긴 한 거야?"

"가능하니 만들어졌던 것 아닐까요?"

각기 공개된 무기 중 가장 완성도가 높은 것은 골든 소드였다. 오히려 룬 블레이드의 경우는 단순한 축에 속했는데, 바로 거대한 검신에 끊임없이 마법 중첩진을 새겨 검의 위력을 높이는 마법을 반복적인 작업으로 새겨 넣었던 것이다. 단순하지만 가장 위력을 잘 끌어낸 셈이었다.

그제야 사라와 한스는 리즈가 자신들에게 도움을 청한 이유를 깨달았다.

그가 명검 제작에서 필요한 것은 자신들의 창의적인 아이디어가 아니었다.

단지 8단계 대마법사의 수준으로 세밀하게 마법진을 새길 인물이 필요했던 것이다.

'당했다.'

그 생각이 머릿속을 지배했지만 둘은 서로의 얼굴을 바라보더니 당장에라도 그만두겠다는 말을 꺼내지 못했다.

"하아!"

"후우!"

두 사람의 입에서 한숨이 흘러나왔다.

간략한 설명이 끝난 뒤, 본격적으로 명검 제작에 대한 회의가 열렸다.

한스는 리즈에게 명검 제작에 주안점을 두는 부분에 대해 물었다.

"마법의 중점을 어떤 걸 둘 생각인가?"

"저는 샤프니스로 생각하고 있습니다."

"절삭력을 높일 생각인가?"

"예, 일전에 아라발라가 공작과 검을 견식할 수 있었는데, 기본적인 오러를 배제하고 검 자체의 증폭 능력이 상당했습니다. 루시가 그것을 견뎌내고 동수 혹은 우위를 점하기 위해서는 예기를 키울 필요가 있습니다."

"인위적인 예기 상승이라, 그것이 오러의 위력을 증폭시킬 수 있을까?"

"오러는 예기의 방향으로 생성됩니다. 예기가 강렬할수록 오러를 생성하는 마나 운용이 순조롭고 그 양도 줄어들지요. 저는 분명 샤프니스가 중첩된다면 오러의 위력이 비약적으로 상승하리라 생각합니다."

"흠, 그렇군."

"다른 생각이 있으신지?"

턱을 매만지며 생각에 잠긴 한스는 무언가 하고 싶은 말이 있는 기색이었다. 리즈가 물으니 그는 생각을 정리한 뒤 입을 열었다.

"나는 샤프니스에 헤이스트를 중첩시키는 게 어떨까 생각했다네."

"헤이스트를?"

"검 자체에 걸려 있다면 예기가 더 빠르게 솟아나고, 많은 양의 마나를 불어넣을 수 있지. 검신 자체에 보유할 수 있는 마나양이 늘어난다면 더 빠른 속도로 마나가 주입되어 강력한 오러가 생성되지 않겠나? 물론 마나 소모는 더욱 빨라지겠지만 말일세."

"미처 생각지 못한 부분입니다. 샤프니스에 헤이스트라…….
두 가지 마법이 시너지 효과를 일으키는지 그 부분에 대해 생각
을 해봐야겠군요."

"하나와 하나가 더해져서 둘이 아닌 셋 혹은 넷이 될 수 있는
게 마법 조합이지. 검의 제작 이전에 이러한 마법의 궁합을 찾
아보는 것도 중요하겠군."

"네, 맞는 말씀이세요. 사라 님은요?"

리즈의 물음에 멍하니 상황을 지켜보고 있던 사라가 깜짝 놀
란 표정을 지으며 대답했다.

"으, 으응? 나야 뭐 아무래도 좋아. 한스 말대로 먼저 마법 조
합을 연구해 보는 것도 좋고."

멈칫거리는 모습이 수상함을 자아냈지만 리즈나 한스는 크게
개의치 않는 모습이었다.

그러한 무심함 때문일까.

사라의 표정이 사납게 일그러졌다.

그럼에도 누구도 크게 신경 쓰는 기색은 아니었다.

명검 제작은 과거 마도시대에서 큰 반향을 일으켰던 계획이
었다.

마도시대 마법사들은 지금 시대에 있을 수 없었던 '신의 은
총'을 받아 유례가 없는 삶을 살아왔다. 신들은 인간을 비롯한
피조물을 사랑했고, 인간과 엘프, 드워프로 대표되는 빛의 종족
은 풍부한 마나 속에서 각자의 문명을 이루며 하루하루를 살아
갔다.

하지만 본디 빛과 어둠 사이에 존재하는 인간들은 풍부한 마나 양을 바탕으로 실력을 증진하는 데 목표를 삼더니, 어느 순간부터인가 그 힘을 바탕으로 타 종족을 압박하고, 더 큰 힘을 얻기 위한 용도로 사용하기 시작했다.

그러한 것은 끝내 인간이 신의 권위에 도전하게 만들었는데, 그 과정에서 탄생한 것이 바로 마도시대 삼대 보검이었다.

인간이 신을 뛰어넘겠다는 것.

그 산물이 삼대 보검인 레드 티어즈와 블루 스카이, 그린 랜드였다.

이 세 가지 검은 각기 전설의 경지인 그랜드 마스터의 힘이 하나씩 담겨져 있으며, 그것을 다루는 자는 설사 마스터라 하더라도 그랜드 마스터와 견줄 수 있는 힘을 얻게 되었다.

이러한 삼대 보검에 도전한다는 것은 언뜻 보면 무모한 도전에 가까웠다. 하지만 리즈나 사라는 그것이 충분히 가능하다는 걸 알고 있었다.

걱정하는 사람이라면 유일하게 한스뿐이었다.

"샤프니스에 헤이스트는 상성이 그리 좋지 않아요."

"둘 모두 비슷한 성질을 띠게 되니 그렇군. 샤프니스는 절삭력을 높이는 것에서 예기의 발산을 강화시키고 있고, 헤이스트가 그것을 다시 한 번 시도하려고 하니 성질이 겹치는군."

"그게 끝이 아니야. 두 가지 마법을 조합하는 과정에서 수식이 겹치는 부분이 있어. 이건 미처 발견하지 못했는데 이것도 해결을 해야 돼."

세 명의 대마법사가 토론을 하면서 차근차근 명검 제작 과정에 들어가니 그 속도가 무척 빨랐다.

가장 중요한 것은 결국 시간이었는데, 기존의 룬 블레이드가 무지막지한 양의 룬어를 새겨 넣어 결국 그 중첩된 힘이 신기와 맞먹는 경우였다.

이번 경우도 그와 비슷했지만 나이트 골렘의 커다란 검이 아닌 일반 검이기에 새길 수 있는 룬어의 양은 한정되어 있을 수밖에 없었다.

결국 나타난 결론은 새길 수 있는 룬어를 좀 더 활용하는 것이다.

샤프니스 마법만 중첩시키려던 리즈는 헤이스트를 접목시키자는 한스의 의견을 받아들였지만, 처음부터 난관에 부딪치게 된 것이다.

비슷한 수식이 얽혀 있다는 것은 불필요한 힘의 낭비를 의미한다. 같은 부분을 시전함에 있어 두 번 마나를 소모하게 되니 결국 위력이 줄어드는 결과를 낳는 것이다.

그들도 그 사실을 알고 있었기에 샤프니스와 헤이스트의 신선한 조합을 완성시키고자 했다. 하지만 어느 수식을 하나 지우면 마법이 시전되지 않기에 다른 마법을 중첩시킨다는 생각은 꿈에도 꾸지 못했다.

"이러면 어떨까요?"

"방법이 생각났어?"

"두 마법을 하나로 만들어버리는 거예요."

"샤프니스와 헤이스트를? 그럼 무슨 마법이 되는 거지?"

"이름은 나중에 정하더라도 지금 상황에서는 그것이 최선인 것 같아서요. 샤프니스와 헤이스트의 겹치는 수식 부분을 통합하고 각기 발현되는 마법을 융합하는 거예요. 쉽지는 않지만 두 가지를 분리해서 생각하는 것보다 더 빨리 결과를 나을 수 있다고 생각하는데, 어떠세요?"

"확실히……."

"나쁜 방법은 아니야."

한스와 사라 모두 긍정적인 반응을 보였다.

그가 말한 것은 결국 새로운 마법의 조합을 의미했다.

이는 마법사들에게 있어서도 종종 벌어지는 일. 마법과 마법을 조합하여 더 나은 위력을 만들어내는 작업은 두 사람에게 이골이 난 작업이다.

결국 한스가 리즈에게 했던 마법과 마법의 중첩이 하나에 하나를 더해 둘이 아닌 셋과 넷이 되는 것처럼 마법 조합 또한 마찬가지였다.

샤프니스와 헤이스트.

절삭력과 속도를 높이는 두 가지 마법의 조합은 잘 어울리는 듯하면서 한편으로는 불협화음을 낼 수 있기도 해 여러모로 걸리는 점이 존재했다.

"쉽지 않군."

"샤프니스를 살리게 되면 헤이스트의 움직임이 줄어들어. 그렇다고 반대로 헤이스트의 속도를 중시하면 절삭력은 높아지지만 마나 소모량이 급속도로 늘어나고."

모든 것이 실패의 연속이고, 발전의 과정이었다.

사라와 한스가 마법 조합에 골몰하는 사이, 리즈는 두 가지 마법의 조합 과정에 대해서 고민에 고민을 거듭했다.

그 또한 두 마법 조합에 많은 실패를 겪어야 했다. 가장 낮은 단계에 속하는 두 가지 마법 조합이 실패를 거듭하는 이유는 결국 그것의 속성을 살리는 것이 불가능하다는 말이 된다.

리즈는 꽉 막힌 연구 주제를 놓고 고민하기보다 다른 방향으로 선회하는 방법을 선택했다.

"두 가지는 잘 어울리는 듯하지만 결국 서로를 잡아먹는 성질. 그렇다면 좀 더 나은 방향으로 개량하는 수밖에 없을 거야."

조합하여 최적의 효과를 내지 못했지만 어느 한 가지를 버리고, 마법을 개량하는 것은 충분히 가능했다. 세 명의 대마법사가 쌓은 자료는 짧은 시간이었지만 그만큼 방대하기 그지없었다.

"헤이스트를 버리겠어요."

"그래도 되겠느냐?"

"네, 대신 샤프니스 마법을 개량시키는 방향으로 나아가야죠. 사라 님과 한스 탑주님이 연구해 주신 자료를 토대로 샤프니스 마법을 개량하는 데 성공했어요. 이것만 중첩을 하더라도 상당한 효과를 낳을 수 있을 것 같아요."

"음! 아쉬운데."

"나도 마찬가지야."

리즈가 내놓은 것은 차선책이었지만 다른 방법이 모두 가로막혔다는 것을 두 사람도 인정할 수밖에 없었다. 마법 조합은 둘째 치고 두 마법을 공존하게 만드는 것은 마나 소모가 너무 심했다.

짝!

그때 사라가 무언가 생각이 난 듯 손뼉을 쳤다. 리즈와 한스의 시선이 향하자 잠시 주춤했지만 이내 환한 미소를 지으며 말했다.

"그럼 이런 방법은 어때? 바로 검집을 활용하는 거야."

"검집이라니요?"

"검집에 헤이스트를 중첩시키는 겁니까?"

한스는 사라가 무슨 생각을 하는지 꿰뚫어 본 듯했다. 리즈는 몰랐지만 마법의 지식 폭이 넓은 한스는 곧바로 응용 방법을 알아차렸다.

"맞아! 검집에 헤이스트를 중첩시키는 거야. 그리고 두 가지 마법을 하나로 묶어놓는 거지."

"한 가지라……."

"어차피 나이트 골렘의 검을 축소시킨 거잖아? 그럼 룬어를 새기는 양이 줄어들고 위력이 줄어들 수 없어. 하지만 마법을 새길 수 있는 면적이 늘어난다면 이야기는 달라지겠지? 검뿐만 아니라 검집에도 룬어를 새겨서 검의 위력을 극대화시키는 거야. 물론 시간제한이 존재하겠지만 그랜드 마스터 같은 검사들은 호흡 한순간에 대결이 끝나는 경우가 있으니 시도해 볼 수 있을 것 같아."

"허허, 어차피 실력이 낮은 이들에게 명검을 사용할 이유도 없으니 강자 전용으로 만들자는 것이군요."

"그런 셈이지, 어때, 리즈?"

"예, 굉장히 효율적인 것 같아요. 그것이 아니더라도 그 자체만으로 상당한 위력을 발휘할 테니 검을 더욱 강화시킬 수 있는 획기적인 방안인 것 같습니다.”

리즈는 감탄을 감추지 않으면서 눈을 빛냈다. 검집에 룬어를 새겨 검의 능력을 더욱 강화시키는 것은 생각지도 못했던 것이다.

샤프니스와 헤이스트를 불필요한 마나 소모로 합치고자 했지만 검과 검집으로 분리된다면 결국 그것도 극복이 가능한 것이다.

리즈는 사라에게 몇 가지를 더 물어보았고, 그녀는 검집에 헤이스트를 접목시켜 검에 힘을 실어줄 수 있는 촉매제를 사용해야 한다고 했다.

토론에 토론.

서로의 의견을 교환하고 더 나은 방법을 찾아내는 것은 그들의 마법 지식 폭을 넓히고, 너무 쉽기에 간과하고 지나쳤던 기본적인 사실을 다시 한 번 깨닫고 재해석하는 계기가 되었다.

두 마법으로 검의 제작 준비를 마친 리즈의 두 눈이 빛났다. 검과 검집의 조합이라면 자신이 원하던 룬 블레이드급의 검이 완성될 수 있으리라.

“좋아, 이제 작업만 하면 되는군.”

제작은 이제부터 시작이었다.

모든 이론 정립이 끝나고 한 달의 시간이 흘렀다.

그동안 대륙의 정세에 많은 변화가 일어났다.

랭가스터 제국은 암흑왕국을 침공했고, 테일러 지방과 에스피노 요새에서 일진일퇴를 거듭하면서 치열한 접전을 거듭하고 있었다.

더불어 동북부 전선에 파견한 군대를 전진하면서 압박의 강도를 높여갔다.

그러면서 남부 전선에 거대한 요새를 축조하였는데, 그들의 칼이 향하는 곳은 플로비스 왕국의 북부였다.

북부 국경지대가 점령당하게 되면 플로비스 왕국과 파르베크 도시국가의 육로는 끊기게 되는데, 이는 곧 각국의 고립을 자초하고 약소국인 파르베크 도시국가가 제국의 침략에 고스란히 노출된다는 단점을 지닌다.

베드로 국왕은 상황이 급하게 흘러감에 따라 글론드를 총사령관으로 임명하여 십만의 군대를 소집하여 일전을 준비하기 시작했다.

그리고 저택에 소식을 전하여 리즈를 부르고자 했지만 전쟁에서 사용할 비장의 무기를 준비한다는 핑계로 매번 거부하고 있었다.

그리고 한 달이란 시간 끝에 마침내 결과물이 나왔다.

"……."

완성된 검을 바라보는 세 명의 대마법사 눈에는 짙은 피로감이 묻어나왔다.

결코 긴 시간이 아니었지만 그들에게 있어 긴 대륙의 역사보다 더 길게 느껴진 시간이었다.

"내가 다시는 이런 짓을 하나 봐라."

"허허!"

이를 바득바득 가는 사라와 넋이 나간 것처럼 웃음을 흘리는 한스였다. 그 모습을 바라보면서 리즈는 어색한 미소를 지었다.

그야말로 끔찍하던 한 달이었다.

매일매일 했던 것이라고는 마법진, 마법진, 또 마법진.

마법진을 새기고 다시 새기고 또 새기면서 끊임없이 검의 위력을 강화시켰다.

더 미치겠는 것은 검에는 오로지 샤프니스를, 검집에는 헤이스트 마법진을 새기면서 단순 반복 작업만 계속했던 것이다.

오죽하면 보름여가 지났을 때 샤프니스 마법진만 새기던 한스가 리즈의 헤이스트 마법진을 새기는 검집과 역할을 바꾸면서 마치 세상을 다 가진 것 같은 표정을 지었겠는가.

검과 검집의 연결 고리를 담당한 사라는 처음에 그 수훈을 톡톡히 입었지만 이내 단순 작업에 동원되어 꼼짝없이 한 달을 채워야 했다.

그렇게 완성된 새로운 명검.

시험해 보지 않았지만 그 위력은 능히 마도시대 삼대보검에 뒤처지지 않을 것이다.

세 명의 대마법사와 제작법이 나온 이상 탄생할 수밖에 없는 성과물이었던 것이다.

"내가 다시는 하나 봐라, 그 인간과 주변 일대에 저주를 걸어버리겠어."

"두 번 할 짓은 못 되는군."

다만 한 번 참여하게 되면 심각한 부작용과 거부감을 갖게 되지만 말이다.

리즈는 두 사람에게 고마운 마음을 느끼면서 완성된 검을 바라보고 미소를 지었다.

"…드디어 완성이다."

대륙에 위명을 떨칠 새로운 명검의 탄생이었다.

제작을 마치고, 휴식을 취한 뒤 리즈는 루시아로 하여금 연구실에 오도록 하였다. 초조하게 결과를 기다리던 그녀는 명검이 완성되었다는 소식에 곧바로 달려왔다. 한 달이 조금 넘는 시간만의 만남이었지만 반갑게 인사를 나눈 뒤, 명검이 있는 곳으로 안내했다.

"이것이 명검……."

"한 번 뽑아봐."

"…그래도 될까요?"

루시아는 사라와 한스를 바라보면서 허락을 구했다. 이번 명검 제작에 가장 큰 도움을 준 두 사람의 허락이 있어야 검을 뽑을 기세였다.

"그러도록 해라."

"뽑아도 돼. 뭐라 하지 않을 테니까."

허락이 떨어지자, 고개를 끄덕인 그녀는 검집에서 검을 뽑아 들었다.

스르릉.

"아!"

나직이 흘러나오는 탄성. 푸른빛을 띤 검신에 빼곡히 새겨져 있는 룬어를 보는 순간 이것은 검이 아니라 하나의 예술 작품과도 같다는 생각을 하게 되었다.

자세히 보니 수수한 검집에도 반복되는 마법진이 수천 수만 개가 새겨져 있었고, 검신도 마찬가지였다. 검을 잡는 순간, 알 수 없는 기운이 손을 휘감으면서 전신으로 스며드는 것 같았다.

그것은 마치 검의 기운이 되어 내가 곧 검이 되는 기분.

중첩에 중첩을 거듭한 샤프니스의 기운은 헤이스트와 뒤섞여 빛에 가까운 속도로 루시아의 안에 자신의 존재감을 각인시킨 것이다.

루시아가 경악했다.

"말도 안 돼."

"무슨 문제라도 있어?"

"아니요, 이건 문제가 아니에요. 이건… 악마의 무기예요."

"아, 악마?"

"네, 평범한 사람이 들더라도 이 힘이라면 기사와 맞설 수 있을 거예요. 어떻게 이런 기운이 검에서……."

그녀의 놀라움은 당연했다. 검과 검집의 기운이 하나로 묶이면서 시전자와 동화가 되는데, 일시적이지만 검과 내가 하나가 되는 경지에 도달할 수 있다. 이는 내가 곧 검이며, 검이 곧 내가 되면서 마음을 먹으면 그대로 구현해 내는 것이 가능해진다.

루시아 같은 그랜드 마스터가 이것을 사용하게 되면 그동안 고려하여 펼치지 못했던 검격을 마음껏 펼칠 수 있게 된다.

평범한 사람이 휘두른다면 단숨에 기사조차 베어버릴 수 있을 터였다. 다만 그리되면 생기가 빠져나가 죽음에 이를 터이기에 악마의 무기라고 중얼거렸던 것이다.

"그 말은 마음에 든다는 거지?"

"네. 너무 마음에 들어요. 제가 정말 이 검을 받아도 될까요?"

"쓰게 하려고 만든 거니 받는 게 좋겠지. 다만 남편인 나한테 그런 말을 하지 말고 한스 탑주님과 사라 님에게 허락을 구해야 겠지?"

"괜찮을까요?"

한스는 허허로운 미소를 지으면서 고개를 끄덕였다.

"처음부터 역사에 이름을 남기고자 참여했던 것이니 불만은 없지. 다만 그 검을 가졌으면 세상에서 가장 뛰어난 검사가 되어야만 하네. 그래야 그 검의 위력이 조명받고, 제작한 우리들의 이름이 남겠지."

"흐음."

흔쾌히 수락한 그와 달리 사라는 무언가 생각이 잠긴 듯했다. 그 모습이 심상치 않아서 루시아는 저도 모르게 긴장해야만 했다.

"……"

"검의 주인이 되는 건 상관없어. 하지만 한 가지만큼은 양보할 수 없어."

"어떤 부분인가요?"

"바로 검의 이름! 검의 이름만큼은 우리가 정해야겠어."

"아! 그러고 보니 그걸 깜빡했네요. 검의 이름이야 두 분이 지어주시는 것이 좋다고 생각합니다. 루시도 괜찮지?"

"네, 오히려 원했던 걸요."

크게 어렵지 않고 오히려 바라던 부분을 강하게 주장하니 루시아의 입가에 미소가 맺혔다.

"좋아! 그럼 작품도 완성이 되었으니 이름을 정해 보도록 할까? 뭐가 좋을까."

"허허, 좋아하는 모습이 마치 어린 소녀 같습니다."

"역사에 길이 남을 명검의 이름을 정하는 거잖아. 내 이름을 남기는 것이 목표였으니 차라리 검의 이름을 사라로 해버릴까?"

"그건 좀……."

"그렇지? 하긴, 노골적으로 내 이름을 붙이면 오히려 날 칭송하기보다 욕할 것 같아."

난색을 표하는 한스의 반응에 재빨리 말을 바꾸는 사라였다.

그리고 검의 이름을 정하기 위해 고민을 거듭했지만 결과물은 나오지 않았다.

"일단 가져가고, 나랑 한스가 차차 이름을 생각하도록 할게. 잘 쓰도록 해."

"네? 아, 네."

"우리는 이름을 정하러 가자."

"어? 어어! 허허, 이것 참."

팔을 잡아끄는 사라를 보며 한스는 웃음을 흘리며 끌려갔다.

"이것 참."

그 모습을 바라보는 리즈의 입가에 미소가 걸려 있었다.

제4장
시작되는 전쟁

명검 한라.

한스와 사라가 며칠 동안 상의 끝에 정한 이름이었다.

처음 그것을 들었을 때 리즈는 전생의 '한라'가 떠올라 깜짝 놀라고 말았다. 사라가 오랫동안 태블릿 PC 안에 있었지만 그것을 알 것이라고는 생각지도 못했던 것이다.

하지만 그 이름의 연유를 듣게 된 순간 맥이 빠지고 말았다.

"한스의 한과 사라의 라가 합쳐져서 만든 이름이야. 제법 그럴듯하지?"

"하하, 이것 참."

괜히 대단한 이름을 지어 경외의 눈으로 본 게 억울해지는 순간이었다.

그렇게 검의 이름이 정해지고, 루시아는 검을 손에 익히기 위해 매일같이 연무장으로 향했다. 그리고 빠른 속도로 그녀만의 검이 되어갔다.

손의 크기나 손가락의 길이 등 모든 것이 맞춤형으로 제작되었기에 그럴 수밖에 없었다.

하지만 그 외의 것에 대해서는 이상할 정도로 담담한 모습을 보였다.

혹 아라발라가 공작이란 높은 벽 앞에 그녀가 극복하지 못하고 괴로워하는 것일 수도 있어 리즈가 조심스럽게 물어보았다.

"한라는 어때?"

"자신감이 생기는 것 같아요."

망설임이 없는 대답.

반짝이는 그녀의 눈을 보는 순간 리즈는 자신이 착각하고 있었다는 걸 깨달았다. 신감을 잃은 것이 아니라 충만하다 못해 밖으로 발산되고 있었다.

어떤 적이든 꺾을 수 있다는 자신감.

그동안 그것이 결여되었던 루시아는 마지막 퍼즐 조각을 채워 넣음으로써 완벽해졌다.

"이제 시작인가."

준비가 끝났다는 생각이 들자, 리즈는 며칠 뒤 베드로 국왕의 전선 파견 제안을 흔쾌히 응했다.

남부 전선에 배치된 삼십오만의 제국군은 섣불리 진군하지 않았다. 대신 북부의 암흑제국과 일전에 신경을 기울이는 모양이었는데, 대륙의 각국은 제국의 역량이 그곳에 집중되지 않은 것을 알고 있었다.

현재 제국 남부 전선을 이끄는 인물은 다름 아닌 덴블로 후작.

비록 저번 전쟁에서 패배하게 되었지만 암흑왕국과의 일전에서 큰 공을 거두는 등, 명실상부한 제국의 최고 장군이었다.

그를 따르는 기라성 같은 기사들이 대거 참가하였으며, 삼십오만의 병력 또한 잘 훈련된 정예병이었다.

남부군은 매우 느린 속도로 조금씩 전진했는데, 적에게 시간을 벌 수 있는 여지를 제공하는 듯했지만 삼십오만이라는 숫자는 그들의 숨을 턱턱 막히도록 만들기 충분했다.

가히 느릿하게 덮쳐 오는 해일과 같았다.

플로비스 왕국에서는 글론드를 총사령관으로 임명했지만 동원된 병력의 숫자는 십만에 불과했다.

당장 수성에 급급한 것이 현실이었지만 그는 과감하게 군대를 이끌고 국경지대로 향했다.

십만 대 삼십오만.

언제라도 전면전이 벌어질지 모르는 상황에서 리즈의 합류 소식은 한 줄기 단비와 같았다.

"오랜만에 뵙습니다."

"……."

리즈는 글론드에게 고개를 숙이면서 인사를 건넸지만 돌아온 것은 깔끔한 무시였다.

대신 그의 시선이 그를 따라온 루시아에게 향하고 있었다.

무언의 대화.

증조할아버지와 증손녀의 대화는 무거운 침묵이 지배함으로써 느릿하게 이루어졌다.

중간에 낀 리즈는 그것이 불편했지만 겉으로 드러내지 못했다.

이 모든 것 또한 자신이 지고 가야 할 업보.

왕국을 떠날 당시 아무런 언질도 하지 않은 것은 명백한 자신의 잘못이었다.

"이렇게 낯 두껍게 올 줄 몰랐다."

"저희가 있어야 조금이라도 전선이 유리하게 돌아가지 않겠습니까?"

"네놈들이 없어도 충분히 제국 녀석들에게 쓴맛을 보여줄 수 있다."

천연덕스러운 리즈의 말에 글론드는 코웃음을 쳤다. 당장에라도 모든 것을 해결할 수 있을 것처럼 말하는 그에게 리즈는 어색한 웃음을 흘렸다.

"그래도 도움이 될 수 있지 않겠습니까?"

"스스로도 그렇게 생각하고 있겠지. 넌 네가 저 제국군을 물리칠 수 있다고 생각하느냐?"

"완승은 어렵지만 충분히 격퇴가 가능하다고 생각됩니다."

"절대 진다는 생각은 안 하는군."

빈정거리는 그의 말에도 리즈는 크게 개의치 않으면서 농을 던졌다.

"제가 온 이상 절대 질 수 없는 전쟁입니다. 패한다면 총사령관의 심각한 역량 부족 아니겠습니까?"

"뚫린 입이라고 말도 잘하는군."

"다른 의미로 한 말은 아닙니다. 워낙 군 장악력이 대단하시니

질 수 없는 전쟁이라는 것을 확인시켜 드리려고 했을 뿐입니다.”

“곧 죽어도 이긴다는 확언은 하지 않는구나.”

“그야 상황에 따라 다르지 않겠습니까? 어쨌든 제가 생각한 건 지지 않는 전쟁이고, 그것은 제국의 패망으로 이어질 가능성이 높습니다. 저는 전쟁의 향방보다 그 이후를 생각하고 있습니다.”

제국의 전력은 사방에 흩어져 있고, 리즈는 한 곳으로 집중할 수 있다. 루시아와 사라, 아스렌으로 이어지는 전력은 소수정예 로 최강에 속했다.

하지만 그런 여유를 모르는 글론드로서는 자신감 넘치는 리 즈의 모습에 눈살을 찌푸릴 뿐이었다.

자연히 그의 목소리도 곱지 않았다.

“대체 무슨 생각을 가지고 있는 것이냐?”

“다른 생각은 없습니다. 제가 생각하는 바는 국왕 전하께 전 해 들으셨을 텐데요?”

“그러니까, 넌 오만의 병력으로 제국을 침공할 수 있다고 생 각하는 거냐?”

“예, 도와주신다면 제 뜻을 확실하게 이룰 수 있을 것 같기도 합니다.”

“도와줘?”

“제국의 전력은 대단하지만 현재 한 곳에 집중하지 못한다는 단점이 존재합니다. 이것은 제국의 황베 빌리오덴 3세가 만들 어낸 과욕. 그 틈을 비집고 들어간다면 삼십오만의 병사가 허수 아비로 전락하는 것은 일도 아니게 됩니다.”

“그런 말은 누구나 할 수 있다. 하지만 제국도 바보가 아니

다. 그들이 멍청해서 삼십오만의 병력을 운집하고 모두 돌격할
거라 생각하는 건 아니겠지?"

"물론입니다."

리즈는 고개를 끄덕였지만 이미 그에 대해 심사가 배배 꼬인
글론드는 코웃음을 쳤다.

"전쟁에 대해서 제대로 모르고 그러는군."

"어렵군요."

"내가 개인적인 감정으로 네게 그러는 것 같으냐?"

"그렇지 않으면 이런 말씀을 하실 이유가 없지 않겠습니까?"

"이놈!"

콰콰콰콰!

소리를 버럭 지른 글론드가 자리에서 일어나며 강렬한 기세
를 발산했다. 전신을 옥죄는 기운이었지만 리즈는 물러서지 않
고 정면으로 맞섰다.

마법사가 그랜드 마스터의 기세를 정면으로 맞서는 것은 불
가능한 일. 하지만 리즈는 그것이 가능한 유일한 마법사였다.

'이것 봐라?

전보다 더 어렵지 않게 기세를 받아내는 리즈를 보며 글론드
가 미간을 슬며시 좁혔다.

자신 또한 한 발자국 나아가 진전을 이루었는데 리즈의 성장
속도는 그보다 더 빨랐던 것이다.

마음에 들지 않았다.

가문의 규칙을 어기고 마법사인 그가 증손녀를 데려간 것도
마음에 들지 않는데 아무런 말도 하지 않은 채 왕국을 떠났다가

다시 돌아왔다.

마치 자신의 집처럼 제멋대로 드나드는 행태를 고쳐주리라 생각하고 삐딱하게 나갔다.

하지만 결과는 팽팽한 대립뿐이었다.

리즈는 글론드의 기세를 받아내면서 마나를 운용해 나갔다.

마법사에게도 그랜드 마스터와 비슷한 비기가 존재하는데, 지금은 사라졌지만 과거 클래스 마법을 구사하던 이들은 일명 클래스 프레서라는 것을 활용하여 하위 마법사에게 강렬한 압박을 가했다.

심장에 존재하는 서클은 형태를 달리하게 했지만 그랜드 마스터와 비슷한 공간 장악을 펼칠 수 있었다.

두 힘이 막사 안에서 부딪쳤다.

파밧! 파바밧!

강렬한 여파가 사방으로 퍼져 나가면서 막사 곳곳을 두드렸다. 군데군데 구멍이 뚫릴 정도였지만 두 사람 누구도 물러설 기색이 보이지 않았다.

그중 가장 놀란 것은 다름 아닌 글론드.

마법사가 그랜드 마스터의 비기를 구사한다는 것은 어디에도 들어보지 못한 괴사였다.

둘의 자존심 대립을 끊은 것은 지켜보고만 있던 루시아였다.

"그만하세요."

"왜 그러느냐, 루시아. 너는 저 녀석의 행동이 마음에 드는 것이냐?"

"모든 일에는 이유가 존재하는 법이에요. 걱정은 감사하나 그에게는 사정이 있었어요."

"흐음, 사정이라고?"

"네, 국왕은 그를 내쫓으려고 작정을 했고, 아버지는 그가 가진 이권을 탐냈어요. 거기에서 증조할아버지에게 모든 것을 털어놓고 여파를 감당할 여력은 없었어요. 아무런 말씀을 드리지 않은 것은 죄송하지만 이해해 주세요."

당차지만 똑 부러지는 루시아의 목소리가 울려 퍼졌다. 글론드는 그녀가 이렇게 길게 말한 것을 처음 보았지만 안에 담긴 내용은 그동안 겪었던 고생에 대해 전혀 모르고 함부로 말하는 것에 서운함을 느끼는 듯해 그를 무안하게 만들었다.

"크흠흠!"

"늦었지만 이렇게라도 찾아왔으니 이해해 주세요. 설마 그것도 어려운가요?"

"사과를 하겠다고 하니 받아들이는 것이 옳겠지. 네 문제와 관련해서 옹졸한 모습을 보였지만 이 할애비는 그렇게 속이 좁은 사람이 아니다."

"저도 그렇게 생각하고 있었어요."

"그러냐? 그럼 다행이구나."

한결 풀린 분위기에 글론드는 허허 웃음을 지었다. 방금 전까지만 해도 사생결단을 내리던 분위기와는 천차만별이었다.

'이것 참.'

내심 마음의 준비를 마치고 있었던 리즈는 돌아가는 상황에 황당함을 금치 못했다.

결국 자신만 나쁜 놈이었다. 글론드에게 있어 자신은 어여쁜 증손녀를 훔쳐간 아주 나쁜 놈.

'별수없군.'

후에도 도움을 받기 위해서는 적정선이라는 것이 필요했다.

이럴 때 사라가 없는 것이 조금 아쉬웠다.

어색했던 분위기가 풀어졌지만 자신의 존재가 문제만 일으킨다는 것을 깨달은 리즈가 먼저 쉬겠다는 말과 함께 막사를 나섰다. 둘만 남게 되자, 글론드는 수염을 쓰다듬으며 루시아에게 근황을 물었다.

"네 실력이 눈부시게 발전했더구나."

"아직 많이 부족해요."

"그 정도면 나무랄 데 없는 그랜드 마스터다. 네가 부족하면 누가 완벽한 것이더냐?"

"다른 이와 비교하면 강하지만 제국의 그랜드 마스터와 비교하면 달라요."

"내가 보기엔 덴블로 후작과 재미있는 대결을 벌일 수 있을 것 같다만."

루시아의 입가에 쓴 미소가 걸렸다. 글론드가 본 눈은 정확했지만 대륙 최강의 검사인 아라발라가 공작에게 겪었던 처참한 패배가 떠올랐던 것이다.

"그렇지만 아라발라가 공작에게는 안 돼요."

"그가 정말 대륙 최강이더냐?"

"실력 자체는 압도적이지 않아요. 하지만 그에게는 누구에게도 없는 것이 존재해요."

"그게 무엇이냐?"

"바로 마도시대 보검이에요."

"마도시대 보검? 설마 삼대 보검을 말하는 것이 아니겠지?"

글론드는 설마하는 표정으로 물었지만 루시아의 말은 그것을 확신으로 옮겨주었다.

"그게 맞아요. 아라발라가 공작은 그중에서 레드 티어즈를 지니고 있어요."

"전설이 실제로 존재하는 것이었다니. 정말 대단하군. 허어."

"황제의 호위기사로 있지만 언제든지 외부로 파견할 수 있어요. 그는 대륙에 있어 재앙이 될 가능성이 높아요."

"그렇군, 제국도 믿는 바가 있었어."

"그래서 그이는 국왕에게 오만의 병력을 빌린 거예요. 제국이 지니고 있는 위험을 알고 있기에. 모든 전력을 드러내지 않은 지금, 그들을 격파하고 단숨에 심장까지 꿰뚫어 버릴 생각이에요."

"…그 말은 황도를 노리고 있다는 이야기냐?"

"증조할아버님께서 도와주신다면 충분히 가능한 일이에요."

글론드는 눈앞의 여인이 자신의 증손녀이지만 지금 원하는 것은 협상가로서 제국 침공에 자신이 참전하길 바란다는 것도 알 수 있었다.

"제국 침공이라, 한 번 생각해 볼 문제다."

"전쟁의 추이를 지켜보고 결정을 내리셔도 좋아요."

"알았다, 쉬어라."

"네, 편히 쉬세요."

예를 취한 루시아가 자리에서 일어나 막사를 벗어났다.

그 뒷모습을 쫓던 그는 황당한 표정으로 볼을 긁적였다.

"제국 침공이라, 꿈 한 번 야무지구나."

허황된 말에 불과했지만 기이하게도 그 가능성을 점쳐 보는 자신의 모습을 발견할 수 있었다.

덴블로 후작은 젊은 시절 적진을 단숨에 붕괴시키는 선봉장으로서 역할을 수행했다. 압도적인 검술 실력과 뛰어난 상황 판단 능력은 무수히 많은 전공을 거두게 되었다.

시간이 흐르고 그랜드 마스터의 경지에 오름에 따라 선봉이 아닌 총사령관직을 맡는 경우가 많았지만 직접 전장을 몸으로 겪은 그의 전술은 훌륭히 맞아 떨어져 제국은 연전연승을 거두게 되었다.

그가 남부 전선에 파견된 이유 또한 가장 완벽한 승리를 거두기 위함이다. 그에 대한 지원으로 8단계 대마법사인 마노엘을 파견했고, 리즈가 플로비스 왕국에 합류되었다는 소식을 듣곤 청탑주 카시오까지 파견했다.

한 명의 그랜드 마스터와 두 명의 대마법사, 대륙의 그 어느 국가도 두려워할 수밖에 없는 구성이 아닐 수 없다.

"병력을 다섯 갈래로 나누어 적을 유린하라."

만반의 준비가 갖추어지자, 덴블로 후작은 승리를 위해 군대를 배치했다.

십만이 삼십오만을 경계하는 형국이었지만 각기 오만씩 일곱 갈래로 나눈 그는 병력을 진군시키기 시작했다. 그러자 십만 대 삼십오만이 아닌 십만 대 오만이 되어 대립하는 현상이 발생했다.

다른 삼십만은 차례차례 플로비스 왕국 북부 거점을 무너뜨리면서 숨통을 조여 왔다.

"…전쟁에서 승리하고 반드시 죽여주겠다."

리즈를 그리다가 급기야 그를 죽이고자 했던 데레사 황녀.

그가 무사히 살아서 도망쳤다는 소식에 그대로 앓아눕고 말았다.

그토록 아끼던 손녀가 망가지는 모습은 덴블로 후작에게 참을 수 없는 고통을 선사했다.

그 원인은 리즈에게 있고, 오로지 복수하겠다는 일념으로 남부군을 맡았다.

"이제 시작이군."

조용하지만 분주하게 준비를 갖추는 플로비스 왕국군의 정보를 전달 받은 덴블로 후작은 전쟁 시작을 준비하였다.

"이거 어렵게 돌아가는군."

돌아가는 전황을 보고 받은 리즈는 글론드가 왜 쉽지 않다고 말한 것인지 깨달을 수 있었다.

각기 오만씩 일곱 갈래로 나뉜 제국군의 진군은 어느 것 하나에 집중하지 못할 만큼 맹렬했다.

병력이 많기에 구사할 수 있는 각개전투.

플로비스 왕국이 그것을 막기 위해 병력을 나누는 순간, 차례대로 격파당할 위험이 높았다.

글론드는 그것을 깨닫고 아예 움직이지 않은 채 조용히 일전을 준비했던 것이다.

그리고 그의 행동은 정답이기도 했다.

"일단 본대야. 본대를 부숴 버리면 나머지 병력도 각개격파가 가능해져."

현재 십만의 병력과 대치하고 있는 것은 덴블로 후작이 이끄는 본대. 그것을 전멸시키면 나머지 삼십만 군대는 일제히 오합지졸로 전락하게 된다.

그러기 위해서는 첫 전투가 중요했다. 정면충돌에서 우위를 점하고 연이어 공격을 감행한다면 전쟁의 흐름은 자신들에게 넘어오리라.

하지만 상황은 리즈의 뜻대로 이루어지지 않았다. 본대를 쳐부수기 위해서라도 자신을 활용할 줄 알았던 글론드가 반대하고 나섰던 것이다.

"안 된다."

"무슨 이유입니까?"

"본대는 나 혼자서도 충분히 감당할 수 있기 때문이다."

"본대를 쳐부수면 무려 삼십만의 군대가 무용지물이 됩니다."

"적이 그것을 노리고 있을 거라 생각은 안 했느냐?"

글론드의 말은 타당했다. 리즈 또한 그것을 생각하지 못한 것은 아니었지만 자신있었다.

"함정이어도 힘으로 돌파할 수 있습니다. 충분히 그만한 역량이 있으니까요."

"하나만 알고 둘은 모르는군. 설사 함정이더라도 너나 루시아는 무사할 수 있겠지. 오히려 적의 지휘부에 타격을 줄 수도 있다. 하지만 함정에 빠졌다는 사실 자체만으로 병사들의 전력은 현저히 낮아진다. 그리되면 승리하더라도 큰 피해를 입게 된다."

"절 믿어주십시오."

"유감스럽게도 널 믿을 수 없다. 아니, 함정인 걸 알더라도 무리할 생각은 없다. 병력의 우위를 점하고 있는 제국은 자신의 뜻대로 작전을 펼치고 있지. 그것을 가로막기 위해서라도 정면 대결은 있을 수 없다."

"……."

리즈의 표정은 굳었고, 글론드 또한 물러서지 않았다.

두 사람의 주장은 어느 것이 옳고, 어느 것이 틀리다고 할 수 없었다.

단지 다를 뿐이다.

하지만 결정권은 리즈가 아닌 글론드에게 있었고, 그것을 따를 수밖에 없었다.

"어떻게 할 것이냐?"

"…일단 각개격파를 시도하겠습니다."

"좋다, 그 부분은 네게 믿고 맡기도록 하지."

처음부터 일어나는 불협화음에 리즈의 눈썹이 일그러졌다.

"걸려들지 않는군요."

덴블로 후작은 아쉬운 듯 입맛을 다셨다. 오만에 불과한 숫자이기에 당장에라도 리즈를 비롯한 플로비스 왕국군이 들이닥칠 거라 예상했지만 멋지게 빗나갔던 것이다.

"허허, 그 아이의 성격이라면 강하게 치고 올 줄 알았는데 말입니다. 예상이 틀린 것입니까, 아니면 아직 본진에 도착하지

않은 것입니까?'

"정보는 확실합니다.

"그 정도로 참을성이 있는 것 같지는 않은데 말입니다."

황탑주 마노엘은 플로비스 왕국군이 주둔한 곳을 보며 눈을 빛냈다. 리즈를 미워하지 않았지만 그가 지닌 재주가 탐이 나는 것은 사실이었다. 빌리오텐 3세의 명령에 굴말하지 않고 전선에 합류한 것은 리즈를 사로잡아 그의 마법적인 근원을 캐내고자 하는 마음이 숨어 있었다.

"아마 군 내에서 위치가 예전 같지 않을 확률이 높습니다. 현재 군대를 이끄는 인물은 전전대 카리온 공작입니다. 그는 리즈의 부인 루시아의 증조할아버지이기도 하지요. 하지만 리즈와 사이가 좋지 않다고 알려져 있습니다."

"그것은 곧 군 내의 분열을 초래할 수도 있다는 이야기입니까?'

"그렇지요."

"본 제국이 이만한 기회가 없겠군요."

"예, 그래서 병력을 쪼개 각자 군대를 이끌고 진군하도록 한 뒤, 저들을 유인하는 중입니다. 설사 각개격파를 노린다고 해도……."

"우리가 있지요, 허허."

마노엘의 입가에 미소가 지어졌다. 그와 카시오가 이곳으로 온 이유는 리즈를 잡기 위한 것도 있지만 일곱 갈래로 나뉜 병력을 보호하기 위한 것도 있었다.

"빈틈을 노린다면 그것이 곧 그의 무덤이 되겠지요."

리즈를 사로잡을 그 순간을 떠올리며 덴블로 후작이 이를 꽉 깨물었다.

글론드는 완고했고, 좀 더 상황을 지켜보길 원했다.

그것을 곁에서 지켜보는 리즈는 답답함이 가슴이 터져 나갈 것 같았다.

제국이 동원할 수 있는 초인의 숫자는 한정적이었고, 전체적인 전력은 플로비스 왕국이 오히려 우위를 점하고 있었다. 그럼에도 글론드는 함정을 파놓았을 거라며 신중에 신중을 기한다. 당장 정면 대결로 모조리 부숴 버릴 자신이 있는 리즈로서는 몸이 근질거릴 수밖에 없었다.

그리고 마침내 내려진 진군 명령.

오만의 병력을 글론드 휘하 장군이 지휘하며, 글론드가 나머지 오만을 이끌고 제국의 본진을 공격하기로 결정을 내린 것이다.

그제야 리즈는 그가 나머지 여섯 곳의 병력이 주둔한 걸 확인하려고 한 걸 알아차렸지만 결정을 내리고 너무 오랜 시간이 지난 뒤였다.

"확실한 게 좋지만 너무 느릿하게 움직이면 좋지 않은데."

하고 싶은 말은 많았지만 모든 것을 겉으로 털어놓을 수 없었다. 루시아는 차마 자신을 따뜻하게 대해준 증조할아버지를 비난할 수 없어 리즈의 손을 붙잡는 것으로 대답을 대신했다.

"몸 상태는 어때?"

"나쁘지 않아요."

"다행이다. 오늘 덴블로 후작을 확실하게 끌어내자. 그가 없다면 제국은 아라발라가 공작을 동원해서 나설 수밖에 없어."

"아라발라가 공작. 이번에는 그때처럼 맥없이 당하지 않을 거예요."

"그걸 시험하기 위해선 덴블로 후작만큼 적합한 상대가 없지."

분노를 불태우는 루시아를 보며 리즈는 미소를 지었다. 한라라고 이름 지어진 명검은 극도의 예기를 지녀 주인의 신체에 영향을 끼치는 검이다.

세 명의 대마법사가 한 달 동안 반복 작업을 하면서 자연스럽게 주입된 장인 정신은 명검 한라에게 일말의 자아까지 형성케 했다.

"가자, 우리가 할 일을 해야지."

"네."

플로비스 왕국으로 돌아왔지만 리즈와 루시아는 엄연히 말해 타국의 손님.

군대를 이끄는 것도 허락되지 않았고, 작전 회의에 참가하는 것도 허락되지 않는다.

그저 정해진 작전에 힘을 보태는 것만 가능할 뿐.

하지만 그것만으로도 충분히 제국에 타격을 줄 수 있으리라.

그의 두 눈에 제국군 진영으로 돌격하는 플로비스 왕국군이 눈에 들어왔다.

와아아아아!

드넓게 펼쳐진 평원이 떠나갈 듯한 함성 소리. 도합 십만에 달하는 양국의 군대가 얽혀 치열한 접전을 벌이고 있었다.

글론드가 세운 작전은 특별할 것이 없었다. 제국의 전력이 분산되어 있고, 본진에서 멀리 떨어져 있는 걸 확인했으니 본대를 철저하게 무너뜨려 나머지 삼십만의 통제 능력을 현저히 약화시키라는 내용이었다.

　작전을 하달받은 장군은 전군 공격 개시를 명령했다. 가장 앞장서서 돌격한 것은 기사단이었고, 그에 맞서 제국도 기사들을 돌격시켰다.

　무언가 이상하다고 생각한 것은 제국군 진영에서 끊임없이 쏟아져 나오는 기사들을 보았을 때다.

　'뭔가 잘못됐다.'

　전해진 정보에 의하면 현재 주둔하고 있는 본진에는 도합 삼백여 명의 기사가 있다고 했다. 제국은 남부 전선에 천오백 명에 달하는 군대를 파견했고, 나머지 천 이백 명은 여섯 진영에 분산되어 있었다.

　그에 반해 응집된 플로비스 왕국은 오백 명이 넘는 기사를 보유했다. 그중 돌격에 동원한 기사는 삼백 명이었는데, 지금 제국 진영에서 나오는 기사의 숫자가 그와 비슷했다.

　'여력을 남기지 않고 전부 내보낸단 말인가?'

　하지만 그 예상은 빗나가고 말았다. 제국군 진영에서는 아직도 기사가 나오고 있던 것이다.

　그 숫자는 사백을 넘어 무려 오백!

　플로비스 왕국군 전체에 포함된 숫자만큼 되었다.

　"말도 안 돼!"

　제국군 진영을 요격하기 위해 삼백 명의 기사를 데리고 왔는데 제국군의 기사 숫자가 더 많았다. 이렇게 되면 상황이 어찌 흘러갈지 모른다. 대마법사가 도움을 주기 위해 왔지만 적아가 복잡하게 얽힌 상황에서 위력을 발휘하기 힘들었던 것이다.

뿐만 아니라 돌격 명령에 따라 병사들도 얽혀들었다. 만약 기사들에게 후퇴를 명령하면 급속도로 사기가 떨어져 바로 패배하게 되리라.

"리즈 님! 리즈 님!"

안색이 안 좋게 바뀐 장군, 보스온 백작은 다급한 목소리로 리즈를 찾았다. 지금 이곳에서 밀리게 되면 플로비스 왕국은 북부 지역 전체를 내어주게 된다. 이는 곧 대륙 남부 국가들의 단절을 의미. 그 여파는 상상하지 못할 만큼 클 것임이 분명했다.

그의 다급한 마음을 짐작이라도 한 듯 리즈가 모습을 드러냈다. 보스온 백작은 마치 구세주를 만난 것 마냥 표정이 밝아졌다.

"상황 파악되었습니다. 돕도록 하지요."

"감사합니다."

"어느 순간 제 마법이 적아를 가리지 않을 수 있습니다. 때를 맞춰 후퇴 명령을 내려주십시오."

"예."

어떠한 작위도 없는 마법사였지만 대마법사라는 것이 보스온 백작으로 하여금 어렵게 만들었다. 당장 그가 할 수 있는 것은 전황이 흘러가는 것을 바라보는 것뿐.

허공에 모습을 드러낸 리즈가 손에 그만의 스태프를 꺼내 들어 마법을 시전하는 것이 눈에 들어왔다.

"모습을 드러내지 않는다 이거지."

덴블로 후작은 제국의 총사령관.

그만 제거할 수 있다면 어렵지 않게 제국군을 물리치는 것이

가능했다.

하지만 제국의 총사령관인 그가 쉽게 모습을 드러낼 리 없고 그와의 충돌을 원할 리도 없었다.

"나타나지 않으면 나타나게끔 만들면 되지."

간단하게 상황을 정리한 리즈는 곧바로 마법을 시전했다.

태블릿 PC의 애플리케이션은 미리 정해진 수식과 값을 도출해내면서 눈부신 속도로 마법을 캐스팅한 뒤 시전되었다.

"플레임 스트라이크!"

7단계 화염 마법이 하늘에서 덮쳐 왔다. 광범위한 넓이를 자랑하는 플레임 스트라이크는 적중할 경우 수백 명의 병력을 불태우는 마법이다.

플로비스 왕국군을 상대하기 위해 나섰던 제국군은 하늘에 쏟아지는 화염 폭풍에 그대로 휩쓸리고 말았다.

"끄악! 뜨거워! 뜨거워!"

"하늘이다! 하늘에서 불이 떨어진다."

"마법사다! 적의 마법사다!"

곳곳에서 외침이 터져 나왔다. 마법사의 존재는 일반 병사들에게 있어 두려움의 상징. 전체적인 전력에서 우세를 점하고 있던 제국의 기세가 한풀 꺾였다.

그에 반해 플로비스 왕국군의 사기는 그야말로 수직 상승.

무시무시한 마법을 구사하는 대마법사의 존재는 그들을 용기백배하게 만들었다.

와아아아아!

거센 함성 소리가 전장에 울려 퍼졌다.

리즈는 플레임 스트라이크에서 멈추지 않고 연달아 마법을
시전했다.

여러 번의 마법이 시전되고, 그중에서 썬더 라이크가 강타할
때는 전의가 꺾인 제국군이 주춤주춤 물러서면서 도망칠 준비
를 하고 있었다.

처음과는 완전히 다른 흐름.

전장의 흐름이 플로비스 왕국으로 기우는 듯하자 제국 측에
서 즉각 조치를 취했다.

두 개의 신형이 반짝이는가 싶더니 순식간에 마법을 시전하
는 리즈 앞에 나타난 것이다.

"역시 제국의 함정이었군."

놀라울 정도로 담담한 리즈의 음성이었다.

그 모습을 본 두 사람 중 황색 로브를 걸친 마법사, 마노엘은
감탄사를 흘렸다.

"호오, 함정인 것을 알고 온 겐가?"

"제국이 바보가 아니라면 이렇게 허술한 형태로 진영을 구축할
리 없다고 생각했습니다. 그런데 두 분이 오실 줄은 몰랐습니다."

"대어를 낚기 위해서는 미끼도 먹음직해야지만 낚시꾼도 그
만큼 뛰어나야 하지 않은가."

"딱히 틀린 말은 아니군요."

"함정에 빠졌지만 자네는 언제나와 같군."

두 명의 대마법사, 마노엘과 카시오에게 포위당한 리즈의 형
세는 누가 보아도 위태로움 그 자체였다.

현격한 열세였지만 리즈는 개의치 않았다.

“누가 함정에 빠졌다는 것입니까?”

“믿는 수라도 있는 건가?”

“죄송하지만 하정에 빠진 것은 제가 아니라 두 분입니다.”

콰앙!

그와 동시에 리즈에게서 마법이 시전되었다. 익스플로전이 펼쳐지자 마노엘과 카시오는 양쪽으로 갈라지며 여파에서 벗어나려고 했지만, 범위 내에 있어 휘말릴 위기에 처하여 그대로 지면으로 내려왔다.

그러자 섬광처럼 한 줄기 신형이 쇄도하더니 마노엘을 향해 검을 휘둘렀다.

“헉! 절대방어!”

한순간 틈이 열린 마노엘은 메모라이즈를 통해 미리 저장해 둔 절대방어를 시전했다.

카가가가각!

푸른 막이 앞에 생겨나면서 불똥이 튀었지만 절대방어는 이내 부서지고 말았다.

그사이 몸을 피하는 데 성공한 마노엘은 앞에 서 있는 여인을 보고 피가 싸늘하게 식는 것을 느껴야만 했다. 무표정한 얼굴로 검을 들고 있는 이는 다름 아닌 루시아였던 것이다.

그랜드 마스터인 그녀까지 전장에 참전했을 줄이야.

“누가 함정에 빠졌는지 아시리라 생각합니다.”

어느새 그들의 퇴로를 차단하고 나선 리즈가 입가에 짙은 미소를 지었다.

제5장
접전

앞뒤로 포위당한 마노엘과 카시오는 리즈가 처음부터 이 순간을 노렸단 걸 깨달았다. 그러자 함정에 빠진 것은 그가 아닌 자신들이라는 것도 알게 되었다.

"당했군."

"허허, 이것 참."

"사람의 인생이 이래서 오묘한 것이지요. 이제 어쩌시겠습니까?"

"어쩌냐니, 우리에게 항복이라도 요구하는 것인가?"

"대마법사는 만나기 힘든 존재. 예우를 약속드리겠습니다."

제국에서 그들을 겪어본 리즈였기에 이대로 죽이기 싫었다. 그들이 이번 전쟁에 참전할 수 없도록 억류만 할 수 있다면 목적은 이룬 것이라 생각했다.

하지만 그 말을 들을 리 없었다.

오히려 전투 자세를 취하는 모습을 보며 리즈는 눈살을 찌푸렸다.

"정녕 벌주를 선택하시겠단 것입니까?"

"허허 언제부터 제국을 위한 선택이 벌주였던 것인지 모르겠군. 카시오 어떻게 생각하나?"

"섣부른 자만."

"자만이지. 맞는 말이네. 리즈, 자네는 지금 자만을 하고 있어."

끝까지 대항하려는 모습에 리즈는 눈살을 찌푸렸다.

안타까운 마음이 들었던 것이다.

대결이 벌어지면 루시아는 손속에 인정을 두지 않을 것이다.

"그랜드 마스터를 앞에 두고 승리를 거둘 수 있으리라 생각하시는 겁니까?"

"해보지 않고서는 모르는 일이지."

"…뒷일은 책임지지 않습니다."

"기대하겠네."

그 말을 끝으로 본격적인 대치 상황에 들어갔다.

앞은 루시아, 그리고 뒤는 리즈.

그랜드 마스터와 대마법사에게 포위당한 두 탑주는 의외로 평온한 기색이었다.

'무슨 생각이지?'

리즈는 그들의 태연함이 어떠한 이유가 있어서 가능한 것이라 생각했다. 머릿속에 여러 가지 생각이 스쳐 지나갔지만 뚜렷한 답은 나오지 않았다.

우우우웅!

돌연 일어나는 거센 마나 파동.

처음에는 그것이 무엇을 의미하는지 알아차리지 못하던 리즈가 흠칫했다. 빠르게 배열되고 있는 수식은 그에게 친숙한 것이기 때문이다.

"이, 이건?"

"자네의 전유물이라 생각하면 오산이지."

"말도 안 돼."

리즈의 입에서 헛바람이 흘러나왔다. 루시아가 움찔하면서 당장에라도 검을 휘두르려고 했다.

그리고 무언가 강렬한 기류가 발생하자 더 이상 그의 말을 기다리지 않고 달려들었다.

스파앗!

그때, 빛이 사방으로 폭사했다.

그랜드 마스터라고 하나 루시아 또한 결국 인간.

순간 시력을 앗아가는 빛에 눈을 질끈 감았다. 동시에 감각을 사방으로 확장하면서 대상을 찾고, 곧바로 마노엘을 향해 검을 휘둘렀다.

한 치의 망설임이 없는 검격.

방금 전 마법을 구사한 만큼 결코 막아내지 못할 거란 생각이 머릿속을 지배했다.

꽈앙!

하지만 그것은 그녀의 착각에 지나지 않았다. 로브를 가르고 피륙을 베어버려야 할 느낌이 들지 않고, 오히려 둔탁한 충격이 손을 타고 흘러 들어왔다.

"……!"

전혀 예상치 못한 충격에 루시아는 뒤로 물러나면서 앞을 바라보려고 했다.

하지만 워낙 강렬한 빛의 여파는 여전히 그녀의 시력을 온전하게 유지시키지 못했다.

그때 그녀에게 일격을 가한 정체불명의 인물이 공격을 감행했다. 루시아는 눈을 감은 채 감각을 곤두세우면서 공격을 막아 나갔다.

꽝! 꽈과광! 꽈르릉!

루시아는 자신에게 공격을 가하는 검격이 익숙하다는 것을 느꼈다.

이 묵직한 느낌과 올곧은 검로. 그리고 상대를 쉴 틈 없이 몰아치는 검을 구사하는 인물은 한 사람밖에 없다.

"덴블로 후작."

"이제 알아차렸군."

회복된 시야에 들어온 인물은 다름 아닌 덴블로 후작이었다.

"……."

리즈는 방금 전 펼쳐진 광경을 보고 잠시나마 할 말을 잃었다. 그만큼 놀라운 광경이었기에 그렇다.

"텔레포트라니……."

대륙 그 어느 마법사도 구사하지 못하는 자신만의 것.

방금 전까지는 그렇게 생각하고 있었다.

그런데 마노엘과 카시오는 힘을 합쳐 텔레포트를 시전했다. 그것도 당사자의 이동이 아닌 타인을 이끌어낸다는 것은 이미 텔레포트가 완숙의 경지에 도달했다는 걸 의미했다.

'그래서 추격할 때 우리 앞을 가로막을 수 있었던 건가.'

제국에서 도망칠 때 저들의 기이할 정도로 발 빠른 포위망을 떠올리면서 납득할 수 있었다.

그리고 덴블로 후작에게 밀리고 있는 루시아를 보면서 언제라도 달려들 준비를 했다.

그럼에도 쉬이 접근하지 못하는 것은 두 명의 대마법사가 자신을 경계하고 있어서였다.

"한 수 준비하고 계셨군요."

"허허, 자네를 상대하기 위해서 이 정도는 필수 아니겠는가?"

"한 방 먹었습니다. 이렇게 되면 함정에 걸린 것은 탑주님들이 아니라 제가 되겠군요. 아무래도 이곳에 뼈를 묻을 것 같습니다."

엄살을 떨고 있었지만 두 눈은 차분하게 주변을 훑고 있었다. 루시아의 실력은 덴블로 후작에게 밀리지 않았고, 명검 한라가 있는 이상 우위를 점할 수 있을 터였다.

그렇다면 이번 전투의 핵심은 자신.

과연 두 명의 대마법사를 상대로 어떤 위용을 떨칠 수 있을지가 관건이었다.

"그러면 좋겠지만 자네의 두 눈은 전혀 그렇지 않은 듯하군. 아닌가?"

“물론입니다. 제가 이곳에 순순히 뼈를 묻을 리 없지 않습니까?”

“그렇군, 하지만 자네는 이곳에서 죽을 수밖에 없을 걸세.”

세 명과 두 명.

누가 보아도 전력의 차이는 극명했다.

하지만 상대가 그랜드 마스터가 아닌 대마법사라면 리즈는 자신있었다.

“그건 지켜보면 알 수 있지 않겠습니까?”

파아앗!

그와 동시에 태블릿 PC에 마나를 불어 넣은 리즈가 마법을 구사했다.

“플레임 스톰!”

넓은 범위 마법을 통해 완벽하게 시력이 회복되지 않은 루시아까지 보호하려는 속셈이었다.

그것을 조용히 지켜보고 있던 마노엘이 중얼거렸다.

“언제 보아도 신기한 수법이로군.”

“기이할 정도로 캐스팅 속도가 빠르다.”

“내 말이 그거일세. 대체 어떤 수법을 구사하기에 저런 마법 시전이 가능하단 말인가?”

플레임 스톰은 제법 고위 마법에 속했지만 그들에게 어떠한 영향도 행사할 수 없었다.

콰과과광!

가볍게 생성한 방어 마법에 가로막혀 얼마 지나지 않아 흩어졌다. 하지만 그 여파로 루시아와 덴블로 후작이, 리즈와 두 마탑주의 대결 구도가 뚜렷해졌다.

"두 분에게 유감이 있는 것은 아닙니다. 하지만 제 자신을 위해서라도 두 분에게 모질게 대해야 하는 점 양해 부탁드리겠습니다."

"자네는 아무래도 우리를 너무 얕보는 것 같군."

"그럴 리 있겠습니까?"

"그것이 오만이라는 걸 곧 깨닫게 될 걸세."

리즈는 마노엘이 저렇게 자신만만한 모습을 보이는 이유가 무엇인지 궁금했다.

황탑주인 그의 실력은 의심할 필요가 없지만 전투에 있어 최고의 능력을 발휘할 수 있는지 여부에 대해서는 여러모로 의문이었던 것이다.

그리고 그의 예상은 일부분 맞아떨어졌지만 모든 것이 들어맞은 것은 아니었다. 앞으로 한 걸음 나서는 카시오를 보며 두 눈이 크게 뜨였던 것이다.

"카시오 님?"

파직! 파지직!

푸른 로브가 펄럭이기 시작하더니, 카시오의 양손에 푸른 뇌전이 일렁이기 시작했다. 그것이 무엇인지 몰랐던 리즈는 놀란 눈으로 지켜보고 있어야만 했다.

"청탑의 비기다. 전투 마법에 최적화된 청탑을 상대로 여유를 부린 걸 후회하게 해주지."

파앗!

도저히 마법사라고 보기 힘든 날랜 몸놀림이 카시오에게 구현되었다. 단박에 거리를 좁힌 뒤, 양손에 서린 푸른 뇌전이 리즈를 휘감았다.

"썬더 스트라이크!"

뇌전에는 뇌전.

리즈는 저 푸른 뇌전의 위력이 어느 정도인지 짐작할 수 없어 먼저 위력을 시험하기로 했다. 빠른 속도로 캐스팅된 썬더 스트라이크가 카시오에게 쇄도했고, 그는 양손을 휘둘러 마법을 쳤다.

꽈과과과광!

마치 종이처럼 두 갈래로 찢어진 썬더 스트라이크가 지면을 강타하면서 요란한 폭발을 일으켰다. 리즈의 두 눈이 찢어질 것처럼 커졌다.

"말도 안 돼."

믿기지 않는 현상에 그는 경악을 감추지 못했다. 하지만 놀라고 있을 수 없었다. 카시오가 근접 거리로 접근하여 푸른 뇌전을 쏘아 보내고 있었던 것이다.

리즈가 헬 파이어로 대응하니, 낮게 깔린 마노엘의 목소리가 귀에 틀어박혔다.

"날 잊으면 곤란하지."

쿠구궁!

"큭!"

동시에 거센 압박이 리즈에게 전해졌다. 그것이 무얼 의미하는지 알고 있는 그는 몸에 가해지는 고통보다 놀라움이 컸다.

"클래스 프레셔?"

"고대의 비기를 알고 있다니. 역시 금탑주의 심득을 얻은 게 분명하군."

"……."

리즈는 대꾸하지 않고 기어이 헬 파이어를 시전하여 카시오를 튕겨낸 뒤, 마노엘에게 플레임 스트라이크를 날려 보냈다.

그는 손에 금빛 벼락을 생성하여 리즈의 마법을 단숨에 찍어 눌렀다.

꽝! 꽝! 꽝!

사방으로 흩어진 플레임 스트라이크가 지면을 거침없이 파고들었다.

전혀 예상치 못한 전투 전개였다.

자신의 캐스팅 애플리케이션이면 능히 두 대마법사를 압도하리라 생각했다.

하지만 드러난 결과는 자신의 열세였다.

어떻게 이런 현상이 벌어진단 말인가.

놀란 마음을 다스리는 그에게 마노엘의 음성이 귓속으로 파고들었다.

"전투 마법은 오래 전부터 발전해 왔지. 제국의 마법을 얕본 대가를 치르게 될 걸세."

"쉽게 당하지 않을 겁니다."

차분하게 가라앉는 리즈의 두 눈.

그 또한 모든 전력을 발휘하여 두 대마법사를 상대하기로 마음을 먹었다.

루시아와 덴블로 후작은 마법사들의 대결처럼 요란하지 않았다. 지면에 버티고 서서 대치한 상태로 서로의 빈틈을 발견하기 위해 치열한 탐색전을 이어나갔다.

하지만 두 사람 모두 경지에 오른 검사.

상대의 빈틈을 파고들기에는 짊어져야 할 리스크가 너무나 컸다.

덴블로 후작은 천천히 루시아를 살피면서 가라앉은 목소리로 물었다.

"대단하군. 그사이 더 강해졌는가?"

"……."

"대답을 기대한 내 실수로군. 그나저나 저쪽의 대결은 요란한데."

콰과과광!

마법과 마법이 충돌하면서 연신 폭음이 그들의 귓가를 파고들었다.

그리고 마법의 파편이 날아올 때, 지루하게 이어지던 둘의 대치 상황이 끝났다.

파앗!

"흡!"

기습적으로 치고 들어오는 루시아의 검격에 덴블로 후작은 호흡을 멈추고 반격을 가했다.

노림수에 또 다른 노림수.

계산에 계산을 거듭하는 둘의 공격이 허공에 교차하는가 싶더니, 이내 강렬한 불똥이 튀면서 얽혀들기 시작했다.

까앙! 깡! 깡!

그랜드 마스터에 오르면서 오러를 발출하는 기교가 현란했지만 그것이 점점 수수하게 바뀌면서 이내 검신에 발산되는 오러가 모두 사라지는 경우가 발생한다.

이는 검의 능력을 극대화하는 기술인데, 극도의 집중이 발휘되지 않고서는 펼칠 수 없는 비기였다.

덴블로 후작은 루시아의 검에 벌어지는 현상을 발견할 수 있었다.

완전한 그랜드 마스터인 그녀가 그 비기까지 발현한다면 자신도 모든 힘을 끌어내야 했다.

'전력을 다해야겠군.'

그러지 않으면 죽는 것은 자신이 될 수 있으니까.

그의 두 눈이 반짝이는가 싶더니, 빠른 속도로 신형이 쇄도했다.

두 신형이 교차하면서 날카로운 기세가 서로의 전신을 휘감았다.

피슛!

루시아의 양팔에서 핏줄기가 뿜어져 나왔고, 덴블로 후작의 가슴 부분이 쩍 벌어졌다. 그럼에도 둘 모두 치명적인 부상은 피했다. 결정적인 순간 몸을 비틀면서 상대에게 치명타를 가하려고 했던 것이다. 하지만 같은 생각을 하고 있어서 제대로 된 힘을 내지 못했다.

"정말 대단하군."

"……."

"자네가 리즈를 따른다는 사실이 너무나 아쉬워."

덴블로 후작의 담담한 시선이 루시아에게 향했다. 그는 리즈를 미워했지만 근본적인 이유는 그녀에게 있다고 해도 과언이 아니다.

아름다운 미모와 그랜드 마스터에 도달한 신위는 데레사가 뛰어넘기에 너무나 높았다.

그녀만 없었더라면, 지금쯤 리즈의 곁을 차지한 것은 자신의 외손녀였을 것이다.

"한 가지 묻고 싶은 게 있어요."

"뭐지?"

결코 먼저 말을 걸지 않는 여인임을 알았기에 갖고 있는 의문이 무엇인지 궁금했다.

"아라발라가 공작과 실력을 비교하면 어떻죠?"

"날 말하는 건가? 이미 한 번 겪어보았을 텐데."

"그럼에도 그를 대륙 최강으로 인정하시는군요."

방금 전 대결로 루시아는 깨달을 수 있었다.

덴블로 후작의 실력은 아라발라가 공작보다 오히려 위에 속했다.

다만 그는 방어 성향이 짙은 검술을 익혔고, 그것이 공격에 온전한 위력으로 발휘되지 못하니 그동안 상대적으로 저평가를 받을 수밖에 없었던 것이다. 명검 한라의 존재로 검과 내가 하나가 되는 경지에 도달하니, 그제야 덴블로 후작의 철벽같은 방어력을 눈치채게 되었다.

"어쩔 수 있나? 검의 선택을 받은 것도 그의 능력이니."

“그렇군요.”

“그럼에도 날 꺾을 수 있다고 생각하나?”

“충분히 가능해요.”

“그 자신감도 나쁘지 않군. 그것이 사실이길 바라야 할 것이다. 그렇지 않으면 네 남편은 내 검에 죽음을 맞이할 테니.”

콰콰콰콰!

도발 섞인 그의 말에 루시아는 기세의 발산으로 대답을 대신했다.

그것은 반드시 죽이겠다는 필살의 의지였다.

리즈는 두 탑주의 치밀한 합공에 연신 후퇴에 후퇴를 거듭해야만 했다. 집요하게 근접전을 요구하는 카시오와 원거리에서 보조하는 마노엘의 합공은 기존에 겪어보지 못한 새로운 형태의 어려움이었다.

‘어려워.’

그중 가장 껄끄러운 것은 카시오였다.

청탑주인 그의 주특기가 공격 계열 마법인 것은 알고 있었지만 푸른색을 띤 뇌전이 존재하리라고는 생각지도 못했다. 그것은 집요하고 강렬했으며, 화염 못지않은 폭발력을 지니고 있었다.

그의 손에 서려 마치 라운 파이터를 연상케 하는 체술을 구사했지만, 거리가 벌어질 때면 그것을 투척하여 리즈의 간담을 서늘하게 했다.

하지만 공격이 이어짐에 따라 차츰 그것에 익숙해지기 시작했다.

접근하는 카시오를 향해 헬 썬더를 시전한 리즈는 양손을 맞잡고 튕겨내는 모습을 보면서 가볍게 혀를 찼다.

"칫!"

어느 누구도 우위를 점하지 못하는 지루한 상황의 연속이었다. 리즈는 대결이 지속되면 불리해지는 것은 자신이란 걸 깨달았다. 고위 계열 마법을 쉬지 않고 난사하고 있는 형국이니, 시간이 흐르게 된다면 마나 고갈로 온전한 힘을 발휘하지 못할 터였다.

여태까지 마법을 구사하던 그의 손이 자연스럽게 주머니로 들어갔다. 그리고 금 조각 두 개가 빛에 반짝이는 순간, 외침이 터져 나왔다.

"올 플리체."

피융!

순간 화살의 형태로 바뀐 금 조각은 눈부신 속도로 카시오와 마노엘을 향해 날아갔다.

방금 전까지 구사하던 마법 패턴과는 확연히 달랐기에 둘은 멈칫하면서 그것을 막아내려고 했다.

하지만 그 광경은 사뭇 달랐다.

파지직!

푸른 뇌전을 구사한 카시오는 생각보다 훨씬 강렬한 반탄력에 놀란 표정으로 멈칫멈칫했다. 그렇다고 치명적인 것은 아니어서 무사히 금빛 화살을 막아낼 수 있었지만 사단은 다른 곳에서 발생했다.

“크으으!”

빠르지만 작은 금빛 화살을 단순한 암기로 치부하던 마노엘이 단단히 혼났던 것이다.

자신이 구사한 방어막이 단숨에 꿰뚫리며 부서지자, 서둘러 절대방어를 시전하여 막아냈다. 그럼에도 금빛 화살은 쉬이 기세가 수그러들지 않았고, 오히려 절대방어에 균열이 일어났다.

꽝!

“욱!”

방어막 유지를 위해 마나를 밀어 넣던 마노엘은 금빛 화살의 소멸과 함께 방어막에 금이 가면서 깨져 버리자, 피를 한 뭉큼 토했다.

“끝입니다.”

“안 된다!”

그사이 마노엘에게 접근한 리즈가 마무리로 헬 파이어를 날리자, 카시오가 황급히 달려 나가려 하다가 멈칫했다.

허공에 서 있던 리즈의 신형이 공간 속으로 빨려 들어간 것이다.

어떻게 돌아가는 상황인지 눈치채지 못한 카시오가 순간 멈칫했지만 저쪽에서 이루어지는 대치 상황에 나타난 리즈를 보고 그제야 알 수 있었다.

리즈는 처음부터 덴블로 후작을 노리고 있었던 것이다.

거대한 불의 구, 헬 파이어가 그에게 떨어졌다.

루시아와 대립하고 있던 덴블로 후작은 마법과 동시에 치고 들어오는 검격을 보고 고민에 사로잡혔다.

헬 파이어냐, 검격이냐.

둘이 아닌 어느 하나만 선택할 수 있는 상황이었다.

두 가지 모두 치명적인 일격이었다. 덴블로 후작은 이를 꽉 깨물고 루시아의 검을 튕겨냈다. 뒤로 밀려나는 그녀의 신형과 마찬가지로 그도 비틀거리면서 물러났다. 힘의 해소가 완전하지 않아 재빠르게 균형을 잡고자 했지만 그사이 헬 파이어는 그에게 도달해 있었다.

꽈아아아아아앙!

"크아아아!"

뒤늦게 검을 휘둘렀지만 어마어마한 헬 파이어의 폭발력에 휘말린 덴블로 후작이 고통에 가득 찬 비명을 질렀다.

"후작! 욱!"

위기에 처한 덴블로 후작을 보며 마노엘이 소리를 치다가 피를 한 모금 더 토했다. 카시오가 푸른 뇌전을 제거하고, 곧바로 덴블로 후작을 구하기 위해 헬 파이어로 뛰어들었다.

찰나의 순간, 마노엘과 카시오가 떨어졌고, 그것은 기회를 엿보던 루시아에게 절호의 기회로 작용했다.

"루시."

슈악!

명검 한라의 예기가 섬광처럼 뻗어나가 마노엘을 노렸다. 그랜드 마스터와 8단계 마법사의 대결은 두말이 필요없는 결과를 낳는다.

그는 방어 마법을 시전하려고 했지만 내부가 진탕된 상황에서 온전히 그녀의 일격을 막아낼 수 없었다.

파사사!

"끅!"

방어막을 부숴 버리고, 일격이 가슴을 베어버리니, 비틀거리던 마노엘이 그대로 주저앉았다. 루시아의 공격에 그대로 목숨을 잃은 것이다.

제국에서 친하게 지내던 그의 죽음에 리즈는 마음이 아파왔지만 지금은 감정보다 냉철한 이성이 필요한 순간이었다. 그가 외치기도 전에 이미 루시아는 먼저 움직이면서 덴블로 후작에게 쇄도하고 있었다.

카시오가 그 앞을 가로막으면서 두 손을 휘둘렀다.

푸른 뇌전과 붉은 오러가 허공에 얽히면서 요란한 폭발을 일으켰다.

파지직! 퐈르릉!

"크읍!"

그의 푸른 뇌전은 대단한 위력을 지니고 있지만 그랜드 마스터의 오러에 비할 바는 아니었다. 극도의 응집력은 마법을 산산이 흩어놓으면서 강렬한 충격을 가했다.

속이 뒤집힌 카시오가 자리에서 거꾸러졌고, 루시아는 검을 휘둘러 그를 베어버리려고 했지만 멀리서 느껴지는 압박에 뒤로 물러서며 방어 자세를 취했다.

꽝!

어렵지 않게 튕겨내니, 날아온 물체는 다름 아닌 검이었다. 고개를 돌리자, 그곳에는 곳곳에 화상을 입은 덴블로 후작이 비틀거리며 서 있었다.

루시아는 바로 달려들려고 했지만, 튕겨나간 검이 오러 파이어의 묘리로 압박을 해오니 섣불리 다가가지 못했다.

하지만 헬 파이어를 정면으로 적중 당한 덴블로 후작은 루시아를 오랫동안 막아내지 못했다. 기어이 내부의 충격을 이겨내지 못한 그가 피를 토하며 비틀거렸다.

"우웩! 어서!"

그의 재촉에 쓰러졌던 카시오가 품속에서 스크롤을 꺼내 들었다.

본능적으로 그것의 정체를 눈치챈 리즈가 루시아에게 외쳤다.

"루시!"

"……!"

그녀 또한 그것이 의미하는 바를 깨닫고 곧바로 검을 날렸다. 하지만 몸을 움직이는 순간 무언가 이상이 발생한 것처럼 멈칫거렸다. 그러다 보니 던진 검은 온전히 힘이 실리지 않았다.

그리고 제대로 통제되지 않은 검은 심장을 노리던 것이 다른 방향으로 휘어졌다.

서걱!

"큭!"

왼팔이 잘린 카시오가 이를 꽉 깨물며 신음을 집어삼켰다. 다행히 스크롤을 쥔 오른손은 무사했다. 그는 입에 문 뒤 당기자, 찢어지면서 마법이 발동되었다. 어느새 곁에 선 덴블로 후작과 함께 푸른빛에 휩싸이기 시작했다.

그리고 빛의 폭사와 함께 모습을 감추었다.

스파앗!

"제길!"

다 잡은 둘을 놓치게 되자 리즈가 표정을 구기면서 아쉬워했다.

카시오와 덴블로 후작을 잡는다면 향후 전쟁은 자신들의 압도적인 우세로 진행될 수 있었다. 그 기회를 놓친 리즈는 땅을 치고 후회했다.

하지만 그것도 잠시, 우두커니 서 있는 루시아를 보면서 리즈는 의아한 표정을 지었다.

"루시?"

"네."

"무슨 이상이라도 있는 거야?"

"아니, 아무것도 아니에요."

"뭔가 이상해. 방금 전도 원래 하지 않았을 실수인데. 몸에 이상이 있는 건 아니지?"

"……."

걱정스러운 표정을 짓는 리즈의 모습에 루시아는 생각에 잠겼다. 정말 자신에게 무슨 이상이 있는 건가 싶었지만 마나의 흐름도 원활했고 특별한 이상 따위는 느껴지지 않았다.

"괜찮아요."

"그래도 문제가 있으니 한번 알아보자. 알았지?"

걱정해 주는 리즈를 보면서 루시아는 미소를 지었다. 자신을 위해 이토록 신경 써주는 반쪽의 존재는 공허한 마음을 충만하게 채워주고는 했다.

그와 함께라면 어디도 무섭지 않았다. 그녀는 고개를 끄덕이며 조용히 그의 품에 안겼다.

"그럴게요."

제6장
어이없는 실수

각기 오만의 병력이 격돌한 전투는 어느 누구의 승리랄 것 없이 많은 피해를 남긴 채 끝을 맺었다. 플로비스 왕국군은 열세의 상황에도 물러서지 않는 제국군의 기세에 기가 질리고 말았다. 뒤이어 여섯 갈래로 나뉜 병력이 포위망을 형성하고 접근하고 있다고 하자, 빠른 속도로 사기가 떨어지기 시작했다.

하지만 그것은 이어진 소식으로 말끔하게 지워졌다. 보이지 않는 곳에서 벌어진 접전은 양국 군대에 극명한 반응을 일으켰던 것이다.

가장 중요한 소식은 바로 이것이었다.

―덴블로 후작의 패배!

　가까스로 목숨을 부지하고 돌아온 덴블로 후작이 목숨이 위중할 정도로 큰 부상을 입었다는 소식이 제국군의 진영을 넘어 플로비스 왕국군에 전해졌다.

　이는 치솟던 제국군의 사기를 떨어뜨리기에 충분했다. 총사령관인 그가 위중함에 따라 제국은 전체적인 군대를 통솔할 총사령관을 잃고 말았다.

　희소식은 거기에 지나지 않았다.

　그보다 더 좋은 소식이 얼마 지나지 않아 전장을 강타한 것이다.

　―제국의 마탑주 마노엘이 리즈에게 목숨을 잃었다!

　와아아아!

　리즈 만세!

　소식이 전해지는 순간 플로비스 왕국 진영에서 터져 나온 병사들의 환호성이었다. 그들은 자국의 마법사인 리즈가 제국의 이름 높은 마탑주를 쓰러뜨렸다는 것을 자랑스러워했다.

　베드로 국왕이나 본인 모두 플로비스 왕국 소속이라 생각하지 않지만 일반 병사들은 여전히 그가 플로비스 왕국의 일원이라 여겼다.

　이와 같은 성과는 글론드가 전장을 주도하는 데 큰 도움을 주었다.

　그는 본대를 이끌고 나타나 도합 십만에 달하는 군대를 이끌고 진군하니, 각기 흩어져 있던 제국군이 후퇴를 감행하기 시작했다.

숫자 우위에서 밀릴 뿐만 아니라 지금 상황에서 맞붙는다면 기세 오른 플로비스 왕국군의 힘을 감당할 수 없으리라 여긴 것이다.

느린 진군이었지만 그것의 여파는 상당하여 여섯 갈래로 진군하던 제국군을 모두 쫓아내는 성과를 거두었다. 글론드는 멀지 않은 곳에 진영을 설치하고 언제라도 공격을 감행할 수 있도록 준비를 게을리하지 않았다.

하지만 그들은 내부에서 예기치 않은 암초를 만나게 되었으니, 바로 저번 승리에서 가장 큰 공을 세운 리즈의 말 때문이었다.

"싫습니다."

"뭐라?"

"저는 플로비스 왕국 소속이 아닙니다. 이야기가 잘 풀리면 협조할 수 있으나 그것은 제가 원하는 바가 아니군요."

"……."

당당한 그의 말에 글론드는 할 말을 잃고 말았다. 그렇다고 뻣뻣하게 나오는 그에게 강제로 권할 수 없는 노릇이었다. 그의 말마따나 리즈는 플로비스 왕국의 출신이 아니었기 때문이다.

언제고 그 말을 한 번 언급한 적 있었던 글론드로서는 리즈를 강제할 수 없게 되었다는 사실을 깨닫고 표정을 일그러뜨렸다.

"정말 어렵나?"

"플로비스 왕국 출신이 아닌 제가 마법사들을 지휘한다는 것부터가 좋지 않은 선례를 남기는 것입니다. 유감이지만 그 제안은 받아들일 수 없습니다."

"그렇게 단도직입적으로 거절하다니."

"죄송할 따름입니다."

전쟁에 승리를 거둠에 따라 상황이 바뀌었다. 글론드는 승리를 위해서라도 리즈의 힘을 필요로 했고, 그는 순순히 협력하려 들지 않았다.

보이지 않는 알력 싸움이 전쟁 끝나기 전에 발생한 것이다.

"일단 생각해 보도록. 내 의견은 바뀌지 않을 테니."

"저도 당분간은 바뀌지 않을 것입니다."

"대체 무엇 때문에 그러는 거지?"

얼마 전까지 공격을 주장하던 그가 이렇게 바뀌니, 글론드가 답답한 마음에 목소리를 높였다.

"굉장히 급한 일이 생겨서입니다. 죄송합니다."

그렇게 말을 한 리즈는 고개를 꾸벅 숙인 뒤 자리에서 물러났다.

리즈 또한 마음 같아서는 글론드의 제안을 받아들여 제국군을 물리치고 약속 받은 오만의 군대로 공격을 감행하고 싶었다.

하지만 예기치 않은 암초가 발생했으니, 바로 루시아의 존재였다.

지난 전투 이후, 그녀는 전과 다른 몸 상태를 보였다. 마나 스캔을 해보니 마나의 흐름이 불규칙해졌는데, 그것이 자칫 마나 폭주로 이어질 수 있을까 싶어 내내 그녀의 곁에 붙어 감시를 하고 있었다.

"루시, 괜찮아?"

"전 괜찮아요."

"아니, 내가 보기에는 전혀 괜찮지 않아."

혹시나 싶어 몸 상태에 대해 물어보면 그녀의 대답은 늘 같았다. 그래서 그는 더더욱 곁을 떠나지 못하고 지켜야만 했다.

시시각각 마나 스캔을 하면서 몸 상태를 살피곤 했는데, 불규칙한 마나 흐름은 여전했다. 리즈는 괜찮다는 그녀를 강제로 앉히고는 어떠한 수련도 하지 못하게 했다.

"지금이 중요한 시기야. 어찌 보면 이런 증상이 나타난 건 당연한 걸 수도 있어."

"당연하다는 게 뭐죠?"

"어린 나이에 많은 양의 마나를 쌓았다는 것은 그만큼 정순하지 않다는 걸 의미해. 뛰어난 수련 방법으로 그것을 완화시켰지만 그것뿐, 마나가 정순하게 가다듬어지는 것은 세월이 필요로 하거든. 루시는 최근 들어 강자들을 만났고, 전력을 발휘해야 했어. 그것이 불규칙한 마나의 흐름을 만들어냈으리라 생각해."

"전 괜찮은데……."

심각한 말을 하는 리즈의 것과 달리 루시아는 자신의 상태에 전혀 이상을 못 느꼈다.

오히려 너무 튼튼해서 몸이 근질거릴 정도였다.

불규칙한 마나 흐름이 느껴지기는 했지만 그녀 또한 그 이유에 대해 구체적으로 모르다 보니 리즈의 말에 순순히 따를 수밖에 없었다.

그러면서 한편으로는 전장에서 그와 이렇게 시간을 보낼 수 있다는 것이 나쁘지 않았다.

자신을 걱정하는 모습에서 얼마나 사랑하고 있는지 알 수 있었으니 말이다.

하지만 그것도 고작 며칠이었다.

열흘이 넘도록 그녀의 불규칙한 마나 흐름은 여전했다.

뭔가 더 증상이 심각해지거나, 완화되는 모습을 보여야 하는데 마치 시간이 멈춰 버린 것처럼 그 상태 그대로였으니 리즈는 마음이 답답했다.

"구체적인 증상은 나도 모르겠어. 신관을 청했으니, 조만간 상태를 알 수 있을 거야."

"신관을요?"

"응, 마나 스캔으로는 이상이 있어도 알아낼 수 있는 한계가 있어. 하지만 신관은 다르지. 그들의 능력이면 루시가 어떤 이상이 있는지 알 수 있을 거야."

마나 폭주로 이어질 수 있는 상황이면 심각한 사안이었다.

리즈는 어떠한 일이 있어도 루시를 지켜내겠다고 다짐하면서 눈을 빛냈다.

"임신이에요."

"……."

"…예?"

루시아를 진단한 신관이 결론을 이야기하니, 둘은 황당한 표정을 감추지 않고 신관을 바라보았다. 하지만 그녀의 말은 조금 전 들은 그대로였다.

"임신이에요. 십오 주가 조금 넘었네요. 이 정도면 기미가 보였을 텐데 모르셨나요?"

"잘……."

전혀 몰랐기에 그녀가 느끼는 놀라움은 상상 이상이었다. 고개를 절레절레 젓자, 여신관은 의아한 표정을 지으며 중얼거렸다.

"분명 생리가 멈추고 증상이 나타날 텐데."

"……."

그랜드 마스터에 오른 그녀였지만 최근 수련에 매진하면서 그 부분에 대해 크게 신경 쓰지 못한 것이 사실이었다.

"어쨌든 격렬한 움직임은 금물이에요. 추천하자면 전장이 아닌 편히 쉴 수 있는 곳에서 몸조리하는 게 좋을 것 같고요."

"아, 예. 감사합니다."

"안정이 최고예요. 그러니 각별히 신경 써주세요."

그 말을 남긴 여신관이 자리를 벗어났다. 밖으로 나가는 그 모습을 멍하니 바라보던 리즈가 루시아를 바라보았다. 두 시선이 허공에 마주치자 어색한 분위기가 감돌았다.

"들었지, 루시?"

"네."

그녀의 음성에 수줍음이 묻어나왔다. 그토록 노력하던 둘만의 결실이 생겨난 것이다. 처음에는 얼떨떨하여 상황을 받아들이지 못했지만 그것을 현실인 것을 자각하자 격렬한 감정이 전신을 휘감았다.

“드디어, 드디어……”

“진정하세요.”

“고마워, 루시. 정말 고마워. 앞으로 내가 정말 잘할게.”

루시아는 리즈를 진정시키려고 했지만 그것은 그의 행동을 재촉하는 것에 지나지 않았다. 손을 꼭 붙잡으면서 연신 잘하겠다고 하는 모습에 그녀는 어색하게 미소를 지으며 고개를 끄덕일 수밖에 없었다.

한편으로는 기뻐하는 모습에 자신도 덩달아 기분이 좋아졌다.

“내가 아빠가 되는구나, 내가 아빠가.”

감회가 새로웠다.

평생 이런 날이 자신에게 오리라고는 막연하게 생각만 했을 뿐이니까.

리즈는 사랑을 잊고자 했던 자신에게 루시아 같은 여인과 맺어지게 해준 것에 감사했고, 사랑의 결실을 보게 된 것에 다시 한 번 감사했다.

“일단 전장을 떠나 왕도로 돌아가는 게 좋겠어.”

“괜찮을까요?”

제국 진영에는 여전히 덴블로 후작과 카시오가 존재했다. 저번 전투로 큰 부상을 입었지만 그것뿐, 신관들의 집중적인 치료가 곁들여지면 제 상태를 회복하는 것이 가능했다. 그리되면 상황은 오히려 그들 쪽으로 기울게 된다.

하지만 리즈에게 있어 그녀의 걱정은 기우에 불과했다.

“가서 편히 몸조리해. 그게 내 마음을 더 편하게 만들어주는

거야. 루시가 없는 게 아쉽지만 사라 님이 대신해 줄 수 있을 테
니.”

“…….”

“내 말 들어. 우리의 아이를 위한 길이기도 해. 알았지?”

“네.”

루시아는 자신의 마음을 알아주지 못하는 리즈에게 섭섭했지
만 모든 것이 아이를 위해서라는 말에 순순히 납득했다. 그것도
모른 채 덴블로 후작을 죽이겠답시고 격렬하게 움직였으니 실
수를 저지른 것은 자신이었다.

“편히 쉬면서 필요한 건 뭐든지 말해. 먹고 싶은 것도 말하
고. 알았지?”

“그럴게요. 걱정 끼치지 않게 잘할게요.”

“고마워, 그리고 사랑해.”

“저도요.”

서로의 얼굴을 바라보던 두 사람이 짧은 입맞춤과 함께 긴 포
옹을 나누었다.

루시아가 전장을 벗어났다.

리즈는 이 부분에 대해서 글론드에게 솔직하게 털어놓았다.
처음에는 그랜드 마스터인 그녀가 이탈하는 것에 못마땅한 표
정을 지었지만 임신했다는 소식을 전해 듣자 곧바로 화색을 띠
었다.

전장에서 듣는 증손녀의 임신 소식은 황당하기 그지없었지만
모든 것을 뒤로할 만큼 기분 좋은 소식이었다.

그녀가 떠나고 얼마 지나지 않아 사라가 전장에 합류했다. 텔레포트 마법으로 단숨에 나타난 사라는 자신을 맞아주는 리즈를 보면서 날카롭게 쏘아붙였다.

"잘하는 짓이다, 잘하는 짓."

"그렇죠? 감사합니다."

"감사하긴 무슨! 지금 내 말이 무엇을 의미하는지 모르는 거야?"

"예?"

어리둥절하는 리즈를 보면서 사라는 치미는 부아를 참지 못하고 리즈에게 쏘아붙였다.

"제국을 물리칠 가장 중요한 시기에 임신이라니. 지금 우리는 소중한 그랜드 마스터 전력 하나를 일시적으로 잃어버린 거라고. 이 바보야. 그러니 작작 좀 하지."

"하, 하하하!"

적나라하기 그지없는 표현에 리즈는 어색한 웃음을 흘리고 말았다. 뭐라 말을 하고 싶었지만 틀린 부분이 없다 보니 변명의 여지가 존재하지 않았다.

"그래서 사라 님을 청한 거 아니겠어요?"

"쳇! 나도 연애 사업 좀 전개하려고 했더니 이게 뭐냐고."

"죄송합니다."

"그러니까 잘해. 어서 전쟁에 이겨야 나도 마음 편히 할 것 하면서 살 거 아니야."

"그렇죠."

불만 가득한 사라의 잔소리를 들으면서 리즈는 입가에 미소를 지었다. 대부분 날카로운 말이었지만 루시아의 임신 소식은 모든 것을 커버하고도 남았다.

"그나저나 어떻게 할 생각이야?"

"사라 님이 오셨으니 바로 공세에 돌입할 생각이에요."

"흐음, 소문은 들었는데 사실이야?"

"예, 덴블로 후작은 간신히 살아서 도망쳤습니다. 루시가 임신하지 않았으면 확실하게 숨통을 끊어놓았을 텐데, 그 점이 아쉽죠."

리즈는 얼마 전 벌어진 전투에 대해 간략하게 설명했다. 황탑주 마노엘을 쓰러뜨리고, 덴블로 후작은 전신 화상이라는 부상을, 청탑주 카시오는 왼팔이 잘려 나간 것을 언급했다.

"대단한 성관데?"

"한라의 힘이 굉장했어요."

"하긴, 누가 제작에 참여했는데 그 정도는 당연한 성과지."

놀라워하다가 금세 태도를 달리하는 것을 보고 피식 웃음을 흘렸다. 그것을 본 사라가 도끼눈을 뜨며 달려들었지만 이 모든 성과에 만족할 따름이었다.

"루시의 부재가 아쉽지만 저는 사라 님이 오셔서 괜찮다고 생각해요."

"그야 당연하지. 내 가치를 이제야 알았다면 너무 늦은 거야."

"네, 그렇죠. 사라 님은 정말 큰 도움이 될 거라고 생각해요."

"무슨 생각이야? 네가 이렇게 순순히 칭찬할 인물은 아닐 텐데?"

그제야 그의 칭찬이 단순한 빈말이 아님을 알게 된 사라가 의구심을 드러냈지만 리즈는 대답하지 않았다. 그리고 얼마 지나지 않아 자신의 활용도가 글론드를 압박하는 데 있음을 알아차린 그녀는 화를 내며 길길이 날뛰었지만, 나중에 이르러서는 오히려 그것을 즐겼다.

한때 짝사랑했던 여인이 새로운 육체를 얻어 나타나자, 글론드가 경악한 표정을 지었던 것이다.

그것은 쉽게 양보할 수 없는 결정적인 순간과도 같아 사라의 장난기에 불을 지르는 결과를 낳았다.

그 결과 매일같이 글론드에게 찾아가서 이것저것 참여하며 간섭하기에 이른다.

불같은 성격을 지닌 그였지만 첫사랑의 힘인 걸까.

뭐라 한마디 찍소리도 못한 채 순순히 순응하는 모습을 보였다.

남부 전선의 패배는 제국을 크게 뒤흔들었다.

북부 암흑왕국과의 전선에서 이렇다 할 성과를 내지 못하고 있으며, 동북부는 여전히 대치 상태가 전부였다.

주목적인 대륙 남부를 점령해야 하는데 황탑주 마노엘의 죽음은 전혀 예상치 못한 부분이었다.

황도가 술렁였다.

얼마 전까지만 해도 함께하던 리즈가 마노엘을 죽였다는 사실이 제국 귀족들로 하여금 분노하게 했다.

왁자지껄, 소란스러운 분위기 가운데 홀로 동떨어진 라파드가 쓴웃음을 지었다.

"이렇게 되는 건가."

리즈의 숙청 계획에서 공을 세워 자작의 작위를 수여받은 라파드.

그는 더 이상 일개 상인이 아닌 제국의 정식 귀족이 되어 많은 권한을 누릴 수 있게 되었다.

하지만 정계에서 그는 외톨이였다.

빌리오덴 3세의 도움을 받고 있지만 그는 오랜 친우인 리즈를 배신한 자에 지나지 않았던 것.

이 모든 것을 예상하고 있었던 라파드는 그러한 소문을 감내하고 받아들였다. 제국으로 들어와 그들의 계획에 참여한 것은 자신의 인생에 있어 가장 큰 오점이었지만 당시 상황에서 그것이 최선이었음을 확신했다.

"인질의 가치조차 없을 테고."

마노엘을 죽임으로써 리즈는 확실하게 제국의 적으로 돌아섰다.

그러는 와중에 한 가지 계획이 흘러나왔는데, 바로 그의 친구였던 라파드를 인질 삼아 협박하자는 계획이었다. 그것은 무척 그럴 듯하여 여러 귀족의 호응을 얻었지만 빌리오덴 3세가 직접 하지 않겠다고 공언함으로써 사그라졌다.

그러나 그러한 황제의 가호가 오래 이어지지 않을 것임을 라파드는 모르지 않았다.

그를 쫓아낸 시점에서 자신의 활용도는 끝이 났다. 혹시나 모를 인질의 가치를 생각하여 삶을 이어나가고 있지만, 그것이 끝

나는 순간 자신은 끈 떨어진 연처럼 강자의 논리에 휘말리는 약
자가 될 것이다.

회의는 별다른 내용 없이 끝을 맺었고, 라파드는 회의장을 나
서다가 빌리오덴 3세가 찾는다는 말을 듣고 발걸음을 대전으로
옮겼다.

저 높은 곳에 위치한 그를 본 라파드는 곧바로 예를 취했다.

"황제 폐하를 뵙습니다."

"이제는 예를 취하는 것이 자연스럽군."

"황공하옵니다."

"자작을 부른 이유는 간단하다. 리즈 리안, 그의 약점이 필요
하다."

"어떤 약점을 말씀하시는 것입니까?"

속마음은 달랐지만 라파드는 철저하게 황제의 의도에 맞춰
행을 했다. 그것이 아무도 눈치채지 못하게 소식을 전달한 방법
이었고, 앞으로도 꾸준히 이어나갈 모습이기도 했다.

"말 그대로다. 약점이 될 만한 모든 것을 알고 싶다."

"제가 단언컨대, 그만큼 약점을 찾기 어려운 인물은 없을 것
입니다."

"약점이 없다?"

"예, 리즈 리안은 지난 시간 보아오면서 가장 독특한 인물에
해당합니다. 그 스스로 남들과 같은 평범함을 가장하고 있으나
저는 그것이 다르다는 걸 잘 알고 있습니다."

"어떤 점이 다른지 말해봐라."

빌리오덴 3세는 흥미로운 표정으로 라파드의 대답을 재촉했

다. 그의 존재로 제국은 어려움에 처했지만 그 어려움이 오히려
그로 하여금 활력을 느끼게 했다.

"우선 대부분의 약점이라 말하면 일신상의 문제, 집안 문제,
나아가 정치적인 문제를 들 수 있습니다. 일신상의 문제를 짚어
보면 대마법사인 그의 약점은 거의 없습니다. 비정상적으로 빠
른 캐스팅 속도로 그랜드 마스터와 능히 맞설 수 있으니, 소수
의 전력으로 그를 사로잡는 것은 사실상 불가능한 일입니다."

"집안 문제는? 가족이 사로잡힌다면 마음이 흔들릴 수 있다."

"그것 또한 일시적일 뿐입니다. 리즈는 어린 시절 가문에서
핍박을 받으며 자라왔고, 그의 아비는 가문의 뒤를 이을 적자를
위해 리즈를 콜로세움으로 밀어 넣었습니다. 그가 힘을 가지고
있기에 그 자리에서 살아나올 수 있었지만, 가문에 대한 마지막
예우로 인연을 끊는 것에 지나지 않았습니다. 결국 그들이 어떠
한 변고에 닥치더라도 잠깐일 뿐, 별다른 타격을 줄 수 없을 것
입니다. 그리고 그의 부인인 루시아 카리온은 그랜드 마스터,
오히려 리즈보다 강할 수 있으니 그녀를 어떻게 할 것이면 차라
리 리즈를 직접 공격하는 것이 더 나을 것입니다."

"정치적인 문제는 어떻지?"

"과거라면 베드로 국왕과 관계를 교묘하게 유도하여 이간질
할 수 있겠지만 지금은 다릅니다. 베드로 국왕은 이번 전쟁에서
리즈가 차지하는 중요도를 알고 있습니다. 플로비스 왕국이 대
륙 남부의 맹주 역할을 맡게 만드는 요소인만큼 전쟁이 끝날 때
까지 내칠 가능성은 적습니다. 그렇게 되려면 전쟁이 끝나야 하
는데, 제국이 패배를 자초할 이유는 어디에도 없습니다."

"결국 어느 부분도 건드릴 수 없다는 뜻이로군."

"황공하옵니다."

라파드는 고개를 깊게 숙임으로써 죄송하다는 표현을 돌려서 보였다. 턱을 매만지며 생각에 잠겨 있던 빌리오덴 3세가 중얼거렸다.

"온전히 제국의 품에 안겼다면 대륙 통일도 꿈이 아니었을 터."

"그는 휘어지지 않는 인물입니다. 만약 회유가 아닌 제거를 생각하고 계신다면 일시적으로 모든 전력을 집중시켜야 할 것입니다."

지금 제국의 상황이 그렇게 하지 못한다는 걸 알고 있기에 라파드가 하는 말이었다. 아라발라가 공작과 적탑주 클로뷘은 각 전선을 유지함에 있어 절대적으로 필요한 인물들이었다.

"전력 동원이라, 긍정적으로 생각해 보겠다. 자작의 말이 많은 도움이 되었다. 앞으로도 종종 부를 테니 의견을 기탄없이 말하도록."

"예."

"물러가라."

축객령에 고개를 숙인 라파드가 대전을 나섰다. 그 후에도 턱을 매만지며 생각에 잠겨 있던 빌리오덴 3세가 입을 열었다.

"어떻게 생각하지?"

"모두 사실입니다."

앞으로 나서면서 입을 연 것은 아라발라가 공작이었다. 그는 정보부에서 취합한 정보를 떠올리면서 리즈의 약점을 찾아보려고 했지만 라파드의 입에서 나온 말과 대동소이했다.

"그 정도로 약점이 없다고?"

"어린 나이답지 않은 인물입니다. 폐하께서도 이미 알고 계시지 않습니까?"

"때로는 알고 있는 것과 사실이 다르길 바라는 마음도 있는 법이다. 그런 인물이 있다니, 정말 대단한 말이 저절로 나오는군."

"폐하."

"설사 나의 정책과 반하더라도 품에 안는 것만으로 도움이 되는 인물이었다. 내 과욕으로 스스로 발목을 붙잡게 되었으니 핑계의 여지가 없군."

마노엘의 죽음은 빌리오덴 3세로 하여금 의욕과 슬픔을 동시에 느끼게 하였다.

대륙은 넓고, 강자들은 많았다.

제국을 대표하는 대마법사의 부재는 심각한 타격을 의미했다. 거기에 덴블로 후작과 카시오마저 부상을 입었으니, 남부 전선을 유지하는 것이 고작인 상황이 되었다.

"그대는 내가 어떤 결정을 내리는 것이 옳다고 보는가?"

"폐하께서 원하시는 그것입니다."

"전쟁이 지속된다?"

"상위 전력이 뛰어나다고 하나 그들이 모두 감당할 수 없는 법. 덴블로 후작이 지휘했듯이 다수의 병력을 여러 갈래로 나눠 운용한다면 금방 적의 한계가 드러날 것입니다. 이는 폐하께서 원하는 결과를 낳게 될 것이니 상황이 나쁘다고 볼 수 없습니다."

"정신을 차렸지만 덴블로 후작의 내상은 심각하다. 그럼에도 요양하게 하지 않고 군대를 운용하라는 건가?"

"원대한 계획을 위해 작은 손해는 불가피합니다."

"작은 손해라, 작은 손해."

단호한 아라발라가 공작의 그것은 빌리오덴 3세의 판단과 비슷했다.

오랫동안 함께해 오면서 서로의 생각을 누구보다 잘 알고 있었다. 그 역시 초원의 피를 이은 전사인만큼 대륙을 통일하고자 하는 빌리오덴 3세의 의지를 적극적으로 지지하는 중이었다.

본래 계획은 덴블로 후작을 황도로 소환하고 용병술이 뛰어난 귀족을 임시 사령관으로 삼아 남부 전선으로 파견할 생각이었다. 하지만 덴블로 후작이 장군으로서 역량을 발휘할 수 있다면 굳이 복잡하게 길을 돌아갈 필요는 없었다.

"명령을 내리도록. 덴블로 후작의 총사령관직은 유지할 것이며, 플로비스 왕국군을 몰살시키고 남부 지방을 점령하게 해라."

"예."

명령 하달을 마친 빌리오덴 3세는 옥좌에 몸을 묻었다. 생각에 빠진 그의 두 눈은 강렬하게 빛나고 있었다.

사라의 합류는 번번이 글론드에게 가로막혀 고생하던 리즈에게 한 줄기 빛이 되었지만 자신이 잘못 판단했다는 것을 얼마 지나지 않아 깨닫게 되었다.

8단계 대마법사인 그녀가 전선에 공식적으로 모습을 드러낼 수 없다는 걸 떠올린 것이다.

"결국 고생하는 건 나밖에 없군."

흑마법사인 사라는 전면에 나서서 플로비스 왕국을 위해 마법을 구사해서는 안 된다. 그리되면 그들은 흑마법을 신봉하는 자가 될 것이며, 대륙의 각국에서 흑마법을 수용하는 곳으로 낙인을 찍을 것이다.

그것은 굉장히 위험한 일이다. 흑마법사의 낙인은 곧 대륙의 모든 국가와 적대한다는 걸 의미하는 것이다.

결국 온전히 힘을 보낼 수 있는 것은 리즈뿐.

사라의 합류는 단지 글론드를 골탕 먹이는 것 이상의 의미를 지니지 못했다.

"제국군도 움직이기 시작했고."

덴블로 후작이 정신을 차리고 군대를 운용하기 시작했다는 소식은 왕국군에도 전해졌다. 신관의 집중적인 치료를 받아 일어났겠지만 그 부분에 대해서는 어느 정도 자신감을 가지고 있었다.

명검 한라의 기세에 휩쓸렸다면 결코 제 능력을 발휘하지 못한다는 걸.

그걸 확신하게 된 것은 군대의 운용을 보고 나서였다.

그는 군대를 다섯 갈래로 나누었는데, 각기 오만으로 이루어진 부대였으며, 본대는 십오만의 병력으로 플로비스 왕국군을 견제했다.

압도적인 병사 우위를 이용하여 사방에 공격을 감행하고, 여차하면 퇴로까지 끊어버리려는 복합적인 속내가 결합되어 있었다.

글론드도, 리즈도 그것을 눈치채고 있었지만 일일이 대응할 수 있을 만큼 전력이 여유롭지 않았다.

"네 도움이 필요하다."

"말씀하시지요."

"제국의 본대를 쳐부술 것이다."

"마법을 난사하면 되는 것입니까?"

"그것이 쉽지 않다는 걸 너도 알고 있을 것이다."

"…예."

리즈는 고개를 끄덕였다. 그의 말마따나 제국의 본대를 공격하는 것은 굉장히 무모한 행동이었다. 기사 전력도 밀렸지만 마법병단의 화력에서 압도적인 열세에 처했던 것이다.

지난 전투에서 잠깐 모습을 드러냈지만 양측의 마법 화력은 그야말로 어른과 어린아이의 수준 차이였다. 제국에 천문학적인 금액을 마법에 투자한다더니, 8단계 마법사가 아니더라도 7단계 마법까지 구사가 가능한 고위 마법사가 대거 포함되어 있었다.

글론드는 이들을 리즈가 맡아주길 바라면서 말을 꺼낸 것이다.

이는 그에게 있어 새로운 도전이기도 했다.

"제가 해낼 수 있다고 생각하십니까?"

"아니."

"예? 그럼 왜……."

"그 자리에 사라 님을 보낼 수 없지 않느냐. 네놈이 필요 이상으로 잘해준다면 살아남아서 우리에게 큰 도움을 줄 것이고, 맥없이 죽어버린다면 여태까지 났던 소문이 모두 뜬구름 잡는 소리란 걸 증명하게 되지. 어느 것을 선택하던 네 결정이다."

자존심을 팍팍 긁어놓고 결정을 종용하는 것은 결국 원하는 바를 얻기 위한 얕은 술수에 지나지 않았다.

그것이 확연하게 눈에 들어와 웃음이 입가를 비집고 흘러나올 뻔했지만 그렇게 행동하여 사람의 빈정을 상하게 만들 만큼 리즈는 어수룩하지 않았다.

어느 것이 더 나을지 고민하는 리즈.

결론은 한 번 상대해 보겠다는 쪽이었다.

'캐스팅 애플리케이션이 있으니 붙어보는 것도 나쁘지 않겠지.'

여차하면 몸을 빼는 것도 가능했고, 무엇보다 자신의 신위를 직접 목격하게 함으로써 병사들에게 자신의 존재를 각인시키고자 하는 의도도 깔려 있었다.

이들은 후에 제국 침공을 할 존재다.

자신을 믿고 따르게 만들기 위해서라면 압도적인 강함을 두 눈으로 목격하게 하는 것이 좋다고 생각했다.

"받아들이겠습니다."

"정말이냐?"

오히려 찔러보던 글론드가 놀라서 리즈에게 재차 물어보았다.

마음의 결정을 내린 그의 대답은 한결 같았다.

"예, 한입으로 두말을 하지 않습니다."

"…좋다, 네가 그렇게 말하니 그 성의를 거절할 수 없겠지. 마법병단을 맡아다오."

"대신 이곳의 마법사들을 이끌지 않겠습니다. 저 혼자서 상대하겠습니다."

"그것은 오만이다."

글론드가 부탁하고자 하는 것은 왕국의 마법사들을 이끌고 제국의 마법사들을 상대하는 것이지 리즈 홀로 나서는 게 아니다. 제아무리 그가 대단하다고 해도 제국의 막강한 마법병단은 왕국의 것과 차원을 달리했다.

"괜찮습니다. 제게 생각이 있고, 실패하더라도 한 몸 간수하는 건 문제가 되지 않으니까요."

"음."

"어차피 손해가 날 것은 없지 않습니까? 설마 절 걱정해 주시는 것인지요?"

자신감 넘치는 그의 말을 듣고 글론드의 표정이 처참하게 일그러졌다.

"있어서 그러는 것 아니겠느냐. 네놈이 어설프게 임하다 죽어버리면 루시아가 얼마나 슬퍼할꼬? 널 걱정하는 게 아니라 내 사랑스러운 증손녀가 걱정되어서 망설였던 것뿐이다."

"하하."

"웃지 마라. 정든다."

"하하하하!"

"웃지 말라니까!"

연신 웃음을 터뜨리는 리즈를 보면서 글론드는 와락 표정으구겼다.

이러한 티격태격거림이 마냥 나쁘지 않은 그였다.

제7장

리즈의 신위

글론드와 합의를 본 리즈는 홀로 마법병단을 상대하기로 결정을 내렸다.

그것에 플로비스 왕국군에 속한 마법사들은 잠시나마 불만의 기색을 보였지만 제국 마법병단의 압도적인 전력이 드러나자 그러한 기색은 말끔하게 사라졌다.

그만큼 제국의 마법병단 전력은 압도적이었던 것이다.

황제 직속으로 황궁을 수호하고, 제국의 전쟁에 앞장서는 마법병단은 전 대륙에 이름을 떨친 공포의 존재다. 저번 전쟁에 마법병단은 동북부 전선에 파견되어 위력을 발휘하지 못했는데, 빌리오덴 3세가 대륙 남부 정벌의 중요성을 들어 이곳으로 파견한 것이다.

마법병단의 구성은 다음과 같았다.

세 명의 7단계 마법사와 열 명의 6단계 마법사, 일흔세 명의 5단계 마법사와 그들을 보조하는 삼백여 명이 넘는 4단계 마법사.

다 합치면 근 사백여 명에 달하는 어마어마한 마법사 집단이 바로 제국의 마법병단이다.

이들이 발휘하는 마법은 가히 재앙에 가까웠는데, 전투 마법이 가장 발달한 청탑의 마법과 강렬한 폭발력을 지닌 적탑의 마법, 재빠른 황탑의 마법 요소가 가미되어 그 위력이 더욱 강해졌다.

특히 삼백여 명에 달하는 4단계 마법사들이 보조하는 형태는 마법병단 내에서 7단계 마법사가 8단계 대마법사 못지않는 신위를 발휘하게 했다.

그 힘이 너무나 압도적이어서 글론드가 선뜻 결단을 내리지 못할 정도.

그들에 반해 플로비스 왕국은 전체적인 수준이 떨어질 뿐만 아니라 전체 숫자가 불과 백여 명에 불과했다.

정면으로 충돌하게 되면 어떤 결과가 나올지 빤히 보이니 그로서는 섣불리 결정을 내릴 수 없었다.

"이길 수 있겠어?"

심지어 그의 힘을 알고 있는 사라마저도 염려스러운 기색을 보였다.

그만큼 제국의 마법병단은 무서운 존재였다.

"제가 불가능한 일에 나설 것 같나요?"

"그래도 엄청난 전력이잖아. 자칫 잘못되면 너도 무사할 수 없다고."

"괜찮아요, 제게도 다 생각이 있으니."

"흐음. 나중에 허겁지겁 도망치면서 도와달라고 해도 모른 척 할 거야."

사라는 걱정해 주는 자신의 호의를 저버리는 리즈의 행동에 눈살을 찌푸리며 말했다. 그녀의 심사가 뒤틀린 걸 알아차린 그는 엄살을 부렸다.

"그건 좀 곤란한데요? 하긴, 사라 님이 도와주시면 흑마법의 존재가 드러나니 그것도 곤란하네요. 결국 도움을 받을 수 없는 건 마찬가지인가."

"뭐어?"

"농담이에요. 우선 마법병단의 힘이 어느 정도인지 한 번 견식하려고요. 그들이 지닌 힘의 크기를 알아야 제가 나중에 대비할 수 있지 않겠어요? 오늘은 단지 맛보기예요, 맛보기. 그러니 크게 걱정하지 않으셔도 돼요."

"그렇게까지 말하니 걱정은 접어둘게. 괜히 어설프게 임하다가 다치면 혼날 줄 알아. 알았어?"

"예예."

건성으로 대답한 리즈는 잘게 떨리는 자신의 손을 발견했다. 제국 최강의 전력에 정면으로 맞선다는 사실이 그로 하여금 흥분의 도가니로 몰아넣었다.

단체의 힘으로는 그랜드 마스터조차 견뎌내지 못한다는 마법병단의 힘.

'어느 정도로 강한지 지켜볼까.'

리즈의 입가에 짙은 미소가 걸렸다.

둥! 둥! 둥!

글론드의 지휘 아래 십만의 플로비스 왕국군이 서서히 진군하기 시작했다. 사방으로 흩어져 십오만에 불과한 제국군을 단숨에 궤멸시키고자 함이었다.

숫자는 적었지만 제국의 초인들이 죽거나 부상을 입은 상황이다 보니 플로비스 왕국군의 사기는 그야말로 하늘을 찌를 지경이었다.

진영을 갖추고 전진을 시작하니, 제국군도 질 수 없다는 듯 넓게 병력을 포진시킨 뒤 앞으로 전진했다. 마법으로 향상시킨 시력으로 제국군의 진영을 바라보던 리즈는 강렬한 마나의 기운을 느끼곤 글론드에게 말했다.

"그럼 가보겠습니다."

"죽지 마라."

"예! 죽더라도 태어날 아이는 보고 죽을 겁니다."

그렇게 말을 한 리즈는 곧바로 나아갔다.

랭가스터 제국은 마법병단의 힘을 적극 활용하여 가라앉은 아군의 사기를 끌어올릴 생각을 하고 있는 듯했다. 강렬한 마나의 기운이 점점 커지는 것을 느낀 리즈는 한 차례 충돌이 불가피하다는 걸 느꼈다.

"멋지게 보여야 하나."

파아아아앗!

어떻게 할까 고민하는 사이, 제국군 진영에서 강렬한 마나 파동이 일어나는가 싶더니, 이내 거대한 크기의 헬 파이어가 생성 되었다.

적중되면 수천의 생명을 앗아갈 수 있는 죽음의 불꽃이 생성 된 것이다. 전장에서 살아남은 이들이 가장 두려워하는 것이 헬 파이어에 의해 새까만 재로 변한 동료들의 모습이었다. 그만큼 그 마법에 적중 당하면 온전한 모습을 유지할 수 없었다.

리즈는 자신이 생각했던 것보다 더 큰 헬 파이어를 보면서 슬 며시 미간을 찌푸리며 마법을 시전했다.

"헬 파이어."

태블릿 PC에서 시전된 마법이 허공에 모습을 드러냈다. 졸지 에 양측 진영 중간에서 두 개의 헬 파이어가 나타나게 되었다. 각자 상대의 진영에 날아든 두 개의 헬 파이어는 그대로 허공에 서 충돌했다.

콰아아앙!

쿠궁! 쿠구구구!

무시무시한 폭발이 일어나면서 강렬한 폭발이 주변을 휩쓸었 다. 마법 여파에 휩쓸린 주변 일대는 땅거죽이 푹푹 패이면서 강렬한 진동을 일으켰다.

그것은 평범한 사람이라면 평생 한 번 볼까 말까 한 진귀한 장면.

두 개의 헬 파이어가 서로를 잡아먹으려고 얽혀드는 모습은 마법의 위력이 얼마나 강렬한지 깨닫게 해주었다.

그리고 누구의 승리도 아닌 무승부라는 걸 알았을 때, 플로비 스 왕국군 진영에서 함성 소리가 터져 나왔다.

와아아아!

동수를 이루었지만 방금 전 충돌에서 자신들의 판정승이라는 걸 알았던 것이다.

이번 전투에서 제국은 마법병단이 나설 거라 공공연히 사실을 공표했다. 그에 대비하여 플로비스 왕국 측에서는 리즈를 보내 대응하겠다고 했다.

얼핏 들으면 마법병단을 홀로 대응하는 것은 미친 짓에 가까웠지만 일반 병사들에게 있어 그는 단신으로 왕국을 구해낸 불세출의 영웅이었다. 그가 일으키는 여파는 그만큼 강렬할 수밖에 없었다.

"가볼까."

엄청난 함성은 리즈 자신에게 힘을 가져다주었다. 리즈는 저 멀리 호위병에 둘러 싸여 마법 캐스팅에 여념이 없는 마법병단을 바라보면서 몸을 풀었다. 그리고 그의 신형이 공중으로 치솟으면서 빠른 속도로 쇄도하기 시작했다.

마법병단은 제국군의 진영에서 조금 동떨어진 곳에 위치했다. 그들 주변에는 오백여 명의 호위가 존재했는데, 크게 신경쓸 정도는 아니었다. 곧바로 마법을 시전하려고 드니, 마법병단에서 견제 마법이 시전되었다.

"견제하라!"

우웅! 핑! 피비빙!

"귀찮은 것들이군."

파박! 파바박!

리즈가 생성한 방어막에 마법들이 부딪치며 깨지거나 부서졌다. 그에게 타격을 줄 수 없는 낮은 단계의 마법이 주류를 이루었다.

빠른 속도로 나아가는 그를 향해 고위 마법이 시전되었다.

"썬더 스트라이크!"

파지직!

7단계 광속의 속도를 자랑하는 마법이 리즈가 있는 곳을 휩쓸고 지나갔다.

거의 동시에 그의 신형이 허공에서 자취를 감추었다가 이십여 미터 떨어진 곳에 모습을 드러냈는데, 놀란 표정이 역력했다.

"큰일 날 뻔했군."

낮은 단계 마법을 시전하고 뒤에서 고위 단계 마법으로 단숨에 목숨을 앗아가려고 하다니. 제법 빼어난 수법에 등골이 서늘해지는 걸 느꼈다.

하지만 거기에서 만족하고 있을 수 없었다. 그사이 마법병단에서는 쉬지 않고 마법을 캐스팅하고 있었던 것이다.

"플레임 스트라이크!"

속도로 승부를 보던 마법이 실패하니, 이번에는 넓은 범위를 폭격하여 리즈의 움직임을 붙잡아두려고 했다. 강렬한 열기가 먼저 전해지고 화염이 휘몰아치자, 리즈 또한 지지 않고 마법을 시전했다.

"썬더 스트라이크."

꽈르릉! 꽈과광!

단숨에 플레임 스트라이크를 가르고 쇄도한 마법이 마법병단을 강타했지만 타격을 주지 못했다. 방어 마법조가 썬더 스트라이크의 여파를 해소한 것이다.

마법병단은 각기 고위 단계와 낮은 단계를 구사하는 조가 나뉘어 있으며, 속성 별로 조를 이루고 있는 듯했다. 그리고 공격보다 방어에 치중하는 조가 존재하여 완벽한 공방일체를 이루고 있었다.

한 번도 상대해 본 적 없는 거대한 마법 단체.

마법병단이 바로 그러한 존재들이었다.

그들을 바라보는 리즈의 두 눈은 반짝거리며 빛이 났다.

"이 정도면 할 만하지. 어디 덤벼볼까."

와아아아아!

리즈가 마법병단을 붙잡아 두는 사이 양국은 치열한 접전을 이어나가고 있었다.

전체적인 형세는 플로비스 왕국의 근소한 우세.

기사 전력이 밀렸지만 백여 명의 마법병단이 적진을 휩쓸면서 서서히 흐름을 가져오고 있었다.

그사이 리즈는 마법병단과 치열한 공방을 연신 벌여나갔다.

십여 번의 충돌이 벌어졌지만 양쪽 모두 거둔 성과는 극히 미미.

마법병단의 체계적이고 쉴 틈 없이 밀어붙이는 강렬한 마법은 상대의 혼을 앗아가기에 부족함이 없었지만 블링크와 캐스팅 애플리케이션을 활용한 리즈에게 큰 효과를 보지 못했다.

반대로 그 또한 캐스팅 애플리케이션의 이점을 제대로 보지 못했는데, 수백 명의 마법사가 유기적으로 맞물리며 마법을 구사하다 보니 그에 못지않은 마법 시전 속도를 자랑했던 것이다.

리즈는 바짝 마른 입술을 혀로 훑었다. 어떠한 성과를 거둘 수 있으리라 생각했지만 마법병단의 결집은 단단했고, 시전되는 마법에 힘이 강했다.

이러다가는 자신이 먼저 마나 고갈로 쓰러질 판이었다.

"까다로운 걸."

돌파구를 찾고자 했지만 완벽한 공방 분리에 속성별로 차근차근 공략해 오니, 리즈도 정공법을 구사하면서 힘겨루기에 몰입할 수밖에 없었다.

하지만 결과는 번번이 쓴 고배였다. 그들은 리즈의 공격을 효과적으로 막아냈다.

"역시 먼저 패를 꺼내 들어야 하나."

구사하는 화력의 크기는 동률.

그렇다면 남은 것은 숨겨놓은 한 수를 어떻게 활용하느냐에 달려 있다.

리즈의 시선은 마법병단 내에서 중앙에 선 인물에게 향했다. 그는 4단계 마법사들을 진두지휘하여 마법을 증폭시키는 역할을 맡고 있었는데, 그 수준은 7단계에 다다라 있어 마법병단의 핵심적인 역할이라 볼 수 있었다.

"우선 한 명!"

꽝!

두 마법이 허공에 충돌하면서 리즈에게 폭발의 여파가 미쳤다. 사람들의 시야에서 모습이 가려지는 순간, 그는 블링크로

공간 이동을 시도했다. 그리고 모습을 드러낸 것은 마법병단의
바로 앞.

모습을 감춘 그가 갑자기 나타나니, 곳곳에서 숨넘어가는 소
리와 함께 즉각 대응이 튀어나왔지만 리즈의 예상대로 훨씬 약
한 마법들이었다.

그는 그것을 무시하고 그대로 제련제강의 마법을 펼쳤다.

"올 플리체."

쐐액!

파공음이 울려 퍼지면서 금빛 화살이 쏘아졌다. 방어막을 비
집고 들어온 화살에 놀란 방어조 마법사들이 방어막을 거듭 생
성했지만 금빛 화살 앞에서는 무용지물이었다.

종잇장처럼 갈가리 찢겨 나가고, 방어 마법을 시전한 마법사
들은 속이 울렁거리자 자리에 주저앉았다. 그사이 날아간 금빛
화살이 7단계 마법사의 몸을 꿰뚫었다.

체계적이고 유기적이기에 자신에게 다가오는 위험을 보았음
에도 그것을 자신하고 믿었기에 맞이할 수밖에 없는 허망한 최
후였다.

하지만 리즈도 무사하지 못했다. 제련제강 마법을 시전하면
서 날아오는 마법을 무시한 대가를 치러야 했던 것이다. 낮은
단계 마법이었지만 그 위력은 결코 가볍지 않아 곳곳에 상처를
입어야 했다.

그렇다고 모처럼 찾아온 기회를 놓칠 수 없었다. 그의 두 눈
이 먹이를 노리는 독수리처럼 날카롭게 바뀌었다.

'기회.'

리즈는 마법의 증폭을 담당하던 고위 마법사 죽음을 확인하고 곧바로 헬 파이어를 시전했다.

"헬 파이어!"

콰아아아!

다시 펼쳐진 헬 파이어였지만 그 결과는 천지 차이였다.

그에 맞서 마법병단에서도 헬 파이어를 시전했지만 마법 증폭의 지원을 받지 못해 그 위력은 리즈의 것보다 현저히 약했다.

단숨에 그들의 헬 파이어를 집어삼킨 뒤, 마법병단 진영을 향해 떨어졌다. 방어조가 힘을 합쳐 방어막을 시전했지만 증폭의 위력을 받지 못해 그대로 산산조각 나면서 깨져 버렸다.

꽈르르릉! 꽈과과광!

지축을 뒤흔드는 어마어마한 폭발이었다. 전투에 여념 없던 양측 군대가 멈칫할 정도로 큰 소리였다.

헬 파이어의 폭발 여파는 한동안 주변을 휩쓸었다. 대체 어떤 일이 벌어진 것인지 몰라 전투는 어느덧 소강상태에 접어들었다.

자욱한 흙먼지가 일어나고, 그것이 서서히 가시면서 드러난 광경에 양측의 반응이 극명하게 나뉘었다.

와아아아아!

리즈 만세! 대마법사 만세!

플로비스 왕국 병사들에게서 터져 나오는 함성 소리. 반대로 제국의 병사들은 시무룩한 표정을 지으면서 사기가 급속도로 떨어졌다.

폭발이 일어난 자리는 불타 버린 마법사들의 시체가 여기저기 뒹굴고 있었다. 그나마 방어조가 최선을 다해 방어막을 시전하여 최악의 경우는 피했지만 그 범위가 마법병단 전체를 뒤덮지 못했다.

그럼에도 그들이 입은 피해는 엄청났다.

마법의 증폭 역할을 맡고 있던 4단계 마법사가 무려 절반 가까이 당한 것이다.

그들의 증폭이 없다면 캐스팅 속도를 앞당기지 못하고, 마법의 위력이 떨어진다.

마법병단장은 곧바로 결단을 내리고 외쳤다.

"후퇴, 후퇴한다."

리즈를 상대로 우위를 점하지 못한 그들은 빠른 속도로 물러나기 시작했다. 그 모습을 바라보면서 리즈는 고개를 저었다.

큰 성과를 거두었지만 그 또한 더 이상 그들을 쫓을 여력이 없던 것이다.

"쉽지 않네."

어마어마한 마나 소모였다. 수백에 달하는 그들을 상대하니 리즈는 마나 소모도 소모지만 정신적으로 피곤한 것을 느꼈다.

"다음에 이런 운은 없겠지."

리즈는 오늘의 승리가 운에서 비롯된 것임을 담담히 시인했다.

저들에게는 제련제강의 마법에 대한 정보가 없었을 뿐이다.

만약 그에 대해 알고 있었더라면 증폭을 담당하는 마법사의 호위를 허술하게 할 리 없었고, 좀 더 촘촘하게 방어막을 시전했을 것이다.

자신의 공격이 막혔다면?

이후에는 굉장히 피곤한 대결이 되었을 터였다.

"물론 지금의 승리가 중요하겠지만."

그것이 리즈의 생각이었고, 현재 드러난 결과이기도 했다.

함성을 지르고 있는 병사들을 바라보며 리즈는 미소를 지었
다.

이제 자신의 신뢰도가 부쩍 상승했으리라.

리즈의 이름이 본격적으로 전장에 퍼져 나가 병사들을 사로
잡기 시작했다.

첫 전투에서의 승리는 글론드로 하여금 확신을 얻게 해주었
다.

리즈가 마법병단을 상대함으로써 상대적으로 여유를 가지고
전투에 임할 수 있게 된 것이다. 상대적으로 약하다고 하나 플
로비스 왕국에도 마법병단이 존재했고, 전장에서 큰 위력을 발
휘했다.

그들의 존재는 곧 아국의 전력 상승과도 같은 것.

가장 큰 걱정거리였던 마법병단을 감당할 수 있다는 사실이
그의 마음을 가볍게 만들었다.

그리고 그 자신감은 열흘 후, 플로비스 왕국이 공격을 재개하
도록 하였다.

와아아아아!

사방을 뒤흔드는 함성 소리와 함께 용기백배한 플로비스 왕

국군이 전진했다.

오늘도 마법병단을 맡는 것은 역시나 리즈였다.

꽈과과광!

"역시 쉽지 않군."

상대의 전력을 탐색하고자 여러 차례 마법을 주고받은 리즈는 열흘 전과 판이하게 다른 마법병단의 배치를 보고 눈살을 찌푸렸다.

저번과 달리 마법의 증폭을 맡은 마법사들이 누구인지 쉬이 구분하기 힘들었다. 리즈가 주로 누구를 노렸는지 마법병단의 마법사들은 깨달은 것이다.

마법 증폭을 막을 수 없게 되니, 마법병단의 강력한 마법이 거침없이 시전되었다.

캐스팅 애플리케이션을 활용한 리즈도 마법을 연신 난사했으나, 수백에 달하는 마법사가 체계적으로 구사하는 마법에 비할 바는 아니었다.

패턴을 응용한 마법 시전과 강력한 마법, 효율적인 마법 등을 배합하여 마법병단의 거센 화력에 저항하고자 했으나, 곧이어 한계에 봉착하기 시작했다.

"후욱, 후우! 마법병단은 누굴 말려 죽이는 꼴이로군."

이런 경우는 한 번도 겪어본 적이 없다보니 적잖이 당혹스러웠다.

한편으로는 자신의 역량을 마음껏 발휘할 수 있어, 한계가 어디까지인지 알 수 있어 만족스러운 마음도 교차했다.

"어디, 이것도 막아내나 볼까, 비너스!"

파지직!

리즈는 마나 운용의 효율을 위해 태블릿 PC 안에 두었던 뇌전의 정령 비너스로 모습을 드러내게 하였다.

자신의 공격이 번번이 막혔던 것은 저들이 마법 패턴에 대한 대응을 끌어올렸기 때문이다. 그렇기에 리즈가 선택한 것은 여태까지 보지 못했던 새로운 형태의 마법, 비너스를 부른 것도 그에 대한 일환이었다.

"가서 마음껏 휘저어."

아름다운 금색의 정령은 미소를 지으며 고개를 끄덕인 뒤 마법병단에 쇄도했다.

"정령이다!"

"침착하게 대응하라!"

마법사들은 리즈가 정령을 소환하자 놀란 표정을 지었지만 곧이어 침착함을 되찾고 차분하게 비너스를 상대하기 시작했다.

뇌전의 정령은 보기 힘든 만큼 강렬한 뇌전 마법을 구사하는데, 비너스는 그동안 태블릿 PC 안에서 꾸준히 소환되었기에 리즈와의 친화력 상승은 물론, 자체적인 힘이 상당히 강해져 있었다.

그 근본은 리즈의 마나를 바탕으로 하지만 그동안 지켜보면서 익힌 전투 방식 등이 조합되어 무시무시한 위력을 발휘했다.

쫘과과과과!

하늘에서 벼락처럼 내리친 뇌전이 지면을 강타하며 사방으로 뻗어나갔다.

그것은 대상을 가리지 않는 범위형 마법이었는데, 사방으로 흩어진 마법사들은 하나도 적중 당하지 않고 모두 무사할 수 있었다.

하지만 그것은 비너스의 함정.

무언가 이상하다는 걸 느끼는 순간, 뇌전이 위력을 잃지 않고 마법사들을 덮쳐 갔다.

"끄아악!"

"아악!"

감전된 그들은 몸을 꿈틀거리면서 고통에 벗어나고자 했지만 비너스의 뇌전은 지독히 강렬하고 끈질겼다.

몇몇 이들이 고통을 이기지 못하고 기절하자, 비너스는 재차 공격을 감행했다.

이번에는 비너스뿐만 아니라 리즈 또한 동참했다. 물 쓰듯이 마나를 써서 속이 텅텅 비어버린 듯 공허했지만 한계까지 봉착한 것은 아니어서 빈틈을 드러낸 적을 그냥 보낼 정도는 아니었다.

"비너스!"

마법병단을 휘저으며 위용을 과시하던 비너스가 순식간에 리즈의 태블릿 PC 안으로 들어갔고, 그는 즉시 8단계 마법 퓨리 오브 헤븐을 펼쳤다.

꽈르르릉!

일정한 범위를 타격함에 있어 최강의 위력을 발휘하는 퓨리 오브 헤븐이 마법병단을 강타했다. 평소라면 마나 소모량에 비해 성과를 거둘 수 없는 것이지만 비너스의 위용으로 진영이 흐트러지면서 밀집된 마법사들을 강타하여 어마어마한 사상자가 발생했다.

얼핏 보아도 오십여 명에 달하는 마법사가 죽거나 다쳤다. 열흘 전에 비하면 만족하지 못할 성과였지만 의외성을 감안하면 괜찮은 성과였다.

"…마나가 소모된 게 아쉬울 지경이군."

헬 파이어라도 시전하면 일거에 쓸어버릴 수 있을 것 같았지만 자신도 한계에 봉착했다. 아닌 척했지만 더 이상 대결을 지속해 나갈 여력이 없음을 확인한 리즈는 그대로 발걸음을 돌렸다.

와아아아아!

오늘도 그의 활약을 확인한 플로비스 왕국군 진영에서 함성이 터져 나왔다.

플로비스 왕국의 연전연승!

랭가스터 제국의 연패와 마법병단이 절반 이상 궤멸되었다는 소식이 대륙을 강타했다.

사람들은 최강의 신위를 자랑하던 마법병단이 제힘을 발휘하지 못하고 반 수 이상이 죽어나갔다는 사실에 경악했다. 그들이 파괴력을 발휘하는 고위 단계 마법사들은 대부분 살아남았지만 마법 증폭을 담당하는 4단계 마법을 보충하는 것도 쉬운 일이 아니었던 것이다.

이러한 연전연승 소식은 제국군의 위용에 몸을 떨던 남부 삼국의 숨통을 트이게 만드는 결과를 낳았다.

그것은 걱정을 감추지 못하던 베드로 국왕에게도 적용되는 사안이었다.

전쟁의 승리였지만 베드로 국왕은 마냥 기뻐할 수만은 없었다. 외부에서는 플로비스 왕국의 전력으로 승리를 거둔 것이라 보고 있었지만 실상을 들여다보면 리즈가 눈부신 활약을 하여 기세를 얻어 승리를 취한 게 대부분이었던 것이다.

만약 그가 떠나게 되면 평범한 정규군에 지나지 않는다. 베드로 국왕은 리즈의 이름으로 플로비스 왕국의 위명이 높아지는 걸 부담스럽게 여겼다.

그리고 그러한 낌새를 받은 인물은 또 있었다.

"리즈를 염려하는 것이오?"

"그렇습니다, 국왕 전하."

바로 카리온 공작의 방문이었다.

그는 리즈의 영향력이 커지는 것에 대해 우려를 나타났다.

전과 달리 플로비스 왕국의 출신이 아닌 이상, 그에게 감화되는 병사들이 많을수록 왕국의 미래를 장담할 수 없기에 그렇다.

"그 부분에 대해서는 걱정하지 않아도 될 것이오."

"어떤 약속이라도 받으셨습니까?"

"그렇소, 그는 본국에 별다른 욕심이 없지. 자신이 얻을 것을 얻은 뒤 떠날 테니 공작도 걱정할 필요가 없소. 그저 지금의 승리만 즐기면 될 뿐."

"……"

카리온 공작은 베드로 국왕을 조용히 바라보았다. 그것은 그와 있었던 협상 내용에 대해 말해달라는 무언의 압박이었지만 끝까지 입에서 흘러나오지 않았다.

"국왕 전하께서 그리 생각하시니 제가 간섭할 수 없는 노릇, 신은 이만 물러가겠습니다."

"살펴 가시오."

고개를 숙인 카리온 공작이 물러나자, 베드로 국왕의 입가에 쓴웃음이 걸렸다.

"집에 침입한 오크를 쫓아내니 오우거가 들어온 격이로군."

여기서 오크는 리즈였고 오우거는 카리온 공작이었다.

그가 왕국을 떠나면 왕권이 강화되어 자신의 뜻대로 국정을 운영할 수 있을 것 같았다. 하지만 그보다 더 빠른 행보를 보인 것이 카리온 공작이었다.

그는 무주공산이 되어버린 라파드 상단의 남부 교역로를 인수했고, 이를 바탕으로 든든한 자금줄을 쥐는 데 성공했다.

카리온 공작의 뛰어난 정치와 자금이 합쳐지니 그 다음은 그의 세상이었다.

방금 전과 같이 리즈와 있었던 협상 내용에 대해서 알고자 하는 것도 그가 정계에서 차지하는 파워를 증명하는 것과 같았다.

베드로 국왕은 자신의 실수가 더 추악한 결과물을 만들어냈다는 사실에 괴로웠다.

"하지만 이미 돌이킬 수 없겠지."

마음 같아서는 리즈에게 왕국으로 돌아와 달라고 부탁하고 싶었다.

그러나 이제 와서 부탁한다 한들 그가 받아들일까?

아닐 것이다.

그것은 그와 거래를 하면서 절실히 깨달을 수 있었다.

이제 자신이 할 수 있는 것은 그와 척을 지지 않고 든든한 우군으로서 최악의 상황을 모면하는 것뿐이다. 그것이 자신에게, 왕가에, 그리고 왕국을 취한 최선의 길이라 여겼다.

제8장
후퇴하는 제국, 전진하는 리즈

마법병단의 반파는 제국군으로 하여금 전의를 상실하게 만드는 결정적인 사건이었다.

사백여 명에 달하는 마법사 군단이 대마법사라지만 한 사람에게 이토록 처참하게 당했다는 사실이 놀랍다. 평소 마법병단은 제국의 대마법사와 대련을 빙자한 실전을 벌이고는 했는데, 그때마다 압도적인 위력을 선보이곤 했다.

설사 그랜드 마스터라 하더라도 마법 폭격 앞에서는 무사할 수 없는 법.

그 정도로 강력한 집단이 바로 마법병단이었다.

하지만 그들의 위명은 리즈에게 반파됨으로써 땅바닥에 곤두박질치게 되었다. 리즈의 마법은 거침이 없었고, 인원이 부족하게 된 마법병단은 제 위력을 발휘하지 못하게 되었다.

“…….”

덴블로 후작의 표정이 딱딱하게 굳어 있었다. 헬 파이어에 당한 그는 전신에 심한 화상을 입었고, 신관들의 집중적인 치료를 받았지만 자연적인 치유력이 요구되는 것까지 커버하는 것은 무리였다. 피부가 붉게 물든 그는 평온한 표정이었음에도 분노한 것처럼 보였다.

“선택을 하셔야 합니다.”

“백작의 생각을 알고 싶다.”

“현재로서는, 뚜렷한 방안이 없는 상황입니다.”

“그 정도로 제국군이 약한 건가?”

“저들이 강한 것입니다. 아니, 리즈 리안이 강한 것입니다.”

“…….”

제국의 천재 전략가, 푸스탄 백작의 말에 덴블로 후작은 입을 다물었다.

하고 싶은 말이 목구멍 밑까지 치밀어 올랐지만 밖으로 내뱉을 수 없었다. 그만큼 지금 상황은 그들에게 있어 선택의 여지가 존재하지 않았다.

정면 대결이냐, 후퇴냐, 오로지 둘 중 하나뿐이었다.

이미 두 차례 벌어진 정면 대결은 팽팽한 동수를 이루었지만 사실상 제국의 패배였다.

마법병단이 제 역할을 못하는 이상, 여태까지 그들이 감당하던 리즈의 마법을 고스란히 제국군이 감당해야 하는 상황이었으니 말이다.

“다른 군을 이용한 방법은?”

"순조롭게 진군하고 있지만 실질적인 소득은 거의 없는 상황입니다."

"그들을 이용하여 상황을 반전시킬 것이다."

"어렵습니다. 현재 지원군으로 차출된 오만의 플로비스 왕국군이 후방 요새에 틀어박혀 농성 중에 있습니다. 그곳에 주둔하면 본대를 앞뒤로 포위할 수 있지만 모양만 그러할 뿐이란 걸 알고 계실 것입니다."

푸스탄 백작이 분한 표정으로 말했다. 네 갈래로 나뉜 각 오만의 제국군은 제 역할을 훌륭히 해냈지만 실질적인 소득은 전무했다.

이미 점령했던 곳이었고, 플로비스 왕국이 국경지대를 사실상 포기하고 자국의 영토를 지키는 방향으로 선회한 것이다. 그리고 모든 작전권을 글론드에게 부여함으로써 능동적으로 군을 움직이게 했다.

이것이 자칫 최악의 결과를 낳을 수 있었으나 지금은 최고의 상황을 만들어냈다.

이십만의 제국군은 졸지에 필요없는 땅을 점령하러 다니면서 군량을 소모한 꼴이 되었고, 그사이 본대는 심각한 타격을 입었으니 말이다.

삼십오만의 군대가 앞뒤로 포위하여 일제공격을 감행하는 방법도 있지만 지금 상황에서 시도하면 수만에 달하는 숫자가 마법에 떼죽음을 당할 것이다.

그것은 즉, 제국군의 패배를 의미한다.

"방법, 방법이 필요하다."

“차차 찾아야 합니다. 지금 상황에서는 어떠한 것도 우리에게 유리하지 않습니다.”

“결국 이렇게 되는가.”

“죄송합니다, 제 불찰입니다.”

“자네의 불찰이 아니지. 모든 게 내 불찰일세. 허허, 패하지만 않았더라도 이렇게 안 좋은 상황에 직면하는 일은 없었을 것을.”

“……”

자책하는 덴블로 후작을 보며 푸스탄 백작은 고개를 숙인 채 이를 꽉 깨물었다.

후퇴밖에 건의하지 못하는 자신의 부족함이 분노를 낳았다.

주전파에 속한 그는 자신의 세대에서 대륙 통일을 완성할 수 있다고 생각했다.

제국의 축적된 전력은 상상을 초월했고, 대륙의 다른 국가는 그 힘의 가치를 모르고 있었다.

그래서 전쟁이 벌어지자, 능력을 증명하고자 나섰지만 결과는 참담한 실패였다.

소수에 해당하는 기사와 마법사 전력이 전쟁의 승패를 갈라 버릴 정도로 지대한 영향을 끼치고 있었던 것이다.

‘혼자의 몸으로 전쟁의 흐름을 바꿔 버리다니. 말도 안 되는 일이다.’

그것은 제국의 위대한 기사인 덴블로 후작조차 해낼 수 없는 것이다.

그런데 리즈는 그것을 해냈다. 푸스탄 백작은 저토록 대단한

리즈를 왜 쫓아냈는지 빌리오덴 3세의 행동을 이해할 수 없었
다.

끊임없이 이어지는 상념은 리즈에 대한 경외, 빌리오덴 3세
의 어리석은 판단에 대한 분노를 만들어냈다.

그 상념을 끊어낸 것은 덴블로 후작의 음성이었다.

"후퇴한다."

"명을 받듭니다."

억눌린 음성에 수치와 분노가 뒤범벅되어 있었다.

제국군이 국경에서 물러나 제국의 영토로 향했지만 플로비스
왕국군은 그 자리에 주둔한 채 움직이지 않았다.

그들의 후퇴는 곧 전쟁의 종결을 의미했다.

여태까지 전쟁이 그러했다.

하지만 이번만큼은 달랐다.

리즈는 제국의 후퇴 소식을 접하자마자 글론드에게 찾아가
베드로 국왕과 했던 거래에 대해서 언급했다.

"오만의 군대로?"

"그렇습니다."

"적의 숫자는 합쳐서 삼십오만. 물러나는 이십만 군대를 물
리친다 하더라도 남부에 주둔하고 있는 것이 십오만이다. 그것
을 물리칠 수 있다고 생각하나?"

"해봐야 하지 않겠습니까?"

"대책이 없군."

글론드는 혀를 찼다. 대책없이 일부터 벌이려고 하는 리즈의

행동이 마음에 들지 않았다. 하지만 쓴소리를 들었음에도 리즈의 안색은 별다른 변화가 없었다. 오히려 입가에 미소를 띠었다.

"하하, 어쩔 수 없지요. 제게 힘을 보태줄 인원이 많지 않으니 말입니다."

"그 말은 즉, 오만의 숫자를 허망하게 저버리겠다는 말이지 않느냐."

"그렇게 보이십니까?"

"…무언가 있군."

그제야 글론드는 깨달았다.

이 음흉한 젊은 녀석이 다른 술수를 부려놨다는 걸 말이다.

그것이 무엇인지 퍼뜩 궁금해졌다.

사기가 푹 떨어져 있다고 해도 제국군은 제국군이다. 세 배가 넘는 숫자를 상대로 하여 리즈가 어떤 이득을 거둘 수 있을지 짐작이 되지 않았다.

"말해봐라."

"예?"

"내가 무언가 원하는 게 있으니 그런 떡밥을 뿌린 것이 아닐 테냐."

"아아."

역시 늙은 생강은 맵다고 느끼는 리즈였다. 글론드를 낚기 위해 미끼를 살살 뿌리고 있었는데 그는 그것을 눈치챈 것이다.

그는 잠시 직접적으로 언급하는 것이 어떤 여파를 끼칠 수 있을지 고민했다.

“말하지 않는다면 어떤 협력도 하지 않을 것이다.”

“음, 알겠습니다. 대신 비밀을 지켜주겠다고 약속해 주십시오.”

“비밀이라고?”

“확실해지기 전까지는 아무도 알아서 좋을 게 없기 때문입니다.”

“…….”

글론드는 문득 자신이 리즈의 마수에 걸려든 것이 아닐까 생각했다. 하지만 그 생각도 잠시, 이대로 놓아두다가는 정말 오만의 군대를 이끌고 갈 것임이 분명했기에 미간을 찌푸린 채 고개를 끄덕였다.

“제가 세운 계획은 이렇습니다. 우선…….”

사전에 세워놓은 계획에 대해 언급하는 리즈. 그 내용을 듣는 글론드의 눈동자가 서서히 커지기 시작했다.

뿐만 아니라 그가 원하는 목적에 대해서 듣자 인상이 처참하게 일그러지고 말았다.

염려했던 것처럼 자신이 낚인 거였다.

덴블로 후작이 이끄는 제국군은 순차적으로 후퇴를 감행하기 시작했다.

네 갈래로 나뉜 오만의 제국군은 본대가 움직이는 것을 견제하면서 서서히 전선을 뒤로 물렸다.

이대로라면 전쟁은 순조롭게 끝이 날 것이다. 하지만 제국군의 전력이 온전하다는 점과 매번 수동적으로 반응한다는 것이 플로비스 왕국 내의 불안한 여론을 조성하는 계기가 되었다.

공격은 랭가스터 제국, 수비는 플로비스 왕국.

마치 정해진 공격처럼 반복되는 사슬이었던 것이다. 대부분의 귀족들은 이 부분에 대해 별다른 말을 하지 않았지만 군을 이끄는 글론드의 생각은 다른 듯했다.

그는 곧이어 베드로 국왕에게 진언을 올렸고, 후퇴하는 랭가스터 제국에게 강력한 타격을 주고 싶다는 청원이었다.

사안이 사안인 만큼 베드로 국왕은 쉬이 결정을 내리지 못했다. 그사이, 글론드는 선조치 후보고 형식으로 남은 이십만의 제국군이 움직이지 못하도록 퇴로를 틀어막고 대대적으로 병력을 운용했다.

사방에 병력을 퍼뜨려 거대한 포위망을 구성하려고 했지만 본대가 물러난 이상 이십만의 제국군은 플로비스 왕국의 제물과 같았다.

뒤늦게 아군의 위기를 알아차린 덴블로 후작이 후퇴를 멈추고 진격하고자 했지만 푸스탄 백작이 말렸다.

"안 됩니다. 그것은 플로비스 왕국이 간절히 바라는 바입니다."

"간절히 바란다고? 지금 이십만의 아군을 구하는 것이 잘못된 행동이란 건가?"

"돌아가는 상황을 보면 그렇게 생각할 수밖에 없습니다. 지금 그들을 구하는 것은 최악의 한 수가 될 것입니다."

"자세히 설명하라."

"제 불찰입니다. 그동안 플로비스 왕국의 성향을 감안하면 아군이 철수하는 것에 대해 별다른 제재를 가하지 않을 거라 생각했습니다. 왜냐하면 그들의 의식 저변에는 제국에 대한 두려움이 존재하기 때문입니다. 군을 이끄는 총사령관의 성향 또한 그러한 생각에 일조를 했습니다."

"나도 마찬가지다."

덴블로 후작도 그에 동의를 표했기에 과감하게 본대를 뒤로 후퇴시킬 수 있었던 것이다. 안정지향적인 글론드라면 퇴로를 틀어막기보다 국경선에 물러나 병력을 안정시키는 데 집중했을 거란 게 그의 생각이었다.

"그런데 갑자기 플로비스 왕국의 행보가 바뀌었습니다. 이것은 총사령관의 생각이 바뀌었다는 건데, 제 생각에는 리즈 리안이 개입한 것이라 생각합니다."

"역시, 그 녀석인가."

"퇴로를 막힌 이상 이십만의 군대가 고사하는 것은 시간문제입니다. 당장 열이 받아 달려들기보다 차분하게 생각할 시간이 필요합니다."

"……."

푸스탄 백작의 말은 일리가 있었지만 그 속에 담긴 것은 결국 지금 상황이 최악이라는 것이었다.

이십만의 대군.

여차하면 그것을 버리자고 하는 그의 말을 어찌 순순히 받아들일 수 있단 말인가.

냉정하게 생각하면 그의 말이 맞겠지만 그리되면 제국의 기상은 꺾여 영원히 씻을 수 없는 치명적인 상처가 될 수 있다.

“불가하다. 지금 당장 아군을 구하기 위해 진격할 것이다.”

“……”

“플로비스 왕국군을 요격할 계책을 세우도록. 그것이 할 수 있는 최선의 길이다.”

“알겠습니다.”

자신의 계책이 받아들여지지 않았지만 어쩔 수 없는 것이 상황의 흐름. 눈을 지그시 감았단 푸스탄 백작은 고개를 끄덕이며 명령을 받아들였다.

제국군의 퇴로를 차단하는 것은 글론드가 염두에 두고 있던 방안 중 하나였다.

이십만의 군대가 고사되어 사라진다면 제국은 남부에 신경을 쏟을 수 없을 만큼 엄청난 타격을 입게 된다. 그리되면 향후 수십 년은 쉬이 도발을 해오지 못할 거라 생각은 했지만 자칫 제국의 분노를 사서 모든 전력을 집중해 올 수 있다고 여겨 고민되었다.

그러나 리즈의 설명을 듣는 순간 그러한 망설임은 말끔하게 사라졌다. 그것이 사실이라면 제국은 치명타를 입고 플로비스 왕국이 더 이상 제국의 침공에 걱정할 이유는 사라지는 셈이니 말이다.

“정말 실행할 생각이더냐?”

“제가 허풍을 떠는 거라 생각하셨습니까?”

“이제 와서 그런 말을 하는 것도 웃길 테지. 정말 네가 말한 대로 상황이 돌아가는 것인지 묻는 거다.”

“분명 그리될 것입니다. 그들도 그동안 많이 참았으니까요.
그리 생각하시지 않습니까?”

“퍼져 있는 악명에 비하면 조용했지.”

“그때를 노리면 됩니다. 아마 덴블로 후작은 쉽게 물러서려
하지 않을 것입니다. 그것이 곧 기회, 아군이 고사될 위기에 처
했으니 제국군의 사기도 말이 아닐 터이고, 그 틈을 이용하면
됩니다. 절 믿어주십시오.”

이미 모든 것을 행동으로 옮겨놓고 그에게 확인하는 것은 웃
긴 일이다. 글론드는 일을 벌인 지금도 신중한 자신의 모습에
피식 웃었다.

“알았다, 네 말대로 제국군을 치겠다. 너도 주변에 신경 쓰는
것을 게을리하지 말고.”

묘한 뉘앙스가 담긴 말에 리즈는 피식 웃었다.

“감사합니다. 모든 일은 순조롭게 풀릴 것입니다. 루시아의
순산도요.”

“갑자기 그게 무슨 말이냐?”

“걱정하실 것 같아서 말을 보탰을 뿐입니다.”

“그렇군.”

참 기분 맞춰줄 줄 모른다고 생각하면서 미간을 지그시 모았
다가 전방으로 시선을 옮기는 글론드였다.

전쟁의 순간이 점점 다가오고 있었다.

플로비스 왕국에 갇힌 이십만 군대는 한 곳에 뭉쳐 언제든지
뒤를 칠 수 있도록 준비를 해나갔다. 하지만 보급로가 끊겨 버

림에 따라 군수품 부족이 발생하기 시작했다. 그 사실을 전해 들은 제국군의 사기는 빠른 속도로 땅바닥을 향해 떨어졌다.

지금 상황에서 덴블로 후작이 선택할 수 있는 것은 두 가지다.

하나는 정면 대결로 플로비스 왕국군 본대를 쳐부수는 것.

다른 하나는 협상을 통해 무사귀환을 유도하는 것이다.

그중 무엇을 선택할지 예상하는 것은 쉬운 일이다.

제국의 그랜드 마스터인 그는 그 기원에 가장 근접한 인물. 처음부터 굴욕적인 협상을 통해 아군을 구출하려 들지 않을 터였다.

"이미 예상은 했지만."

속속 결집하는 제국군 본대를 바라보며 리즈는 쓰게 웃었다. 덴블로 후작은 굴욕보다 당당함을 선택하여 자신들을 상대하고자 하는 것이다.

"객관적인 전력에서도 우위를 점하지 못한다. 그렇다면 대결은 뻔하지."

마법병단은 리즈에게 당해 제대로 된 위력을 발휘하지 못하고, 덴블로 후작은 심각한 부상을 입어 온전한 신위를 발휘할 수 없다.

그에 반해 이곳에는 그랜드 마스터인 글론드와 대마법사 리즈가 있다. 정면 대결이 벌어진다면 막강한 화력의 리즈가 마법 난사를 시작할 것이고, 결과는 순식간에 갈릴 것이다.

"알고 있어도 피할 수 없겠지. 그럼 전쟁의 종지부를 찍을까."

전장을 바라보는 리즈의 두 눈이 파랗게 빛났다.

"나설 생각이야?"

약속이라도 한 것처럼 제국군과 왕국군이 대치했다. 그것은 어느 누구도 피하지 않고 정면으로 부딪치겠다는 의지의 발현. 사라는 벌써부터 자욱하게 피어오르는 전의를 느끼며 리즈에게 물었다.

"제가 유도했으니까요. 피할 수 없으니 전면에 나서서 확실하게 알려줄 생각이에요. 더 이상의 반항은 어떠한 의미도 없다고."

"맞는 말이긴 해. 네가 나선다면 제국군은 순식간에 무너질 테고, 전황은 네 뜻대로 흘러가겠지."

"……."

"사람을 죽이는 것에 거부감을 갖고 있어?"

"그건 아니에요. 단지 제 영광을 위해 죽이지 않아도 될 이들을 죽여야 한다는 사실이 그리 마음에 들지 않아서요."

"피해갈 수 없는 현실이잖아. 그들을 모두 걱정한다는 것은 너답지 않아."

"저답지 않다고요?"

좋지 않은 뉘앙스가 풍겨 리즈가 미간을 지그시 모았다. 하지만 사라는 대수롭지 않은 듯 고개를 끄덕이며 오히려 그에게 쏘아붙였다.

"당장 목숨을 걱정해야 하던 네가 언제부터 대인배가 되었다고 그러는 거야? 이곳으로 돌아올 때를 생각해. 지금 네 생각은 사치야. 마치 모든 일이 다 이루어진 것처럼 여유를 두지 마. 우리는 아직 목표를 위해 아무것도 해내지 못했어."

직설적인 그 말은 리즈의 정신을 현실로 되돌리는 역할을 했다. 그녀의 말마따나 아직 아무것도 이루어지지 않았다.

단지 익숙한 환경이라는 것과 루시아의 임신 등이 일을 크게 벌이는 것에 대해 거부감을 심어주었던 것이다. 리즈는 자신이 무엇을 잘못했는지 깨달았다.

"그것도 그렇군요."

"가서 확실하게 너의 힘을 보여. 그것이 더 많은 생명을 살리는 길이야."

"예. 감사합니다."

"감사하긴, 나 대신 나서서 더 많이 죽여 달라는 건데."

미소 짓는 사라를 보며 리즈는 확실하게 마음을 다잡을 수 있었다.

"이것은 전쟁이 아니야. 일방적인 학살이지."

십오만 대 십만.

수적 우세는 제국군이 점하고 있었지만 기세적인 측면은 플로비스 왕국이 압도적이었다. 제국의 마법병단에게 씻을 수 없는 타격을 준 리즈의 존재는 단숨에 저들을 쓸어버릴 수 있다는 자신감을 선사했다.

"돌격하라!"

본대에 선 글론드가 우렁찬 목소리로 외쳤다. 웅혼한 마나가 담긴 그의 외침은 십만이 위치한 왕국군 진영 전체에 울려 퍼지기 시작했다.

"돌격하라! 돌격하라!"

두웅! 둥! 둥! 둥!

거대한 소리가 전장을 뒤흔들기 시작했다. 기이할 정도로 감정이 끓어오르게 만드는 그 소리에 왕국군은 자기도 모르게 함성을 지르며 전진하기 시작했다.

와아아아아!

"시작인가."

사라와의 대화로 마음을 다잡았지만 지금 이 순간부터 수천수만에 달하는 사람을 학살해야 했다. 내키지 않는 일이었지만 자신의 행복을 위한 일이었다. 거창한 명분이 아닌, 자신의 행복을 위해 이 자리에서 수많은 사람이 죽어줘야 했다.

"헬 파이어."

리즈는 처음부터 전력을 다하기로 마음먹고 전선에 합류했다. 8단계 헬 파이어가 펼쳐지자, 허공에 거대한 불의 구가 생성되었다. 작은 태양은 빠르지 않은 속도로 제국군 진영을 향해 날아갔다.

"안 돼!"

"도망쳐! 피해!"

헬 파이어를 목격한 제국군은 마주 돌격하다가 몸을 돌렸지만 뒤에서 밀려드는 숫자에 이러지도 저러지도 못했다. 오히려 대열이 뒤엉키면서 깔리고 짓밟히면서 비명 소리가 요란하게 울려 퍼졌다.

그사이 다가간 헬 파이어가 지면을 강타했다.

꽈르릉! 꽈과과과광!

강렬한 폭발. 그리고 주변을 휩쓰는 충격파.

비명 소리가 울려 퍼지면서 죽음의 기운이 전장에 퍼져 나갔다. 화끈한 열기에 진격하던 플로비스 왕국군이 멈칫할 정도였지만 그것이 뇌로 스며드는 순간 전장을 뒤흔드는 광기로 바뀌었다.

와아아아아!

용기백배하여 전진하는 왕국군의 두 눈에 승리라는 절대적인 믿음이 자리하고 있었다.

전투는 일방적이었다.

리즈는 헬 파이어를 시전한 이후에 7단계 마법을 난사하면서 제국군이 대열 갖추는 것을 허용하지 않았다. 밀집한 곳이 있으면 어김없이 마법이 날아갔고, 반격을 가하면 블링크로 후퇴를 감행했다.

남은 마법병단의 마법사들이 대항했지만 8단계 마법과 비너스를 활용한 정령 마법은 그들이 대항할 수 있는 것이 아니었다.

그야말로 학살.

두려움에 질린 제국군은 어떠한 승기도 찾지 못한 채 사방팔방 흩어지면서 도망쳤다. 십오만이라는 어마어마한 숫자는 두려움이라는 전염병에 휘말리며 허술한 모래성마냥 무너져 내렸다.

눈부신 성과를 거둔 리즈였지만 그는 긴장감을 풀지 않았다.

제국군을 물리쳤지만 그들을 온전히 꺾은 것은 아니었다.

그의 신형이 단단히 응집해 있는 본대를 향해 날아갔다.

그곳에는 굳건히 버티고 선 덴블로 후작과 호위 기사들이 눈에 보였다.

뒤에는 이러지도 저러지도 못하는 귀족들이 눈에 들어왔지만 그의 시선에는 오로지 덴블로 후작만 보일 뿐이었다.

"끝났습니다."

"그렇군, 너의 승리다."

"악연이지만 후작님에게 특별한 원한은 없습니다. 항복하십시오. 항복하면 남은 제국군을 해치지 않고 후작님을 포로로 대우하겠습니다."

"포로라, 제국의 검사인 내가 포로가 된다면 그 이름이 얼마나 땅으로 떨어질까."

힘이 담기지 않은 목소리였지만 그 밑에 깔린 굳건한 의지는 수많은 이들의 목숨을 저당으로 잡아도 흔들 수 있는 것이 아니었다. 리즈는 덴블로 후작을 포로로 사로잡는 것을 깔끔하게 포기했다.

"그 말씀이 의미하는 바가 무엇인지 알 것 같습니다."

"알았으니 입이 아프게 말하지 않아도 되겠군. 남은 것은 검으로 전달하도록 하지."

"……."

검을 드는 모습에 리즈는 표정을 굳히고 그를 응시했다.

부상을 입은 그는 상처 입고 날뛰는 오우거마냥 사나운 기운이 주변에 휘몰아치고 있었다.

이럴 때 가장 위험하다는 것을 리즈는 모르지 않았다. 부상을 당했지만 방심한다면 죽는 것은 그가 아니라 자신일 것이다.

덴블로 후작의 신형이 유령처럼 흐릿해지는 순간, 단숨에 거리를 좁히며 리즈에게 검격을 뿌렸다.

콰직! 콰과광!

오러와 마법이 충돌하면서 폭음이 전장을 수를 놓기 시작했다. 극도로 응집된 에너지의 결정체는 높은 단계 마법을 어렵지 않게 부숴 버렸다.

'하지만……'

리즈의 눈에 선명하게 들어왔다.

덴블로 후작이 마지막 불꽃을 태우면서 자신에게 달려드는 것을.

저번 전투에서 치명적인 일격을 허용한 그는 아직까지 내상을 완벽하게 회복하지 못했다. 그럼에도 제국의 기사로서 물러설 수 없는 자존심이 그를 앞으로 나서게끔 만들고 있었다.

그리고 얼마 지나지 않아 덴블로 후작의 움직임이 눈에 띄게 느려지기 시작했다.

리즈의 마법이 날아오는 순간, 검을 휘두르며 막으려고 했지만 거센 폭발이 일어나면서 그의 팔을 휘감았다.

꽝!

"끄으……."

흘러나오는 신음 소리와 함께 일그러지는 표정.

리즈는 수세에서 공세로 변환한 뒤, 마법을 시전하기 시작했다.

빠른 속도로 덮쳐 오는 마법의 존재는 덴블로 후작의 검을 차츰 어지럽게 만들었다. 오러가 스칠 때면 여지없이 마법이 폭발했지만, 비처럼 끊임없이 쏟아지는 마법 세례는 빈틈을 만들었다.

꽝! 꽈과광!

거듭 적중하는 마법. 그럴 때마다 그의 전신이 거세게 흔들리면서 맥을 추지 못했다.

그리고 리즈의 태블릿 PC에서 떠난 비너스가 퓨리 오브 헤븐을 시전했을 때, 덴블로 후작의 전신이 뇌전의 폭풍에 그대로 휘말렸다.

꽈르릉! 꽈앙!

폭발이 일어난 곳에는 덴블로 후작이 서 있었다.

그의 전신은 까맣게 타버렸지만 두 눈은 여전히 푸른 안광이 뿜어져 나오고 있었다.

무엇이 그를 이렇게 굳건히 버티고 서게 만드는 것일까.

리즈는 끝까지 자신을 죽이고자 하는 그의 의지에 살의가 아닌 경외를 느꼈다. 자신의 의지를 지키고, 앞으로 나아고자 하는 모습은 마땅히 존경을 받을 만했다.

"당신에게 경외를 표하는 바입니다."

"…나는 강적이었나?"

"그렇습니다. 저를 지독하게 몰아붙였던 아라발라가 공작보다도, 후작님이 더 무서웠습니다."

"나쁘지 않군. 부디 데레사를……."

점차 잦아들던 그의 음성은 두 눈에 감기면서 끝을 맺게 되었다.

제국의 그랜드 마스터 덴블로 후작이 목숨을 잃은 것이다.

"후우!"

그 모습을 본 리즈는 숨을 내쉬었다. 팔에 돋은 소름은 덴블로 후작의 끊이지 않던 집념이 얼마나 무서운지 몸이 반응하고 있었다.

거기에 그치지 않고 마지막까지 데레사를 걱정하던 모습.

외손녀를 생각하는 모습은 마음 한 구석을 짠하게 만들었다.

"죄송하지만 데레사 황녀는 제가 관여할 수 없습니다. 죄송합니다."

갈라선 그녀에게 어떠한 감정도 갖지 않는 것이 서로를 위해 좋았다.

고개를 숙이며 예를 표한 리즈가 주변을 둘러보았다.

덴블로 후작과의 대결은 전쟁의 끝을 알리는 것이었다.

제국의 패배 소식과 함께 덴블로 후작의 죽음은 곧바로 대륙 전역에 퍼져 나갔다.

십오만의 제국 본대는 뿔뿔이 흩어졌으며, 그중 오만에 달하는 포로를 사로잡으면서 플로비스 왕국군은 국경지대를 굳건히 지켜나갔다.

상황이 이렇게 흘러가자, 플로비스 왕국 영토 안에 있던 제국군이 항복을 해왔다. 군량이 다 떨어지고, 본대가 무너짐에 따라 더 이상의 저항이 무의미하다는 판단을 내렸던 것이다.

제국의 지침에 어긋나는 항복이었지만 이십만의 목숨을 저버릴 수 없는 노릇이었다. 제국군의 항복으로 플로비스 왕국은 순식간에 이십오만이 넘는 포로를 관리해야만 했다.

글론드는 이에 대해서 자신이 이끌던 오만의 군대와 지원군 오만의 군대가 함께 관리하게끔 했다. 그리고 그는 리즈와 함께 오만의 군대를 이끌고 제국군 진영으로 진격하기 시작했다.

그 소식은 뒤늦게 플로비스 왕궁으로 전해졌다.

왕국 정계가 난리 난 것은 당연한 사실이었다.

그들은 고작 오만으로 제국을 침공한 글론드의 무모한 행동을 맹렬하게 비난했다.

하지만 이어진 베드로 국왕의 말은 그들을 침묵하게 만들기 충분했다.

"직접 명령한 것이다. 그에 대한 이의가 있으면 정식으로 말하라."

"……."

리즈가 떠난 뒤, 카리온 공작이 정계를 휘어잡았지만 베드로 국왕의 권위는 무시할 수 없는 것이었다. 시끄럽게 떠들던 귀족들은 아무 말도 하지 못한 채 조용히 서로의 눈치를 살피기 바빴다.

그중 나선 것은 카리온 공작이었다. 그는 베드로 국왕이 숨기던 사실이 제국의 침공이었음을 깨닫고 차분하게 물어보았다.

"국왕 전하, 하오면 제국의 영토를 점령할 생각이십니까?"

"영토 점령은 없다. 단지 병력을 빌려주었을 뿐."

"빌려주었다는 것은?"

"리즈 리안의 제안이다. 그는 본국이 전쟁에서 승리할 경우

오만의 병력을 빌려달라고 하였다. 이번 침공은 본국이 아닌, 그가 주재한 것이라 할 수 있지."

"하지만 다른 국가는 본국의 소행으로 볼 것입니다."

다른 귀족들도 동감이라는 듯 고개를 끄덕였다.

이십오만의 포로를 사로잡았지만 제국군의 저력은 놀라워 빠른 속도로 전력을 회복해 나갈 것이다. 이후에 이어지는 것은 끊임없는 침공. 작은 국가인 플로비스 왕국이 결코 감당할 수 없는 것이었다.

그럼에도 베드로 국왕은 당당했다.

"그럴 테지. 하지만 리즈 리안은 충분한 대가를 약속했다. 본국은 그사이에서 이득을 취하고, 가장 이익이 되는 방향으로 움직일 것이다."

"그가 약속한 것이 무엇인지 여쭤보아도 되겠습니까?"

"그것이 궁금했나, 공작?"

"……."

피식 웃으며 말하는 베드로 국왕을 보며 카리온 공작은 침묵했다. 둘의 대립이 격렬하게 이루어질 수 있는 것을 엿볼 수 있는 부분이었다.

"궁금해 하니 대답하지, 리즈 리안은 오만의 병력을 빌리는 대가로 천만 골드를 약속했다."

그 말은 조용하던 대전을 뒤흔들기에 부족함이 없었다.

"처, 천만?"

"천만 골드란 말입니까?"

"그런 돈이 실재하다니. 이럴 수가, 허어……."

곳곳에서 경악이 흘러나왔다. 평생 만 골드를 만져 보는 이가 드물 정도로 큰 금액이었는데, 리즈가 이런 조건을 제시할 줄 몰랐던 것이다.

카리온 공작 또한 상상을 초월하는 금액에 할 말을 잃고 말았다.

베드로 국왕이 말을 덧붙였다.

"여기에 세세한 조건이 더해져 있다. 그것은 결코 본국이 손해 볼 것 없는 조건이지. 현재 제국군은 패배했고, 그 여세를 몰아 제국을 침공하고 있는 실정이다. 잘된다면 제국에 더 큰 피해를 끼치고 막대한 금액을 얻을 수 있을 것이며, 실패하더라도 군대를 빌려준 대가는 받았으니 더 강력한 군대를 양성할 수 있을 것이다."

그리고 주변을 둘러보며 귀족들이 혹할 수 있는 말을 흘리는 걸 잊지 않았다.

"공을 세운 귀족들은 합당한 상을 받을 것이다."

오만의 군대 대여로 얻은 천만 골드란 금액.

상이라는 말에 귀족들은 침을 꿀꺽 삼켰다.

처음 나왔던 후퇴란 단어는 이미 사라진 지 오래였다.

제9장

오해를 현실로

글론드는 공격보다 수비에 능한 인물이었다. 군대 전체를 통솔하면서 방어 진영을 구축하는 데 탁월한 능력을 지니고 있었다. 때문에 제국군을 침공함에 있어 적합한 인물은 아니었다.

하지만 그가 이끄는 오만의 군대는 승승장구하면서 제국군 진영을 거침없이 유린하고 있었다.

그 이유는 바로 리즈의 존재였고, 그가 제시한 방향이 정확히 맞아 떨어졌기 때문이었다.

제국 영토로 진입한 오만의 군대는 불과 보름 만에 오슬론 지방을 함락시키는 데 성공했다. 제국 최남단이자 플로비스 왕국 오분의 일에 해당하는 큰 영토를 보름 만에 얻어낸 것이다. 처음에는 반신반의하던 글론드도 리즈의 주장을 인정할 수밖에 없었다.

“네 말이 맞군. 이렇게 허술할 줄이야.”

“제가 괜히 제국에 있던 것이 아니니 말이죠.”

“허허, 그렇군. 이렇게 쉬운 전투가 되리라고는 생각지 못했다.”

“하지만 오슬론 지방은 시작에 불과해요. 제가 원하는 것은 크로뮐의 함락이에요. 그곳까지 진격한다면 이번 전쟁은 온전히 우리의 승리가 되겠죠.”

“크로뮐은 제국의 주요 도시 중 하나다. 정녕 그곳을 점령할 수 있다고 생각하느냐?”

크로뮐은 제국의 주요 대도시 중 하나로, 상주하는 인구가 오십만이 넘는다. 제국 남부의 세금을 모으는 곳이기에 유동 인구가 많을 뿐만 아니라, 황도로 향하는 길이 잘 닦여 있어 열흘 안에 황도로 도달하는 것이 가능했다.

그리고 지금은 멸망하고 사라졌지만 과거 크로뮐 왕국의 수도이기도 했던 곳이다.

크로뮐의 점령 천명은 리즈가 제국 남부 지역 대부분을 점령할 생각을 갖고 있다고 봐도 무방했다.

“그곳을 점령해야만 오슬론 지방과 앞으로 얻게 될 크산트 지방을 지킬 수 있으니까요. 저는 크로뮐의 점령으로 제국의 심장에 칼을 겨눌 생각이에요.”

“칼이라, 정확하군. 그곳까지 진출한다면 황도도 안전하다고 볼 수 없으니. 그나저나 아직 움직인다는 소식은 없다. 어떻게 생각하느냐?”

“그야 우리가 먼저 어느 정도를 감당해야 움직일 테니까요.

당장 전선에 수많은 제국군이 결집해 있는데 전력을 동원하려 들지 않겠죠."

"그럼 이렇든 저렇든 제국의 전력을 감당해야 한다는 이야기군."

오만의 숫자는 결코 적지 않지만 점령한 영토를 관리하고, 빼앗긴 곳을 찾기 위해 동원되는 제국군을 막기에는 턱없이 부족한 숫자였다. 글론드는 리즈가 왜 십만이 아닌 오만을 빌렸는지 이해할 수 없었지만 지금은 있는 숫자를 동원하여 제국을 막아야만 했다.

"네, 그래서 조만간 지원군을 부르려고 생각 중이에요. 매우 뛰어난 전력이죠."

"어느 정도이기에?"

"그랜드 마스터라고 하면 될까요?"

"그랜드 마스터가 무슨 굴러다니는 돌멩이처럼 많군."

"개인적으로 아는 사이고, 세상에 모습을 드러내지 않았죠. 우연히 인연이 닿았는데 저의 계획에 동참하겠다고 했습니다."

"그렇군."

우연히 인연이 닿았다는데 더 할 말이 있을 리 없었다. 글론드는 자신을 비롯하여 사라와 리즈, 새로 합류할 그랜드 마스터까지 떠올리면서 마냥 어렵게만 느껴지던 제국군을 충분히 상대할 수 있다고 여기게 되었다.

'문제는 크로뮐의 함락 시기로군. 그곳을 얻는다면 수성으로 남부 지방 지키는 것이 가능해지니.'

"좋다, 네게 약속한 것이 있으니 뜻대로 따르지. 대신 약속한 것은 잊지 마라."

"네, 물론이죠."

전과 비교할 수 없을 정도로 협조적인 글론드의 태도에 리즈는 미소를 지었다.

대륙 정복을 천명한 빌리오덴 3세는 삼십만 군대를 동원하여 암흑왕국을 공략했다.

어둠의 권역이 완전히 가신 테일러 지방과 에스피노 요새에 대대적으로 군사를 결집시킨 뒤, 대대적인 진군으로 암흑왕국의 영토를 넘어섰다.

적탑주 클로뷔이 마법 전력을 보태며 빠른 속도로 진군을 시작했는데, 그 강렬한 기세에 암흑왕국은 아무런 대처도 하지 못한 채 후퇴를 거듭해야만 했다.

흑탑주 세리프는 군대를 이끌고 제국군 요격에 나섰지만 어둠의 권역이라는 이점은 숫자에 밀려 큰 효과를 보지 못했다.

그러던 중 수도에 틀어박혀 모습을 드러내지 않던 사내가 암흑왕국군 진영에 모습을 드러냈다.

작전을 짜느라 골몰하던 세리프는 진영 안으로 스며드는 그림자를 보고 미간을 지그시 모으다가 모습을 드러낸 인물을 보고 놀란 표정을 지었다.

"당신이 이곳에 올 줄 몰랐네요."

"오랜만이군."

"십 년이 넘는 시간을 간단하게 오랜만이라고 정리해 버리니 황당하긴 하네요. 그런데 이곳에는 무슨 일이죠? 전 당신이 이곳에 온다는 말을 듣지 못했는데."

"개인적인 용무다. 너도 제법 재미있는 일을 벌이고 있다고 들었는데."

"흐응, 흥미가 있나요?"

사내가 진영을 찾은 이유를 알아차린 세리프가 입가에 미소를 지었다. 놀리는 기색이 다분했지만 사내는 담담히 고개를 끄덕였다.

"신검이란 언급이 나왔으니 그럴 수밖에."

"하긴, 그럼 그들의 장단에 놀아줄 생각인가요?"

"본국을 지키기 위한 전쟁에 그런 복잡한 계산을 더할 이유가 없겠지."

"힘을 보탠다는 것으로 듣겠어요."

"아아, 신검을 보기 위해서는 실전 감각을 되돌릴 필요가 있으니까."

무감정한 사내는 복잡한 것을 싫어했지만 그의 검은 더욱 그러했다. 단조롭고 복잡함을 지양하는 검은 이 세상 모든 것을 베어버릴 만큼 날카로웠으니까.

"후후, 그것도 그렇군요. 당신이 돕는다면 제국군도 더 이상 걱정은 없겠군요. 진정한 대륙의 최강이 세상에 모습을 드러냈으니."

"칭찬한다고 떨어지는 건 없다."

"딱히 다른 걸 바라지는 않아요. 그런데 당신 혼자만 온 것인가요?"

"멀지 않은 곳에 기사단이 주둔하고 있다."

"좋아요, 이제야 전쟁다운 전쟁이 되겠네요."
대륙 최강의 기사단이자 마왕을 수호하는 암흑기사단.
그들은 대륙에서 소문으로 전해질 만큼 악명이 자자했으며, 개개인의 신위가 이미 인간의 한계를 초월한 집단으로 알려져 있다.
그리고 그들을 이끄는 존재가 눈앞의 사내.
대륙에는 암흑삼공의 일인이자, 암흑기사로 알려진 것이 사내의 정체다.
"기대하겠어요, 루이넨스."
"얼마든지."
세리프의 음성에 루이넨스는 여전한 음성으로 대답했다.

적탑주 클로뷘을 앞세워 전진하던 제국군은 며칠 전 벌어진 전투에서 대패를 하고 후퇴를 감행하게 되었다.
그곳에서 모습을 드러낸 인물은 다름 아는 암흑삼공의 일원 중 암흑기사!
마왕의 호위이자, 최강의 실력자로 알려진 그가 모습을 드러낸 것이다.
어둠의 권역에 힘입은 그의 무위는 인간의 것을 초월하여 적탑주 클로뷘을 패퇴시키고 제국의 기사 전력을 몰살시켰다.
그를 따르는 암흑기사단 또한 왜 재앙이라 불리는지 단 한 번의 전투로 각인시켜 주었다.
삼십만의 군대 중 이번 전투로 오만 이상을 잃고, 점령지에서 물러나 에스피노 요새에서 일전을 준비할 수밖에 없었다. 거침없이 남진하는 암흑왕국군의 기세는 그야말로 해일과 같았다.

"시작되었군."

소식을 전해 들은 리즈는 생각 이상으로 화끈한 암흑왕국의 행보에 혀를 내둘렀다. 제국의 전력이 만만치 않아 지루한 소모전으로 흐를까 걱정했는데 그것을 단숨에 날려 버린 것이다.

옆에서 소식을 듣고 있던 글론드가 리즈에게 물었다.

"암흑기사라, 그것까지 생각한 것이냐?"

"아니요, 혹시나 하는 정도였어요. 정말 나타날 줄은 몰랐네요."

"마왕의 호위기사라는 암흑기사까지 모습을 드러낼 줄이야. 그와 아라발라가 공작이 대결한다면 재미있는 결과가 나오겠군."

"그야 봐야 하지 않을까요? 아라발라가 공작도 강하지만 본신의 실력보다는 보검의 힘을 적절하게 활용하기 때문이니까요."

아스렌에게 들은 바를 종합하면 암흑기사 또한 마검을 지니고 있으며, 그것의 위력은 결코 신검에 부족하지 않은 것이라고 한다. 그런 만큼 보검을 지닌 아라발라가 공작에게 밀리지 않을 가능성이 높았다.

"검의 능력도 실력의 일부분이지. 어쨌든 상황은 네가 말한 대로 흘러가고 있구나."

"우리한테는 좋은 거죠."

"그쪽이 약속을 이행했으니 말인가?"

"우리가 움직임을 보이지 않는다면 병력을 철수할 거예요.

어둠의 권역에서 나오지 않는 건 제게 보내는 메시지이기도 하니.”

리즈가 협력을 맺은 곳은 다름 아닌 암흑왕국이었다.

이 생각은 산채에 머물 때 하게 된 것인데, 랭가스터 제국에서 자신을 암흑왕국이 파견한 첩자라고 몰아붙일 때 든 생각이었다.

‘그렇게 지어냈다면 정말 현실로 해주지.’

그것이 리즈의 생각이었고, 제국이 어느 곳에 신경을 집중할 수 없도록 세리프와 협상하여 오만의 병력을 빌려 제국을 침공한 것이다.

하지만 신뢰로 맺어진 사이가 아닌 만큼 넘어야 할 벽이 많았다. 이쪽에서 보여주면 저쪽에서 행동해야 했고, 다시 이쪽에서 반응을 보여야 했다.

이해관계가 얽힌 계약에 불과했다. 그러나 서로 엇나가지 않는다면 원하는 것을 얻을 수 있는 윈윈이기도 했다.

“좋다, 병력을 전진시키마.”

암흑왕국이 본격적인 행보를 보이자, 글론드도 더 이상 그의 말을 무시하지 못했다.

현재 오슬론 지방을 점령하고, 크산트 지방까지 전광석화처럼 진군을 하였지만 크로필이라는 장애물을 두고 진군을 멈추고 있는 실정이었다.

당장 리즈가 실력을 발휘한다면 크로필도 넘는 것은 어렵지 않았다.

글론드의 진군 개시는 곧 크로필의 점령을 알리는 것과 같왔다.

　리즈가 앞장서서 마법을 난사함에 따라 크로밀의 대마법 방어진은 단숨에 해체되고, 성문이 파괴되었다. 글론드가 이끄는 삼만의 병력이 진군하니, 필사적으로 저항하는 귀족 세력을 제외한 병사들은 순순히 포기했다.

　플로비스 왕국 기사들이 달려들어 기사들을 베어버리고 귀족들을 생포했다. 이 땅에 필요하지 않은 저들은 모조리 황도로 보내 버릴 것이다.

　지휘부를 완전히 무너뜨린 글론드는 곧바로 크로밀 장악에 나섰다. 그들은 병사들처럼 별다른 저항을 보이지 않은 채 순순히 항복했다.

　제국의 대도시임에도 불구하고, 생각보다 손쉬운 점령에 글론드는 혀를 찼다.

　"이렇게 편할 줄이야."

　"제국의 기질이지요. 우리가 당한다면 마찬가지의 태도를 보일 것입니다."

　"지지 않으면 된다는 건가? 제국의 오만한 자신감이 묻어나오는 문구로군."

　"여태까지 한 번도 일어나지 않았으니 그럴 수밖에요. 하지만 이제부터는 다를 것입니다. 지금도 그 신화를 써 내려가고 있지 않습니까?"

　"그렇지."

　새로운 신화라는 단어가 마음에 들었는지 입가에 미소를 짓는 글론드였다.

적당히 구슬리는 말이기도 했지만 대륙의 정세를 좌지우지하던 제국을 뒤흔드는 침공이었다. 훗날 역사에 그의 이름이 널리 알려질 것은 거짓이 아닌 사실이었다.

리즈는 새로운 점령지에 대한 모든 권한을 지니고 있다.

이곳을 점령한 것은 플로비스 왕국군이지만 엄연히 말해서 리즈가 고용한 용병과도 같은 존재. 제국 남부의 오슬론, 크산트를 비롯한 크로뮐까지 모두 그의 손에 있는 것이라 할 수 있었다.

그는 기존의 귀족들을 황도로 보내고, 기사들을 처형했지만 행정업무를 보는 인물들은 처단하지 않았다.

다만 마법으로 강력한 제약을 걸어두었는데, 정신계 마법을 발동하여 강제적인 충성 서약을 하게끔 한 것이다.

그러면서 부정부패를 저질렀던 이들을 언데드로 만든 뒤 처형하는 모습을 보여주었다.

그것은 실로 큰 효과를 일으켜, 리즈가 향하는 어느 곳도 감히 반항할 엄두조차 내지 못한 채 고개를 조아리기에 급급했다.

살아 있는 이를 언데드로 만드는 것은 리즈도 사용하고 싶지 않았던 마지막 수였지만 믿을 수 있는 것이 아무도 없는 이상 강력한 공포로써 권력을 유지할 수밖에 없다고 생각했다.

글론드는 루시아의 증조할아버지였지만 플로비스 왕국 출신이다.

배신을 당한 적이 있는 리즈로서는 언제 어떻게든 대응할 수 있게 방비책을 만드는 데 주력했다.

크로뮐의 점령 이후, 대륙의 정세는 급속도로 빠르게 흘러갔다.

암흑왕국군이 대대적으로 남하하면서 연일 에스피노 요새와 테일러 지방을 함락시키고자 했다.

흑탑주와 암흑기사의 합세가 일으킨 여파는 실로 대단하여 제국군은 무수히 많은 희생을 일으키면서 그 자리를 지키고 있어야만 했다.

그러다 보니 남쪽에서 치고 올라오는 리즈의 존재에 신경을 기울일 수 없었다. 그가 남부 대도시 크로뮐을 점령했음에도 말이다.

만약 리즈와 플로비스 왕국군이 크로뮐에서 나와 황도로 진격할 준비를 하고 있었다면 어떠한 움직임을 보였을 테지만 지배체제를 강화시키는 것을 우선으로 두었기에 제국도 암흑왕국과 전쟁에 역량을 기울였다.

이러한 소식들은 단지 제국의 절대적인 강함에 좌지우지되던 정세를 바뀌게 만들었다.

파르베크 도시국가와 헤센 왕국은 대대적으로 병력을 모집하여 훈련시킨 뒤 전선에 배치하고 제국을 침공하려는 의도를 보인 것이다.

동북부에 위치한 왕국들도 마찬가지다.

그들은 수세적인 입장에서 오히려 전선에 병력을 이끌고 나섬으로써 제국을 거세게 공격했다.

바야흐로 공적으로 전락한 제국을 타도하기 위해 모든 왕국이 움직이고 있었던 것이다.

“부르셨습니까, 국왕 전하.”

야심한 시간, 베드로 국왕의 호출을 받은 카리온 공작이 정중히 예를 취했다.

“늦은 시간에 불러 미안하오, 공작.”

“아닙니다, 그런데 무슨 하실 말씀이라도?”

“아아, 그래서 공작을 부른 것이오, 혼자 결정할 수도 있지만 사안이 사안인만큼 공작의 의견을 들어보고 싶어서 말이오.”

“말씀하시지요.”

“…….”

카리온 공작의 말을 들었음에도 베드로 국왕은 쉬이 말을 꺼내지 않았다. 그 모습에 의아함을 느꼈지만 끈기있게 이어질 말을 기다렸다.

얼마나 지났을까.

베드로 국왕이 조심스럽게 말을 꺼냈다.

“현재 본국의 군대가 제국 남부 일대를 점령한 걸 알고 있을 것이오.”

“예, 물론입니다. 이것은 왕국의 홍복이자, 국왕 전하의 홍복이라 생각합니다.”

“물론 대단한 성과지만 그 결과물은 왕국이 취할 수 없소. 그것은 공작도 알고 있을 터.”

“예, 하지만 세상에는 언제나 변고가 일어날 수 있는 것 아니겠습니까?”

카리온 공작은 베드로 국왕이 생각하고 있을 법한 부분을 찔러보았다. 쉽게 말을 꺼낼 수 없는 사안이라면 당연히 제국 남부 영토를 처리하는 방법에 대한 것일 터였다.

"변고라, 확실히 그만 처리할 수 있다면 영토는 본국의 것이 되겠지."

"신의가 중요하다고 하나 얻을 수 있는 결실은 왕국의 미래를 결정할 수 있습니다."

그의 말은 리즈와 맺은 계약을 굳이 지킬 필요가 없다는 뜻.

안 그래도 리즈가 거둔 혁혁한 성과에 고민이 많던 베드로 국왕은 확신 어린 그의 말을 듣고 차츰 그쪽으로 마음을 굳혔다.

그의 공을 무시할 수 없지만 제국 남부를 점령한 것은 플로비스 왕국군이고, 그들을 이끄는 것은 다름 아닌 글론드다. 영토에 대한 주장을 할 수 있다는 것이 그의 생각이었다.

루시아는 크로뮐을 점령한 이후, 그곳으로 이동하고 없었다. 베드로 국왕은 빠른 결정을 내리지 못해 그녀를 확보하지 못한 것이 아쉬웠지만 어쩔 수 없는 일이었다.

"글론드 경에게 일러 기회를 엿보라고 하시오."

"명을 받듭니다."

카리온 공작의 고개가 깊이 숙여졌다. 그의 의견이 전적으로 찬동하는 모습이었다. 베드로 국왕은 그에 기뻐하며 여러 이야기를 나누었다. 격렬하게 대립하고 있는 현 정계 상황을 지켜볼 때 극히 이례적인 광경이었다.

"국왕이 욕심을 부렸군."

대전을 나서 마차에 탑승한 카리온 공작이 중얼거렸다.

그의 입장에서 당연히 욕심날 수밖에 없었다.

제국 남부 지방은 유명한 곡창지대. 그곳에 있는 인구는 상당했고, 각종 물자가 풍부하여 점령한다면 향후 대륙 남부의 패권은 플로비스 왕국의 것이었다.

카리온 공작은 그에 욕심낼 것을 짐작하고 있었다. 그리고 미리 생각해 둔 것을 언급, 환심을 사는 데 주력했던 것이다.

하지만 그 속에는 다른 생각이 자리하고 있었다.

"리즈를 제거하는 것은 찬성한다. 베드로 국왕은 그것을 집어삼켜 힘을 기르려고 하겠지만 리즈가 죽는다면 부인인 루시아의 것이 되지."

그것까지 미처 생각하지 못했을 것이다. 하지만 카리온 공작은 이미 모든 것을 염두에 두었고, 그녀가 아무것도 정비되지 않은 땅덩어리를 받아들이지 않을 거란 걸 알고 있었다.

"루시아와 대화로 풀어나간다면 제국 남부 지방은 고스란히 본가의 것이 된다. 후후, 그 크기는 감히 왕국이 품기에는 너무나 큰 곳. 독립하기에는 너무 이르니 예속된 공국 정도로 생각하는 게 좋겠군."

마차 속에서 반짝이는 두 눈.

그는 이미 미래에 있을 이상향을 꿈꾸고 있었다.

이러한 음모의 꽃이 피어나고 있는 것을 모른 채, 리즈는 크로밀에 마련된 연구실에 마법진을 그리고 마나를 주입했다.

우웅! 우웅! 스파앗!

마법진에 빛이 뿜어지고 마나가 요동치면서 이내 텔레포트 마법이 시전되었다. 순간 주변이 빛으로 뒤덮였고, 잠시 후 그곳에는 한 사람이 우두커니 서 있었다.

바로 아스렌이 크로밀에 모습을 드러낸 것이다. 리즈는 반가운 표정을 지으며 다가갔다.

"아스렌."

"아아, 리즈. 이거 꽤 신기한데? 속이 좀 울렁거리긴 하지만 여기가 정말 크로밀이 맞는 거냐?"

"연구실이라서 어두운 거고, 밖으로 나가면 알 수 있을 거다."

"그래? 휴, 산채에 틀어박혀 있던 내가 대도시에 오게 되다니. 꽤나 팔자가 편 것 같아. 안 그래? 흐흐."

"일개 산적이라면 출세지만 글쎄, 너는 다르지."

"달라봤자 산적들하고 함께 사는 것에 불과한데 뭐라 거창하게 말하겠냐. 그나저나 오랫동안 소식을 기다리느라 답답했다고?"

산채에 틀어박혀 있지만 대륙 각지에 퍼진 정보에 대해서 대부분 접하고 있었던 아스렌이었다. 자신에게 도움을 청하지 않은 것이 의아했지만 리즈가 머리 좋은 마법사인만큼 어떤 생각이 있겠지 하는 눈치였다.

"우리는 이곳에서 우리만의 도시를 세울 거야."

"들어서 알고는 있다."

"그러기 위해서는 힘이 필요해."

"파르베크 도시국가 같은 형태를 원하는 거냐?"

"아니, 그곳은 엄밀히 말하면 실패한 형태야. 도시국가의 형태를 갖고 있지만 힘이 없어서 제국의 침공이 이루어질 때마다 전전긍긍하니."

"그것도 그렇군. 그런데 너와 나의 힘으로 그게 가능하다고 보는 거냐?"

"그럼 불가능하다고 생각해?"

"적어도 내가 생각하기에는 많은 면에서 부족하다고 느낀다."

리즈가 점령한 영토는 넓었지만 그것은 단지 시간 대비 차지한 면적일 뿐이다. 제국의 영토로 치면 고작 이십분의 일에 불과한 정도였다.

그것이 설사 곡창지대라 해도 이야기는 크게 달라지지 않는다.

"많은 면이라, 차차 보완해 나가면 되겠지. 하지만 그것만 알아둬. 어느 정도의 병력만 갖출 수 있다면 두 명의 대마법사와 두 명의 그랜드 마스터를 보유한 곳은 절대 무너질 수 없어."

"그것도 그렇군. 그럼 이곳에서 제국군의 공격을 방어해 내면 되는 건가?"

이미 차지한 곳을 방어해 낸다는 것은 공격하는 것보다 쉬운 일이다.

더군다나 이쪽의 전력은 세 명의 그랜드 마스터와 두 명의 대마법사, 그리고 삼만의 병력이 수비하기 좋은 크로띌에 수성 중이다.

설사 삼십만이 오더라도 한판 해볼 수 있다고 여기는 아스렌이었다.

하지만 리즈의 생각은 다른 듯 고개를 절레절레 저었다. 그리고 이어진 그의 말에 아스렌은 황당한 표정을 지으면서 전율에 휩싸였다.

"아니, 우리는 황도로 진군할 거야."

처음부터 그의 목적은 이곳이 아닌, 황도에 자리하고 있었다.

암흑왕국의 갑작스러운 진군과 플로비스 왕국의 침공.

이 두 가지 사실은 황도의 귀족들을 혼란스럽게 만들었다. 어느 곳부터 손을 대어야 할지 감을 잡을 수 없을 정도로 남북에서 치고 오는 그들의 진군이 매서웠던 것이다.

"암흑왕국을 먼저 공략해야 하오!"

"그렇소, 암흑왕국은 본 제국에 있어 가장 먼저 처단해야 할 우선순위에 있는 곳. 그곳의 전력을 깎아놓아야 다른 곳을 바라볼 수 있소!"

"암흑기사까지 동원된 마당에 다른 곳을 신경 쓸 겨를이 있다고 생각하오?"

암흑왕국을 먼저 공략해야 한다고 주장하는 측은 그들의 무시무시한 전력을 언급하면서 가장 우선순위를 북쪽에 둘 것을 주장했다.

하지만 플로비스 왕국을 공략하자는 측의 주장도 만만치 않았다.

"플로비스 왕국군은 제국의 남부 곡창지대를 장악했소! 하루라도 빨리 공략을 하지 않으면 그들이 몇 년 더 버틸 수 있는 군량을 확보하게 된단 말이오!"

"크로뭘은 황도에서 멀지 않은 곳. 자칫 잘못하면 플로비스 왕국이 이곳까지 진군할 수 있다는 사실을 간과하고 있는 것 아니오?"

"빼앗긴 영토를 찾아야 더 많은 군량을 거두게 된단 말이오."

일진일퇴. 어느 누가 뚜렷한 우위를 점하지 못한 채 양측은 팽팽하게 대립했다.

빌리오덴 3세는 아무 말도 하지 않고 처음부터 조용히 회의를 지켜보았다.

양측 모두 옳은 말을 하고 있어서 그로서는 어느 누가 옳다고 쉬에 언급하기 힘든 상황이었다. 이러한 고민을 가져다준 것 자체만으로 현재 상황이 얼마나 좋지 않은지 알게 해주었다.

"당했군."

능히 무찌를 수 있다고 생각하던 양측에 이토록 큰 타격을 입을 줄이야.

빌리오덴 3세는 자신이 실수했음을 깨달았다. 그리고 그 대가는 컸다. 제국의 오랜 충신인 덴블로 후작과 마노엘의 사망. 거기에 클로뷘과 카시오도 심각한 부상을 입어 전선에서 이탈하고 말았다.

남은 전력은 아라발라가 공작이 유일. 하지만 암흑왕국이나 플로비스 왕국 모두 만만치 않은 전력을 보유하고 있어 어느 곳을 선뜻 선택하기 힘들었다.

하지만 어느 하나를 선택하고 확실하게 틀어막아야 했다.

두 대마법사가 전선에 복귀할 수 있는 시간은 보름여 정도 후.

그 시간을 끌어두어야 다시 한 번 반격의 기회를 노릴 수 있을 터였다.

"암흑왕국과 플로비스 왕국 모두 위협적이다. 짐의 잘못된 판단이 그들에게 허튼 희망을 품을 수 있는 기회를 제공하게 되었지."

"……."

빌리오덴 3세가 입을 열자 모두 침묵하며 귀를 기울였다. 자기 자신을 책망하는 그의 태도는 한 번도 볼 수 없는 것이어서 놀라움을 자아냈다.

"어느 하나를 선택해야 하는 상황. 그들 중에서 어느 누가 본국에 더 큰 위협이 될지 생각을 해야만 했다."

가장 간단한 사실을 언급함으로써 어느 곳에 전력을 기울여야 하는지 다시 생각하게끔 했다.

"암흑왕국의 군사는 이십만. 현재 클로뷘 탑주가 이탈한 만큼 그곳에 전력을 기울이는 것이 마땅하다. 물론 그렇다고 하여 플로비스 왕국의 행보를 지켜보고 있겠다는 것이 아니다. 가장 빠르게 암흑왕국을 무찌른 뒤, 플로비스 왕국을 응징할 것이다. 이렇게 알아두도록."

크로뮐에 틀어박힌 숫자는 삼만에 불과했기에 내린 결정이었다.

빌리오덴 3세의 이러한 결정에 몇몇 귀족들은 불만스러운 기색을 내비쳤지만 이내 수긍하는 표정을 지었다. 한 번 결정된 사안이 다시 뒤집힐 정도로 빌리오덴 3세의 입은 가볍지 않았다.

"아라발라가 공작."

"하명하소서."

"그대를 북부 전선 총사령관으로 임명한다. 본 제국의 힘이 얼마나 무서운지 대륙 전역에 알리도록."

대전에 모인 모든 귀족들이 깜짝 놀란 표정으로 빌리오덴 3세를 바라보았다.

설마하니 호위이자 근위기사단장인 아라발라가 공작을 전선에 파견하다니? 이는 빌리오덴 3세가 더 이상 그들의 준동을 좌시하지 않겠다는 의미가 담겨 있었다.

"명을 따르겠습니다."

고개를 숙이며 대답하는 아라발라가 공작.

그의 합류는 황제의 강한 의지를 반영하고 있었다.

아라발라가 공작의 북부 전선 합류가 결정된 가운데, 제국은 크로뮐의 병력이 경거망동하지 못하도록 오만의 군대를 파견하여 견제하도록 했다.

정말 그들이 언급했던 것처럼 리즈와 암흑왕국간의 유대가 존재하는 것을 모른 채 말이다.

제10장
세상에 무엇 하나 믿을 것 없다

덴블로 후작의 소식을 전해 들었을 때 몇날 며칠을 울었는지 기억이 나지 않는다.

그는 자신의 가장 든든한 지지자이자 훌륭한 할아버지였다. 힘든 일을 견뎌낼 수 있었던 것도 언제나 자신의 편이 되어주는 그가 존재했기에 가능한 일이었다.

하지만 이제는 그를 다시 볼 수 없게 되었다. 플로비스 왕국과의 전쟁에서 목숨을 잃었지만 그 책임은 다른 이들도 아닌 자신에게 있다고 여겼다.

"나 때문이야."

그렇지 않으면 덴블로 후작이 그토록 무리할 리 없었다.

처음 전투에서 심각한 부상을 입었다고 들었을 때, 데레사는 황급히 덴블로 후작을 황도로 불러들여야 한다고 생각했다.

하지만 본인이 거부했고, 빌리오덴 3세 또한 마땅한 총사령 관이 없다고 하며 거절했다.

힘이 없는 황녀는 더 이상 정계에서 어떠한 발언도 먹히지 않을 만큼 그 존재감이 미미해졌다.

텐블로 후작의 그런 고집이 자신 때문이란 걸 알고 있었기에, 빌리오덴 3세의 의지가 반영되었기에 일어난 일이라고 생각했다.

"그리고 아바마마의 탓이고."

전적으로 자신의 탓이지만 빌리오덴 3세의 책임도 없다고 볼 수 없었다.

그가 정녕 텐블로 후작을 아꼈다면 임시 총사령관을 부임시키고 황도로 불러들일 수 있다고 생각했기 때문이다.

"용서할 수 없어. 이건 인정할 수 없는 일이야."

두 눈에 피어오르는 새파란 불꽃.

잃을 것이 없는 그녀는 새로운 분노의 대상을 정하고는 입술을 까드득 깨물었다.

데레사 황녀가 빌리오덴 3세에게 알현을 신청한 것은 전장의 방침이 어느 정도 정해졌을 무렵이었다. 갑작스러운 방문이었지만 빌리오덴 3세는 태연한 기색으로 그녀를 맞이하였다.

"무슨 일이냐."

"전선에 합류하고 싶어 아바마마를 찾아뵙게 되었습니다."

전선이라는 말에 빌리오덴 3세의 눈이 빛났다. 비록 실패했지만 데레사 황녀는 천재 지략가라 불리는 푸스탄 백작 못지않은 뛰어난 인물이었다. 남부 본대가 지리멸렬한 가운데, 그녀의 합류는 큰 힘이 될 것이다.

하지만 그 속내를 겉으로 드러낼 수 없는 노릇. 빌리오덴 3세는 그리 내키지 않는 표정으로 말했다.

"전선이라, 네가 그곳에 가고 싶은 이유라도 있는 것이냐?"

"네, 제가 반드시 가야 할 이유가 있습니다."

"무엇이냐?"

"리즈 리안! 그가 그곳에 있기 때문입니다."

"흐음."

더 말해보라는 표현이었다. 데레사 황녀는 이를 갈면서 말을 이어나갔다.

"그는 제 인생을 망치게 만든 주범이에요. 제국의 포위망을 벗어나 살았다는 소식은 제게 있어 절망 그 자체. 하지만 그를 다시 전장에서 마주할 수 있다는 사실은 제가 그에게 복수할 수 있는 절호의 기회로 여기게 되었습니다."

"절호의 기회라. 짐이 네게 기회를 주지 않을 수도 있을 텐데."

"반드시 주실 거라 믿고 있기에 찾아온 것입니다."

그녀의 표정은 결연하기 그지없었고, 두 눈에는 확고한 믿음이 자리하고 있었다.

자신의 힘이 필요할 것을 확신하는 눈빛.

그것이 빌리오덴 3세의 마음에 들었다.

'쓸모가 있겠군.'

말 그대로였다.

그동안 보였던 생기 없는 눈은 빌리오덴 3세가 원하는 것이 아니었다. 하지만 지금 보여주는 눈빛은 아주 쓸모가 있었다. 흔들리지 않는 의지가 깃든 눈빛은 그녀의 능력을 최대한 발휘할 수 있는 여지를 마련할 것이다.

"네 믿음에 부흥하지 못하는 것 같아 미안하군. 현재 네가 갈 곳은 없다."

"푸스탄 백작이 없어도 그런가요?"

"흐음, 그걸 알고 있구나."

"푸스탄 백작이 없다면 남쪽 전선에 제대로 힘을 쓸 수 없을 텐데요."

"맞는 말이다. 하지만 너도 이미 한 차례 실패를 겪지 않았더냐."

빌리오덴 3세의 냉정한 말은 데레사 황녀의 가슴을 후벼 팠다. 하지만 그녀는 전혀 개의치 않는 표정으로 당당하게 맞받아쳤다.

"운이 따르지 않았을 뿐이에요. 과거의 불운이 현재의 제 능력에 영향을 줄 수 있다고 생각하시나요?"

"그것도 그렇군. 네 능력은 확실히 제국에 필요하다. 네 능력을 제국을 위해 사용해 줄 수 있겠느냐?"

"명령을 내려주신다면 기꺼이."

"좋다, 네게 명령을 내리겠다. 모든 능력을 발휘하여 크로뮐에 틀어박힌 플로비스 왕국군을 무찌르도록 하라."

"명을 받듭니다. 하오나 제가 할 수 있는 것은 그들을 저지하는 것뿐입니다."

“어째서지?”

“최소 네 명의 초인을 보유한 그들을 오만의 군대로 무찌를 수 없기 때문입니다.”

제국이 파악하길, 리즈의 부인인 루시아는 그랜드 마스터이며, 함께 이동하던 젊은 여인은 8단계 흑마법사로 밝혀졌다. 거기에 글론드까지 더하면 무려 네 명의 초인이 크로필에 상주하는 것일 터. 데레사는 그들을 상대로 승리하기에는 턱없이 부족하다는 것을 어필하고 있었다.

빌리오덴 3세는 그녀의 말에 고개를 저었다.

“정확히 말해서 세 명이다. 얼마 전 루시아가 임신을 했기 때문이지.”

“…임신이요?”

그야말로 청천벽력. 황당함이 잔뜩 담긴 그녀의 음성이 맥없이 울려 퍼졌다. 하지만 빌리오덴 3세는 전혀 대수롭지 않은 표정으로 고개를 끄덕였다.

“그래, 임신이다. 약 육 개월 정도 되었다고 하니 당분간은 움직이지 못할 것이다.”

“그렇군요, 임신이었어. 그러면 세 명이 맞겠네요. 세 명이 맞아.”

“그들을 상대로 쉽지 않다는 것을 알고 있지만 네 능력을 믿겠다. 적어도 크로필에서 밀리지 않는다면 적탑주와 청탑주가 합류할 수 있을 것이다.”

“최선을 다하겠어요.”

고개를 숙이며 힘차게 외치는 그녀의 두 눈은 새파랗게 빛을 발하고 있었다.

그녀의 예상은 적중했다.

빌리오덴 3세는 그 청을 거절하지 않고 크로밀로 파견되는 제국군의 전략가 자리를 차지할 수 있었던 것이다.

칩거에 가까운 생활을 하던 그녀는 오랜만에 활발하게 외부 활동을 하면서 자신의 힘이 되어주던 사람들을 만났다. 그들에게서 지원을 얻어내기도 하고, 재능이 있는 자들을 전장에 합류시키기도 했다.

바쁘기 그지없는 나날.

때로는 손님을 불러들이기도 하고, 때로는 직접 움직이기도 하면서 실의에 빠져 있던 옛 모습을 완전히 털어낸 것처럼 보였다.

그런 그녀가 지원을 목적으로 라파드를 찾아간 것은 누구도 예상치 못한 것이었다.

대상인 라파드도, 빌리오덴 3세마저도 말이다.

“무슨 일이십니까?”

“전장에 참가하는 제가 상인을 찾아왔다면 무슨 이유겠어요?”

그것으로 그녀의 방문 목적이 밝혀졌지만 라파드의 마음을 안정시키기에는 턱없이 부족했다.

리즈를 축출한 뒤, 빌리오덴 3세의 지원을 받은 라파드는 훌륭히 상단을 안정시키며 제국에서 열 손가락 안에 드는 상단을 거느린 상단주가 되었다. 그의 능력은 굉장히 뛰어나 빌리오덴

3세도 적잖은 신임을 보낼 정도였다.

"그것만으로 부족하다는 걸 알고 계실 텐데요."

"하긴, 그렇죠?"

"적어도 우리는 웃으면서 마주할 수 있는 사이가 아니라고 합니다. 그 장소가 설사 제국의 황도라 하더라도."

"……"

시종일관 까칠한 태도를 보이는 그를 보며 데레사 황녀도 더 이상 속 좋은 척 싱글벙글 미소를 지을 수 없었다.

표정을 지우며 그를 바라보니, 어서 용건을 꺼내놓으라는 듯 조용히 응시한다.

가볍게 한숨을 푹 내쉰 그녀가 용건을 털어놓는다.

"제가 말한 건 맞아요. 자작께 이번 전쟁의 지원을 부탁드리고 싶어요."

"상인은 자고로 이익에 따라 움직이는 부류입니다. 이번 전쟁에 무슨 이익이 있다고 제가 끼어들겠습니까? 더군다나 패배할 것이 뻔한 남부 전선에는 더더욱."

리즈가 지닌 전력에 대해 가장 정확하게 파악하고 있는 것이 바로 그였다. 데레사 황녀가 오만의 군대를 이끌지만 그것으로는 그들의 북진을 견제하는 걸 막기조차 벅찬 것이 현실이었다. 그런 곳에 지원한다는 건 상인으로서 말도 안 되는 투자였다.

하지만 데레사 황녀는 표정 하나 바꾸지 않고 당당하게 말했다.

"그것보다 더 큰 것을 얻을 수 있으니까요."

"더 큰 것?"

"아바마마를 어떻게 설득했는지 몰라도 난 알고 있어요. 자작 당신이 절대 리즈를 배신할 인물이 아니란 걸. 그럼에도 무사할 수 있었던 것은 그에 상응하는 무언가를 채웠기 때문이겠죠. 내 말이 틀린가요?"

"……."

직접적인 그녀의 일격에 라파드는 입을 다물고 날카롭게 쏘아보았다.

하지만 태연한 표정을 유지한 채 말을 이어나갔다.

"지금은 효용성이 있어 유지할 수 있지만 이대로 간다면 글쎄요? 아바마마께서 불순분자인 자작을 그대로 놔둘까요? 제국에서 열 손가락 안에 들 정도로 커버린 상단을?"

"……."

미처 생각하기 싫은 부분이었다. 그리고 라파드도 내심 염두에 두고 있는 부분이기도 했다.

데레사 황녀가 웃었다.

"이것은 단지 부가적인 것. 전 당신에게 더 큰 걸 드릴 수 있어요."

"우선 들어보지요."

"그건……."

데레사 황녀는 패배할 수밖에 없는 전쟁에 지원하여 라파드가 얻을 수 있는 대가에 대해서 설명했다. 내용이 이어질수록 그의 눈이 경악으로 부릅 뜨였다.

믿기지 않는 말이 아닐 수 없었던 것. 하지만 차분하게 가라앉은 그녀의 눈은 틀림없이 진실만 말하고 있었다.

긴 이야기가 끝나고, 라파드는 침묵했다.

"…그렇게 해서 황녀님이 얻을 수 있는 것이 무엇입니까?"

"그건 나중을 위한 비밀로 해두지요. 어떤가요?"

"좋습니다, 받아들이겠습니다. 단, 나중에 딴말을 하시면 곤란합니다."

"물론이에요. 그걸 대비해서 이렇게 계약서도 준비해 왔어요."

절대 배반할 수 없는 마법 계약서까지 준비한 그녀를 본 라파드의 두 눈이 깊어졌다.

빠른 속도로 제국 남부의 오슬론, 크산트 지방과 대도시 크로뮐까지 점령했지만 예상했던 것보다 제국의 저항은 크지 않았다.

이는 플로비스 왕국의 발 빠른 점령 이후, 빠르게 지배 계층을 정리했기 때문인데, 그 중 가장 큰 효과를 발휘한 것이 부패한 이들의 처리 과정이었다.

리즈는 제국 백성들에게 충격을 주고자 부패한 지배 계층을 언데드로 만든 뒤 처형하는 방법을 감행했고, 그것을 목격한 제국 백성들은 충격의 도가니에 빠져들어 리즈를 두려워하기 시작했다.

발 없는 말이 천 리를 가는 것처럼 그 소문은 살에 살을 더하여 들불처럼 번져 나갔고, 자신의 말에 반하는 자는 언데드로 만들어 죽지도 살지도 못하게 만든 뒤, 온갖 고통을 주고 참수한다는 소식에 제국 백성들은 감히 반항할 엄두도 내지 못했다.

이러한 공포는 고작 이만의 플로비스 왕국군이 두 지방의 치안을 확립하는 데 큰 도움이 되었다.

하지만 이것이 언제까지 가지 않는다는 걸 리즈는 너무나 잘 알았다.

오만의 군대는 결국 빌려온 것. 언젠가는 제자리로 돌아가야 하는 만큼 자체적인 군대를 거느려야 한다는 걸 깨달았다.

그래서 그는 크로뮐을 점령한 뒤, 대대적으로 공문을 내걸었다.

바로 비어버린 자리를 채우기 위해 군을 모집하겠다는 것.

두려움에 빠진 제국 백성들은 처음 그 말을 듣고 도통 지원하려고 하지 않았지만 풍부한 급료와 합리적인 교육 방식은 얼마 지나지 않아 제국 백성들을 열광하게 만들었다.

그렇게 모집한 숫자가 무려 이만. 두 지방에서 비슷한 숫자가 모집되어 이만에 달하는 군대가 조직된 것이다. 어느 정도 훈련 기간이 필요했지만 그 시간을 확보한다면 이곳은 온전히 자신의 영토로 삼을 수 있으리라.

곁에서 리즈가 하는 행동을 살피던 아스렌이 혀를 내둘렀다.

"대단한데? 네 말 한마디에 점령지가 들썩이는 걸 보면 말이야."

"앞으로 함께 다스릴 곳이기도 하지."

"아아, 그렇긴 한데 실감이 나지 않아서. 사실 신검가는 소수의 혈족으로 유지되어야 계승이 수월하게 이어지거든. 수락은 했지만 그에 대해 고민은 많다."

"그럼 신검가는 소수로 유지하고 봉신 가문을 조직하면 되지."

"봉신가?"

"신검가에 충성을 바치는 가문을 말하는 거야. 그들이 신검가를 밑에서 받쳐주면 굳이 규모를 키워 세를 과시할 필요는 없게 되지."

"그것도 그렇군. 봉신가라, 녀석들이 좋아할 수도 있겠는걸?"

깨달음을 얻은 것처럼 고개를 주억거리던 아스렌이 입가에 미소를 지었다.

현재 크로필에는 아스렌을 따르는 산적들이 넘어왔는데, 그들 모두 하나하나가 풍부한 실전 경험을 지니고 있어 정식으로 용병 계약을 체결한 뒤였다.

그리고 경험 많은 몇몇을 점령지로 파견하여 병사들의 훈련을 주관하도록 했는데, 적성에 맞는 이들이 몇 명 보여 그 싹을 증명했다.

"나쁘지 않군. 그나저나 제국군이 저렇게 있는데 괜찮겠어?"

아스렌이 성벽 너머에 주둔하고 있는 제국군을 가리켰다. 그 숫자가 오만에 달했는데, 크로필을 노리고 있기에 리즈의 신경이 분산될 것을 우려한 것이다.

하지만 리즈는 여유만만이었다.

"저들도 생각이 있을 테니 공격은 못하겠지. 당장 발등에 떨어진 불은 우리가 아닌 암흑왕국일 테니."

"호오, 여유로운 걸?"

"그러려고 암흑왕국과 교류한 거다. 그렇지 않으면 그들과 손을 잡는 것만으로도 불명예를 떠안게 되는데 자초할 이유가 없지."

"음음, 멋진 이유로군."

말 한마디에 확실한 생각이 묻어나오니, 감탄을 흘리면서 그의 말을 되뇌는 아스렌이었다. 나중에 꼭 써먹겠다고 다짐하는 모습에 리즈는 피식 웃음을 흘렸다.

한없이 가볍기만 하던 그의 표정이 어느 순간 진지하게 바뀌었다.

전신에서 발산되는 기세는 주변 공기를 바꿔 버리고, 리즈에게 영향을 끼쳤다. 그는 결연한 표정으로 리즈를 바라보며 말했다.

"그나저나 부탁이 있는데."

"부탁?"

"그래, 신검가를 세우기 위해서는 영토 점령도 중요하고, 지킬 병력도, 봉신가도 모두 중요하다. 하지만 그것보다 더 중요한 것이 하나 있어."

"그것들보다 중요한 거라고?"

리즈는 자신이 놓친 것이 무언가 있는지 되짚어 보았지만 딱히 없었다. 그렇다고 진지한 그의 표정을 보고 있자니 자신이 완벽했다고 섣불리 단언할 수 없었다.

"매우 중요한 거다. 아주. 그리고 너만이 들어줄 수 있고."

"말해봐."

"바로 결혼 상대다."

"……?"

뜬금없는 그의 말에 리즈는 벙 찐 표정을 감추지 못했다. 잔뜩 긴장하고 있었는데 그의 말은 의표를 찌르는 것이었다.

"결혼 상대가 필요하다고. 신검가를 이어나가기 위해서는 우수한 유전자를 계승해야 하지. 그러기 위해서는 배우자 또한 뛰어나야 돼! 씨앗이 훌륭하다고 해서 토양의 질이 나쁘면 모두 안 좋게 마련이지."

"……."

점점 가관이었다.

그런데 문제는 그 말이 틀리지 않다는 것.

리즈는 입을 꾹 다물고 그의 말이 끝나길 기다렸다.

아스렌도 할 말이 더 있었는지 빠른 속도로 말을 이어나갔다.

"그래서 네 도움이 필요한 거다. 너도 어린 나이에 결혼을 했지만 제수씨가 워낙 예쁘잖냐? 으흠! 그렇다고 나도 딱히 예쁜 것은 바라는 게 아니지만 제수씨처럼 예쁜 여자가 성격도 좋고, 흠흠! 예쁜 여자가 실력도 더 좋더라고. 그러니 신검가를 계승하기 위해서는 나도 예쁜 여자와 결혼하는 게 아무래도 좋지 않겠냐? 그렇지? 그런데 내가 산채에서 생활하다 보니 예쁜 여자를 아예 몰라서 말이야. 너라면 그걸 잘 알 것 같은데……."

기대감에 반짝이는 두 눈.

대놓고 예쁜 여자를 소개해 달라고 하는 모습은 세상의 때가 묻지 않은 것 같아 천진난만한 느낌이 들었지만 그것보다 더 강렬하게 다가온 것은 황당함이었다.

"……."

리즈는 한없이 기대감을 높이고 있는 총각을 보면서 어떻게 말을 꺼내야 할지 머리가 아파왔다.

타이밍도 공교로웠다.

아스렌이 말을 꺼내고 며칠 지나지 않아 제인이 크로뮐에 도착한 것이다. 사라의 고된 수련으로 휴가를 보냈던 그녀는 제국의 추격 마수에서 벗어날 수 있었는데, 리즈의 도움으로 한동안 모처에서 숨을 죽이고 있다가 크로뮐에 도착한 것이다.

"안녕하세요!"

언제 예쁜 여자를 소개시켜 줄지 리즈를 들들 볶던 아스렌이 제인을 보게 된 것은 순전히 우연이었다. 별다른 기대를 하지 않았지만 소녀가 되어 아름다움이 만개하고 있는 그녀를 보는 순간 건성이던 태도는 저 멀리 사라지게 되었다.

"응? 오오! 네가 바로 리즈의 제자 제인이구나. 나는 그러니까, 음! 사백이라고 부르면 되겠다. 엄밀히 말하면 내가 리즈보다 생일이 더 빠르니."

"사백? 제게 사백이 있었나요?"

"있고말고! 물론 정식 사백은 아니다. 나와 리즈는 친구거든. 그러니 스승 관계에 얽매일 필요는 없다는 거지. 그냥 부를 때 편하게 사백이라고 하면 된다. 네 이름이 제인이라고 했지? 이름도 참 예쁘구나, 하하하!"

"……."

속사포로 말을 내뱉으며 혼자 북 치고 장구 치는 모습에 제인은 얼이 빠진 표정을 지었다.

그에 리즈가 나서서 정식으로 소개를 해주었다.

"사백이라 불러라. 호칭 정리를 해봤자 머리만 아프니. 이름은 아스렌이고, 마법사가 아닌 검사다. 제인 너는 혹시 전설로 내려오는 신검을 알고 있느냐?"

"신검이요? 당연히 알고 있죠. 단지 전설뿐이라는 것만 알고 있지만요. 그런데 그게 왜요?"

"여기 아스렌은 신검의 계승자다. 전설로 전해지는 디멘션 소드의 계승자지."

"디멘션 소드요? 저, 정말이요?"

제인의 두 눈이 동그랗게 뜨였다. 아스렌은 그녀의 귀여움에 몸서리를 쳤지만 리즈가 이렇게 선수쳐서 그를 소개한 것은 다른 이유가 존재했다.

눈치가 빠르고 영악한 그녀가 여자에게 쑥맥인 아스렌에게 장난칠 것을 염려한 것이다. 그에 대해 어느 정도 알아두어야 실수하지 않을 것으로 판단, 비밀이라고 할 수 있는 사안을 언급한 것이다.

"그러니 앞으로 잘 모시도록 해라."

"우와! 대륙을 쩌렁쩌렁 울리는 대마법사님이 제 스승님이시고, 위대한 신검의 계승자님이 제 사백일 줄은 몰랐어요. 앞으로 잘 부탁드릴게요."

초롱초롱 빛나는 두 눈.

그 속에 담긴 것은 한 점 거짓 없는 존경심이었기에 아스렌으로 하여금 우쭐하게 만들었다.

"그래, 어려운 일이 있거든 이 사백만 찾아라. 하하하!"

'쯧쯧.'

얼이 나간 채 웃음만 터뜨리는 걸 보곤 속으로 혀를 차는 리즈였다.

하지만 아스렌의 눈은 날카롭게 빛나고 있었다.

'사백이 오빠 되고 아빠 되는 법이지. 흐흐, 고맙다, 리즈.'

삼만의 군대로 크로뮐을 굳건히 지키고 있는 글론드는 주마다 한 번씩 베드로 국왕에게 전선의 자세한 상황을 보고하고는 했다.

제국군 오만이 크로뮐에 주둔하고 언제든지 공격할 채비를 하고 있지만 삼만이 지키고 있는 성을 무너뜨리는 것은 불가능에 가깝기에 사실상 국지전으로 이어질 것으로 보고 있었다.

그 이야기를 전해 들은 베드로 국왕은 제법 오랫동안 침묵을 하다가 입을 열었다.

—…자세한 보고를 받았소. 그렇다면 제국의 영토는 빠른 속도로 점령 작업을 하고 있겠군.

"그렇습니다. 발 빠른 행보를 보이고 있어 본국의 병력이 몇 년 머물지 않아도 스스로 자립할 여건을 마련할 수 있을 것 같습니다."

그러면서 리즈가 병사를 선발하여 훈련시키고, 용병을 대대적으로 모집하여 전력을 유지할 거란 계획을 설명했다. 무지막지한 자금이 들어가는 일이지만 그동안 쌓아온 그의 부라면 능히 그것을 감당하고도 남음이었다.

또한 얼마 지나지 않아 매직 스톤 판매를 시작할 테니 말라가는 자금줄도 제 역할을 할 수 있을 터였다.

—그렇군. 그리되면 대륙에 또 하나의 국가가 생기는 격이군.

"그는 그럴 생각이 없다고 하나, 세간의 시선은 다르니 국왕 전하의 말이 맞습니다."

―공작은 그를 어떻게 생각하오?

"……."

갑작스러운 물음에 글론드는 말문이 막혔지만 오래 지나지 않아 자신의 생각을 털어놓았다.

"대단한 녀석입니다. 이대로 두고 본다면 자신의 능력으로 국가를 세울 수도 있을 것입니다."

―방해를 한다면?

"그래도 그의 행보를 가로막을 수 없습니다."

건너편에서 전해지는 베드로 국왕의 진심을 눈치챈 글론드가 목소리에 힘을 실었다. 모든 것이 그의 뜻대로 흘러가는 시점에서 방해공작을 펼치는 것은 어리석은 선택이었다.

―공작의 의견을 잘 알았소. 그대로 따르기로 하지.

"감사합니다."

―다음 주에 전해질 정보를 기대하겠소. 그럼.

그것을 끝으로 통신이 끊겼다. 잡음이 귓가에 파고들었지만 글론드는 미간을 찌푸린 채 통신구를 바라보고 있었다. 좋지 않은 예감이 그를 휘감았던 것. 이러한 현상은 결코 좋지 못했다.

조금 깊게 생각해 보니 베드로 국왕이 욕심을 부릴 수 있는 상황이라 생각한 것이다.

막아내는 것이 최선이라 생각한 전쟁에서 단 한 사람의 가세로 전황을 뒤바꾸고, 오히려 침공을 개시하여 단기간에 광활한 영토를 획득했다. 왕국을 다스리는 입장이라면 욕심이 나는 것이 당연했다.

글론드 또한 그것이 왕국을 위하는 길이었다면 기꺼이 동조하여 도움을 자처했겠지만 상대는 그의 증손녀 사위였다. 지닌 바 능력 또한 빼어나서 틀어지면 득보다 실이 월등히 많았다.

"대세를 거스르지 못하도록 주의를 줘야겠군."

전쟁 중, 루시아의 임신 사실을 발견한 리즈는 그녀의 의견을 묵살하고 즉시 왕도로 보내 몸조리에 힘쓰게끔 조치를 취했다. 이후, 점령지로 그녀를 불러들였는데 직접 자신이 지켜보면서 순산에 도움을 주기 위함이었다.

"몸은 괜찮아?"

"괜찮아요. 걱정하지 않아도 되는데."

"그럴 수가 있나. 우리의 아이가 여기에 있는데."

배를 쓰다듬는 그의 행동에 루시아는 조용히 미소를 지어보였다.

어렵게 얻은 사랑의 결실이다. 리즈도 극진히 여기지면 그녀 또한 실수할까 싶어 매사에 조심스럽게 행동을 하며 지내곤 했다.

이제는 누가 보아도 확연히 드러날 만큼 배가 부풀어 올랐고, 간간이 발로 차는 것이 느껴질 정도로 왕성한 활동력 또한 보였다.

"이제 한 달 정도인가?"

"더 빠를 수도, 더 늦을 수도 있다고 해요."

"그렇지? 그래도 예상대로 진행이 되었으면 좋겠어. 안 그러면 산모가 너무 힘들잖아?”

“저는 생각이 달라요. 어서 아이를 낳아야 조금이라도 도움을 줄 텐데.”

“그런 말은 마.”

리즈가 굳은 표정으로 루시아의 말을 끊었다. 매서운 눈길이 이어졌지만 그녀의 입가에는 오히려 미소가 걸려 있었다.

“루시의 힘을 무시하는 건 아니지만 편히 몸조리를 해도 될 만큼 이곳에 모인 전력은 뛰어나. 그러니 마음을 편히 먹어. 그 정도로 우리가 허약한 것도 아니잖아?”

“다른 분들은 믿을 수 있지만 남편이란 분은 허약해서 제가 지켜줘야 하거든요.”

“뭐? 하, 하하하!”

한 방 먹은 리즈는 뭐라 대응도 하지 못한 채 헛웃음만 흘리고 말았다. 8단계 마법사가 된 이후, 누구에게도 듣지 못했던 허약하다는 말이 왠지 모르게 마음에 와 닿는 것이 한편으로는 황당했다.

“딱히 틀린 말도 아니네.”

“그러니 어서 지켜드려야죠.”

“이것 참, 빨리 골렘을 완성하기라도 해야지.”

그래봤자 정작 본인이 강해지는 것도 아니건만 내 여자인 루시아에게만큼은 약한 모습을 보이고 싶지 않았다.

“몸조리 잘해. 건강하게 순산하는 게 지금 내게 해줄 수 있는 가장 큰 보답이니까. 알았지?”

“네, 그걸 원하신다면.”

고개를 끄덕이는 모습이 아름다워 자기도 모르게 입을 맞춘
리즈가 방을 나섰다.
　루시아의 입가에 행복한 미소가 걸렸다.

제11장
공방전

　남부 전선이 크로뮐에서 고착 상태에 빠져들 무렵, 북부 전선은 치열한 대립이 이어지면서 연일 치열한 공방전이 벌어지고 있었다.

　그중 가장 치열한 곳은 바로 에스피노 요새였다.

　험준한 산맥이 둘러쳐진 테일러 지방과 달리 이곳은 요새만 함락한다면 그다음은 널찍한 평원이기에 암흑왕국군이 대대적으로 남하할 수 있는 공간을 확보할 수 있었다.

　천혜의 요새이기도 한 이곳은 능히 열 배의 병력을 막아낼 수 있지만 세리프가 이끄는 흑탑의 흑마법사들이 난사하는 흑마법으로 인해 요새 성벽이 너덜너덜할 정도로 처참히 무너져 있었다.

　적탑과 청탑의 마법사들이 대응하여 가까스로 요새를 지켜낼 수 있었지만 암흑기사 루이넨스와 흑탑주 세리프가 합류하면서 금방이라도 무너질 듯 위태롭게 바뀌었다.

새로운 총사령관 아라발라가 공작이 합류한 것도 그 시점이었다.

그는 제 형태를 유지하지 못하는 요새를 둘러보더니 과감하게 결정을 내렸다.

"요새를 포기한다."

"예? 하, 하지만……."

"이 상태로 암흑왕국군을 막아낼 수 없다. 요새는 포기하고 평원에서 전면전을 벌이겠다."

"알겠습니다."

그동안 필사적으로 요새를 지켜온 보람이 없는 짓으로 전락해 버렸지만 총사령관의 명령이기에 제국군은 순순히 요새를 비우고 퇴각하기 시작했다.

더 피를 흘리지 않고 요새에 입성한 세리프는 다크 소울을 제작한 뒤, 어둠의 권역을 펼치면서 입가에 야릇한 미소를 지었다.

"자신감이 넘치는걸?"

"그렇군. 본국의 군대와 전면전을 선택하다니."

루이넨스의 입가에 미소가 걸렸다. 그 속에 담긴 의미는 명백한 가소롭다는 의미였다.

아라발라가 공작이 의미하는 것은 분명했다.

힘과 힘의 대결. 그것으로 정정당당하게 겨뤄보자는 것을 드러내기 위해 천혜의 요새인 에스피노 요새를 포기한 것이다.

도발이었지만 이것을 넘어갈 만큼 암흑왕국은 얌전하지 않았다. 루이넨스나 세리프 모두 어둠의 마나를 근본으로 하고 있어 그 기질은 극히 호전적이다.

"어떻게 할까?"

"도전을 해왔으니 응하는 것이 도리. 적의 대마법사는 맡기도록 하지."

"후후, 그 정도는 내게 맡겨달라고. 암흑기사의 무용이 어느 정도인지 대륙에 알려지는 무대를 만드는 것이니 기대해도 좋아."

"기대되는군."

대륙 최강의 기사라 불리는 아라발라가 공작.

그가 보인 자신감에 기대감을 갖은 루이넨스가 두 눈을 빛냈다.

암흑왕국군이 에스피노 요새를 정비할 최소의 인원만 남긴 채 대대적인 남진을 시작하자 아라발라가 공작의 입가에 미소가 맺혔다.

"알아들었군."

요새에서 멀리 떨어지지 않은 곳에 병력을 배치하고 있으니 눈치채지 못하는 것이 오히려 이상한 일이었다.

아라발라가 공작은 암흑왕국군이 진격하는 형태와 앞으로 어떻게 그들을 처리해야 할지 머릿속으로 차근차근 정리해 나갔다.

어둠의 권역이 거의 가셨지만 수성만 가능한 에스피노 요새와 달리, 이곳은 전군을 온전히 움직일 수 있는 조건이 갖춰진 곳이다. 이곳에서 적의 수괴를 제압하고 단숨에 전군을 동원하여 암흑왕국군을 무찌르는 것이 아라발라가 공작이 생각한 최상의 시나리오다.

물론 그것이 생각대로 이루어지기 위해서는 암흑기사를 자신의 손으로 꺾는 것이 중요했다.

이에 대해서 그는 크게 걱정하지 않았다.

"어둠의 권역이 없는 이상 제힘을 발휘하지 못하는 애송이일 뿐이지."

그는 반지 형태로 변해 있는 자신의 애검을 바라보았다.

레드 티어즈.

마도시대 보검이자 과거 대륙 최강의 검사였던 레닐이 사용하던 검이다. 이 검에는 진정한 그랜드 마스터의 비기 중 하나인 강화계의 힘이 깃들어 있으며, 오러로 변환된 그 위력은 가히 산을 부수고도 남음이다.

암흑기사의 실력이 아무리 뛰어나다고 하나 이 힘 앞에서는 무너질 수밖에 없으리라.

"오히려 신검이 거슬리는군."

리즈를 제거할 수 있었던 결정적인 순간에 나타난 신검의 소유자.

그의 실력도 실력이거니와 공간을 자유자재로 다루는 검은 재앙에 가까울 정도로 엄청났다.

하지만 한 차례 대결을 벌인 지금 더 이상 밀리지 않을 자신이 팽배했다. 공간을 다룰 수 있을 뿐, 검격을 구사할 수 있는 능력은 자신이 현격히 우위였다. 막강한 검격을 토대로 차근차근 밀어붙인다면 패하지 않을 자신이 있었다.

　며칠에 걸쳐 차근차근 진영을 갖추는 암흑왕국군은 그저 먹음직한 먹잇감에 지나지 않았다.

　"도착했군. 어디 얼굴을 보도록 할까."

　대륙에 그 위명이 자자한 암흑기사.

　그를 보고자 아라발라가 공작이 조용히 움직임을 개시했다.

　루이넨스의 일과는 아침부터 시작하여 저녁까지 수련을 하고, 간단하게 씻은 뒤 짧은 휴식으로 하루의 끝을 맞이한다.

　전장에서도 그 큰 틀은 바뀌지 않았지만 늦은 저녁에는 세리프와 앞으로의 일정에 대해서 대화를 나누는 것으로 마무리한다.

　대대로 전해지는 루이넨스라는 이름은 인정을 받을 만한 실력을 지니지 않고서는 절대 사용할 수 없는 이름이기에 그렇다.

　진영을 구축하고, 세리프와 함께 공격 시기를 논하던 그의 몸이 움찔 떨리더니 이내 미소가 번졌다.

　"나를 부르는군."

　"누가?"

　"이 기세면 아라발라가 공작일 것 같군."

　"그가? 죽음을 재촉하는 건 알고 있을는지 모르겠네."

　세리프의 입가에 진한 냉소가 걸렸다. 어둠의 권역 밖이기에 자신하고 있는 듯했지만 자신들에게 있어 대륙 최강의 검사라는 명칭은 모두 허울에 지나지 않는 것이었다.

“모르니 이러겠지. 어디 한 번 응해볼까.”

“그의 죽음은 이런 야심한 저녁이 아닌 전장 한복판인 것이 좋아. 그래야 제국군의 사기가 완전히 꺾여 제대로 힘을 발휘하지 못할 테니까.”

“알고 있다. 찾아가서 어느 정도 수준인지 가늠해 보고 오지.”

자리에서 일어선 루이넨스는 기세가 흘러오고 있는 곳을 향해 움직였다.

양측 진영에서 멀리 떨어지지 않은 공터에 한 인영이 자리한 것을 보고 멈춰 섰다.

둘의 거리는 약 삼십여 미터.

제법 긴 거리였지만 마음만 먹으면 단숨에 거리를 좁히고 일격을 가할 수 있는 거리였다.

조용히 상대의 기량을 가늠하길 십여 분.

먼저 입을 연 것은 아라발라가 공작이었다. 그가 짚고 넘어간 것은 루이넨스의 젊은 외모였다.

“젊군.”

“허울뿐인 줄 알았는데 제법이었군.”

루이넨스도 지지 않고 아라발라가 공작에게 말했다. 다른 것을 떠나 실력은 온전한 그랜드 마스터라 봐도 무방할 만큼 뛰어났다.

‘하지만 거기까지.’

격을 뛰어넘을 만한 무언가가 느껴지지 않았기에 루이넨스는 자신의 승리를 장담했다.

"제법이라? 그 말을 할 자격이 있는지 모르겠군."

"암흑삼공의 일원은 대륙의 강자들보다 훨씬 강하지. 대륙 최강이라는 명칭이 있으나 그것은 본국의 강자들이 배제된 것이라는 걸 명심해야 할 것이다."

"호오."

강도 높은 도발에 아라발라가 공작은 입꼬리를 말아 올렸다.

그것은 마치 그 명칭을 꺾을 만한 실력이 네게 있냐고 물어보는 것.

명백한 무시였고, 도발이었지만 루이넨스는 오히려 입가에 진한 미소를 지었다.

대륙 최강이라는 위명에 이 정도 기세도 존재하지 않았다면 오히려 실망을 해서 손속이 더 독해졌을지도 모르는 일이었다.

당장에라도 검을 들고 싶은 충동이 치밀어 올랐지만 루이넨스는 그 감정을 꾹 억눌렀다. 가볍게 숨을 몰아쉰 그가 아라발라가 공작에게 말했다.

"손맛을 보고 싶지만 오늘은 자리가 아닌 것 같군."

"무슨 뜻이지?"

"대륙 최강이 무너지기에는 관객이 적다는 뜻이다."

"그 말은 공식적으로 대결해 보자는 것으로 들어도 되나?"

"말귀가 어둡지 않군."

"말귀라, 흐흐흐!"

아라발라가 공작의 입에서 음침한 웃음이 흘러나왔다.

대륙 최강이라 불리는 자신이 그 누구에게 이런 소리를 들어 봤겠는가.

서격!

공간이 갈라지는가 싶더니 눈부신 검격이 스치고 지나갔다. 루이넨스는 가볍게 고개를 저음으로써 어렵지 않게 흘려버렸다.

"과연."

"애교로 봐주지."

"애교라, 좋다. 그 자신감을 조만간 깨주도록 하지. 아주 기대가 되는군. 기대가 돼."

손이 근질거렸지만 더 나은 장소를 두고 이곳에서 다툴 수 없는 노릇. 아라발라가 공작은 검을 쥐고 있던 손에 힘을 풀면서 몸을 돌렸다.

뒷모습을 쫓던 루이넨스의 눈이 가늘어졌다.

"평범한 검은 아니로군."

아라발라가 공작과 루이넨스는 양국의 군대를 이끄는 총사령관 같은 존재라고 해도 과언이 아니었다. 수십만의 군대를 이끄는 그들이 전선에 모습을 드러내는 것은 거의 볼 수 없는 광경이었지만 서로 걸린 것이 너무 많을 때는 충돌을 두려워하게 마련이다.

그렇기에 각자 지닌 실력에 자부심이 대단하다 보니 대결이 이루어지는 것이 마냥 이상한 광경은 아니었다.

대륙 최강이라 칭해지는 아라발라가 공작과 암흑기사 루이넨스.

전혀 이루어지지 않을 것 같던 둘의 대결 성사는 전선을 들끓어 오르게 만들기 충분했다.

"…최고로군."

지난 며칠 동안 컨디션을 가다듬은 아라발라가 공작은 자신의 상태가 좋음을 느끼고 입가에 미소를 지었다.

암흑기사를 베어 자신의 위명을 날리기에 더없이 적합한 날이었다.

"손맛을 보도록 할까."

그를 쓰러뜨림으로써 암흑왕국군의 기세를 꺾고, 더 나아가 에스피노 요새를 넘어 암흑왕국에 대대적인 침공을 가하는 것. 그것이 아라발라가 공작이 세운 계획이었고, 충분히 실행할 수 있으리라 생각했다.

막사를 벗어나 중앙으로 향하니, 그곳에는 먼저 도착한 루이넨스가 그를 바라보고 있었다.

"괜찮나 보군."

컨디션을 말함이라.

아라발라가 공작의 입가에 진한 미소가 걸렸다.

"흐흐, 이제 와서 겁을 먹었다고 해도 빠져나갈 구멍은 없다고 생각해라."

"빠져나갈 구멍이라, 조금 있다 드러나는 결과가 어떨지 지켜보도록 하지."

건들거리면서 몸을 흔들던 아라발라가 공작의 몸이 흐릿하게 바뀌더니, 순식간에 자리에서 사라지면서 루이넨스의 면전에 도달했다. 아무것도 없던 그의 손에 레드 티어즈가 나타나 있었다.

쾅과광!

"흠!"

처음부터 전력을 다한 일격을 받아낸 루이넨스는 미간을 지그시 모았다. 삼대 보검 중 하나인 레드 티어즈의 강화계 능력은 어둠의 마나로 생성한 오러로도 막아내기 어려웠다.

"암흑왕국 종자라고 하여 한 수 득을 볼 수 있을 거라 생각했다면 오산이다!"

큰 외침과 함께 연이어 가해지는 검격.

아라발라가 공작은 레드 티어즈의 주인이 된 이후, 기존에 고착화된 자신의 검술 체계를 과감하게 뜯어고쳤다.

그 이유는 레드 티어즈의 강화계 힘을 제대로 활용하기 위함이었다. 동급의 그랜드 마스터조차 견뎌내지 못하는 오러의 위력을 극대화시키는 것은 쉬지 않고 몰아치는 검격뿐이었다.

그리고 그 의도는 훌륭하게 먹혀들어 그의 앞을 가로막은 모든 적이 목숨을 잃어야 했다.

유일한 예외가 있다면 바로 리즈.

본인의 힘이 아닌 다른 도움이 있어 벗어날 수 있었지만 그것은 그만큼 그의 검격이 강렬함을 뜻했다.

'평범한 검이 아니었군.'

며칠 전 들었던 생각이 확신으로 바뀌면서 루이넨스는 정면으로 받아내길 포기하고 뒤로 물러났다. 그럴수록 아라발라가 공작의 신형이 집요하게 따라붙으면서 연이어 공격을 가해왔다.

카가가강!

검과 검이 얽히면서 루이넨스의 신형이 뒤로 튕겨난다. 누가 보아도 그가 손해를 보았다는 걸 알 수 있었다. 적잖은 충격을 받은 듯, 담담한 그의 입가에 한 줄기 피가 흘러내린다. 하지만 그의 시선은 여전히 아라발라가 공작을 향하고 있었다.

"보검 레드 티어즈를 이곳에서 보게 될 줄이야."

"눈치챘나?"

"전설로 전해지는 검을 보게 되다니."

"흐흐, 전설이기에 더욱 특별하지. 같은 실력이라면 보검을 지닌 나의 우위다."

"그렇게 생각할 수도 있겠군. 하지만 유감스럽게도 그러지 않을 것 같군."

"뭐?"

끼아아아아!

말이 떨어지기 무섭게 루이넨스의 검에서 소름 끼치는 소리가 흘러나왔다. 귀를 찢어놓을 것처럼 강렬하게 퍼져 나가는 절규는 모골이 송연해질 정도로 강렬했다.

"보검이라고 하나, 결국 인간들의 재주에 지나지 않는 것. 어쭙잖은 전설 따위는 진정한 전설로 무너뜨려 주겠다."

검은 기류에 휩싸인 루이넨스의 검은 그 자체만으로 영혼을 자극했다.

꺼림칙한 기분이 전신을 휘감자 아라발라가 공작의 눈매가 일그러졌다. 이 정도라면 자신의 감각이 절대 틀린 것이 아닐 터였다.

"그 검은 뭐지?"

"직접 알아내도록."

이번에 먼저 공격을 감행한 것은 루이넨스였다. 검은 기류에
휩싸여 사라진 것처럼 흐릿해진 그의 신형이 아라발라가 공작
을 덮쳐 왔다. 레드 티어즈에 한껏 마나를 불어 넣어 오러를 생
성하니, 푸른색과 검은색이 뒤섞이며 강렬한 폭발이 일어났다.

콰과과광!

부서진 오러 파편들이 사방에 비산했다. 아라발라가 공작과
루이넨스 모두 뒤로 물러났지만 표정의 차이는 극명했다.

"이건 대체……."

"디스피어 소드. 절망에 휩싸여서 무너져라."

"큽!"

진득하게 전신을 물고 늘어지는 기운에 아라발라가 공작이
이를 꽉 깨물었다. 암흑기사인 루이넨스가 설마하니 전설로 전
해지는 오대마병 중 하나를 지니고 있을 줄 몰랐던 것이다.

그것도 디스피어 소드라니.

모든 것을 절망의 구렁텅이로 밀어 넣는 저주받은 검은 레드
티어즈 못지않은 강렬함을 선사하는 검이었다. 아라발라가 공
작은 디멘션 소드에 이어 나타난 디스피어 소드의 존재에 이를
바득 갈면서 검을 잡은 손에 힘을 주었다.

서로 전설의 무구를 지니고 있다면 승부가 갈리는 것은 실력
에 의해서리라.

"살아 돌아갈 생각을 마라."

대륙 최강의 검사와 암흑기사의 대결.

기대감을 모은 둘의 대결은 치열하게 이어졌지만 아쉽게도 승부를 내지 못했다.

마도시대 삼대 보검과 전설의 오대마병이 붙는 역사적인 광경답게 둘의 대결은 그야말로 경천동지 그 자체. 하늘이 뒤집히고, 세상이 흔들리는 격돌의 연속이었지만 누구도 승기를 붙잡지 못했다.

어느 순간 둘은 더 이상 맞붙지 못하고 자리에 넘춰 있다. 거듭 이어지는 충격으로 인해 더 이상 공방을 이어나갈 여력을 잃었던 것이다.

아라발라가 공작은 집요하게 전신을 파고드는 절망의 에너지에 인상을 찌푸렸다.

"…진득하군."

디스피어 소드의 능력은 그야말로 집요함 그 자체였다. 주변에서 빨아들인 절망의 에너지가 체내에 파고들면서 빠른 속도로 마나를 갉아먹기 시작했던 것. 그것이 고스란히 검의 힘이 된다는 것을 알았기에 최대한 가로막으면서 레드 티어즈에 힘을 불어 넣었다.

하지만 상대인 루이넨스도 만만치 않아 단숨에 끝장을 보기란 요원했다. 결국 둘의 대결은 어느 누구도 우위를 점하지 못한 무승부였다.

"하필 레드 티어즈라니."

대대로 전해지는 디스피어 소드를 꺼내 들었음에도 무승부라는 사실은 루이넨스에게 있어 달갑지 않은 사실이었다. 하지만 레드 티어즈의 강화계 오러는 내부를 헤집어 놓아 더 이상 힘을 발휘할 수 없었다.

그것은 아라발라가 공작도 마찬가지였기에 대결은 사실상 끝난 것과 같았다.

검을 수습한 루이넨스가 서늘한 눈으로 아라발라가 공작을 훑었다.

"이곳이 어둠의 권역 밖이라는 걸 다행으로 여겨라."

"……."

잠시 잊고 있던 사실을 자각하자 등골이 서늘해지는 것을 느꼈지만 태연함을 가장했다. 하지만 그의 말마따나 어둠의 권역이 있었다면 무승부가 아닌 자신이 패배했을 가능성이 더 높았다.

"하지만 레드 티어즈의 힘은 네놈의 예상보다 훨씬 강하다. 다음에 붙는다면 누가 우위에 있는지 친히 알려주도록 하지."

북부에서 양국이 치열한 접전을 벌이고 있을 무렵, 리즈는 베드로 국왕과의 협상을 통해 전쟁에서 사로잡은 제국군 출신 노예 이십만을 양도받는 데 성공했다.

플로비스 왕국 측에서 그 정도 숫자에 달하는 이들을 입히고 먹이는 데에는 상당한 고생이 따랐다. 그렇다 보니 상당한 금액을 건네받고 저렴하게 양도한 것이다.

그 후, 가장 먼저 한 것은 남부 출신 병사들을 분류하여 치안을 담당하게 한 것이다. 남부 전선에 주둔하는 병력답게 대부분이 남부 출신으로 이루어져 있어 사병을 기르는 리즈의 고생을 덜게 해주었다.

　거기에 그치지 않고 차근차근 순차적으로 플로비스 왕국군을 후방으로 물리기 시작했다. 이는 플로비스 왕국의 영향력을 약화시키기 위한 당연한 조치였다.

　이에 대해 베드로 국왕은 매주 글론드에게 보고를 받고 있었다. 하지만 그는 다른 움직임을 보일 수 없었는데, 그 이유는 리즈를 제거할 수 있는 인물이 존재하지 않았던 것이다. 가장 큰 희망을 걸었던 글론드도 불가라고 외친 이상, 리즈를 제거할 수 있을 만한 인물은 주둔군 내에 없다고 해도 무방했다.

　"누군가는 희생해야 합니다."

　"그것이 가능하다고 보오?"

　답답한 마음에 카리온 공작을 불러 조언을 구했지만 그의 말은 그리 도움이 될 법한 것이 아니었다. 답답한 마음에 눈살을 찌푸리니, 카리온 공작은 미소를 지으며 말을 이어나갔다.

　"충분히 가능한 일입니다. 당장 일에 열중하고 있는 만큼 기회를 포착하는 것은 어렵습니다. 하지만 모든 것이 수월하게 풀린 뒤라면? 제아무리 대마법사라도 빈틈이 생기게 마련입니다. 그가 충분히 마음을 열 수 있는 인물을 포섭한다면 제거하는 것이 능히 가능한 일입니다."

　"흐음, 어렵구려. 그런 인물이 있을 리 없을 텐데."

　"모르는 인물이어도 괜찮습니다. 오히려 그 소행이 제국의 것으로 몰린다면 일은 더 수월합니다."

　"그렇군."

　원한을 가진 제국이 사주를 하고, 리즈가 목숨을 잃는 것은 플로비스 왕국 입장에서 최상의 시나리오에 해당했다.

하지만 과연 그것이 가능하냐였다.

"차근차근 준비를 하도록 하겠습니다. 계획이 세워지면 조언을 구하겠습니다."

"그러시오, 공작의 혜안을 믿지."

고개를 깊이 숙인 카리온 공작이 물러나고 베드로 국왕은 가볍게 숨을 몰아쉬었다. 이미 한 차례 배신에 가까운 행동을 했음에도 다시 기회를 노리는 것은 리즈에게 있어 가장 뼈아픈 행동이 아닐 수 없다. 그리고 실패했을 경우 짊어져야 할 리스크가 상상을 초월했다.

하지만 리스크가 클수록 얻는 것도 큰 법.

베드로 국왕은 실패보다 성공을 염두에 두고 계획을 세우고 있었다.

"반드시 성공할 것이다. 반드시……."

착실하게 영토를 접수하고 있는 리즈의 행보는 순조로움 그 자체였지만 정작 당사자의 표정은 그리 밝지 못했다.

제국의 포로가 충성을 맹세했고, 제국군 주력은 북부에서 소모전을 거듭 중이기에 모든 것이 그를 위해 움직이고 있었지만 마냥 웃을 수 없는 처지였던 것이다.

그 이유는 바로 출산을 앞두고 있는 루시아 때문.

그녀가 겪을 산모의 고통을 생각하니 리즈의 근심은 하루가 다르게 깊어져 가고 있었다.

"고통이 크면 안 되는데……."

마법으로 도움을 주고 싶었지만 루시아는 그것을 단호하게 거부한 상태였다. 이럴 때는 완고하기까지 하여 리즈를 답답하게 만들었다.

그렇다고 자신의 방법을 강권할 수 없는 노릇.

결국 그녀의 뜻을 따라주어야만 했다.

그러다 진통이 오자, 리즈는 허겁지겁 달려가야 했다.

자신과 그녀 사이에 자라난 사랑의 결실. 그것을 낳기 위해서는 얼마나 큰 고통을 겪어야 하는 걸까.

고통스러워 할 그녀의 얼굴을 떠올리며 리즈는 표정을 일그러뜨렸다. 긴 산통으로 겪을 것을 생각하면 가슴이 아파왔다.

그런데 그녀의 거처에 도착하여 주변을 살피니 이상한 기분이 들었다.

산고를 겪어야 할 루시아의 비명 소리가 들리지 않았을 뿐만 아니라 요란스러운 분위기마저 존재하지 않았던 것이다.

이상한 분위기에 하녀를 불러 자세한 연유를 물었다.

"어떻게 된 거지?"

"건강한 아들이에요. 축하드려요."

"뭐?"

지금 이게 어떻게 돌아가는 상황이란 말인가?

리즈가 어안이 벙벙한 표정을 짓자 하녀가 말을 덧붙였다.

"그렇게 쉽게 아이를 낳을 줄 몰랐어요. 부인께서 조금 힘을 쓰시니 도련님이 나오는 것 아니겠어요? 시간이 길게 걸리지 않아 산모와 아이 모두 건강하답니다."

"그, 그렇군."

간혹 기이할 정도로 짧은 시간에 아이를 낳는 산모가 있다고 들었지만 루시아가 그런 경우일 것이라고는 생각지 못했다.

“한 번 들어가 보세요. 아직 주무시지 않으실 거예요.”

“그러지.”

문을 열고 안으로 들어가니, 침대에 누워 있는 루시아와 옆에 마련된 소형 마법 침대에 누워 있는 아이의 모습이 눈에 들어왔다.

“루시?”

“왔어요?”

“괜찮은 거야?”

“네, 전혀 힘들지 않았어요. 걱정했던 것이 허무할 정도로.”

힘들기는커녕 건강해 보이는 모습에 방금 전까지 아이를 갖고 있는 산모였는지 의심이 들 정도였다. 조금 초췌했지만 건강에 이상이 보이지 않아 안도했다.

“다행이네.”

“아이는 보셨어요?”

“아이?”

“옆에 있잖아요. 보세요, 당신을 닮지 않아서 굉장히 예뻐요.”

“뭐? 하하!”

농담까지 던지는 루시아의 행동에 리즈는 웃음을 지으면서 소형 침대로 시선을 옮겼다. 그곳에는 갓 세상에 태어난 것을 증명이라도 하듯 아직 쭈글쭈글한 피부의 아이가 누워 잠들어 있었다.

“이 아이가 내 아들?”

"예쁘죠?"

"잘 모르겠네. 하지만 한 가지만큼은 분명해. 나와 루시를 닮았다면 앞으로 꽤나 많은 여자들을 울릴 외모가 나오겠지."

"후후."

루시아의 웃음이 귓가를 파고들었지만 리즈의 시선은 아이에게 떼지 못하다가 아들을 낳았음을 알리고 조치를 취해 나가기 시작했다.

고작 십여 분만에 아이를 순산한 루시아의 순산 과정은 많은 화제를 낳았는데, 그녀의 몸 상태가 걱정되어 신관을 불러 점검토록 했지만 너무 건강해서 탈이라는 말을 듣고 안심할 수 있었다.

리즈는 깨달았다.

그랜드 마스터가 단지 왕성한 욕구와 지치지 않는 체력뿐만 아니라 다른 것이 있다는 것을.

"역시 그랜드 마스터는 남달라."

그랜드 마스터가 출산에도 재능을 보인다는 걸 깨닫게 된 순간이었다.

제12장

황궁 잠입

리즈가 빠른 속도로 점령지를 안정화시킬 무렵, 제국군과 암
흑왕국군은 연일 충돌을 벌이고 있었다.

군대와 군대가 부딪치는 것은 아니지만 그것을 뛰어넘을 정
도로 거대한 힘의 충돌이었다.

바로 루이넨스와 아라발라가 공작의 대결이었다.

신검과 보검의 대결.

두 그랜드 마스터의 대결은 상상을 초월하는 충격파를 발산
하면서 충돌에 충돌을 거듭했다.

하지만 결과는 백중세 그 자체.

누구도 우위를 점하지 못하는 팽팽함의 연속이었다.

더 이상의 대결이 무의미하다고 느낀 것은 세 번째 대결이 무
승부로 끝났을 때였다. 첫 대결과 달리 아라발라가 공작과 루이

넨스 모두 멀쩡했다. 서로 지닌 힘에 대해 이미 정확하게 꿰뚫고 있었다.

"여기까지로군."

"운이 좋군."

"그렇게 생각했다면 그 운은 오래가지 않을 것이다."

"……."

강하게 쏘아붙이는 아라발라가 공작의 말에 루이넨스는 미간을 찡그렸다.

말속에 담긴 가시가 느껴졌던 것이다. 하지만 이곳은 어둠의 권역 밖. 그곳이었다면 아라발라가 공작을 꺾는 것도 어려운 일은 아니었다.

"다음에 목을 꺾어주겠다."

"그럴 일이 있다면 기꺼이."

그 말을 끝으로 아라발라가 공작이 진영으로 돌아갔다. 미간을 찌푸린 채 그 모습을 지켜보던 루이넨스도 진영으로 돌아갔다.

레드 티어즈를 능숙하게 다루는 그의 실력은 대단했다. 본신의 실력은 완숙한 그랜드 마스터이기에 오히려 자신이 우위에 서 있다고 해도 무방했다. 하지만 보검의 힘을 온전히 이끌어내는 실력은 자신의 디스피어 소드를 다루는 것보다 우위에 있었다.

그것이 아니었다면 진즉에 승부가 났을 것이다. 실력을 떠나 검이 지닌 본연의 힘을 끌어내는 아라발라가 공작의 힘은 경이에 가까웠다.

그와의 대결은 자신의 힘을 더 세밀하게 가다듬을 수 있는 계기가 된다. 전쟁의 승패 여부를 떠나 루이넨스에게 그것은 큰 의미였다.

하지만 진영으로 돌아온 그에게 들려온 말은 찬물을 뒤집어쓴 것처럼 가라앉게 만들기 충분했다.

"뭐라고?"

"더 이상 힘을 뺄 필요가 없다고."

"이유를 말해라."

"아라발라가 공작을 쓰러뜨리지 못했잖아. 제국의 두 마탑주가 부상에서 회복하고 합류한다는 정보가 전해졌어. 그리되면 승리를 하더라도 큰 손해를 볼 수밖에 없고. 난 그게 싫어."

"그게 전부인가?"

쉽게 물러설 기색이 아니자, 세리프는 좀 더 정보를 덧붙였다.

"리즈 리안에게 놀아나는 격이야. 여기에서 제국의 힘을 빼놓으면 더 여력이 생길 테니까. 일단 물러나서 상황을 지켜볼 생각이야."

"……."

자신의 성취도 중요했지만 암흑왕국의 미래가 더욱 중요한 법.

루이넨스는 더 이상 고집을 부릴 수 없음을 깨닫고는 고개를 끄덕이며 동의를 표했다.

"언제든지 잃어버린 영토를 찾도록 할 테니 실망하지 말아줘."

"실망을 하는 건 아니다. 다만 내 실력이 부족한 게 아쉬울 뿐."

그것이 그 뜻이었지만 굳이 짚고 넘어가지 않으며 미소 짓는 세리프였다.

평범과 거리가 먼 출산으로 인해 루시아는 이틀 정도 몸조리를 하고 정상적인 생활로 복귀했다. 보통 여인들의 경우 산후 조리를 하는 걸 감안하면 그녀의 복귀는 혀를 내두르게 만들었다.

한편 리즈는 점령지를 공고히 하고 매일같이 양국의 대치 상황을 예의주시하면서 나이트 골렘을 개발함에도 힘을 기울였다. 제인도 종종 참여하여 마법 연구를 보조하고는 했는데, 빠른 성취도 중요하지만 응용력 또한 중요하다는 리즈의 뜻을 따른 것이기도 하다.

그러다 보니 자연스럽게 연구실에 한 명의 불청객이 늘어나게 되었다.

그의 정체는 바로 아스렌이었다.

어리지만 빼어난 미모에 반해 버린 그는 마치 어미 오리를 쫓는 새끼 오리마냥 제인이 있는 곳을 졸졸 따라오고는 했다. 그러면서 손에는 항상 무언가를 들고 그녀에게 내밀곤 하였다.

"이건 어때?"

"전 어린아이가 아닌데요?"

"이렇게 보여도 인기가 많아. 한 번 먹어봐. 절대 후회 안할 걸?"

“그래요? 움! 맛있네요.”

아스렌이 내민 꼬치를 한 입 베어 문 제인은 눈을 동그랗게 뜨더니 고개를 끄덕였다. 기대를 배신하지 않는 맛이었다. 아스렌은 입가에 흡족한 미소를 지으면서 은근한 어조로 말했다.

“내가 오랫동안 공을 기울여 찾아낸 곳이지. 어때, 나랑 한번 가보지 않을래? 그러면 마음껏 먹을 수 있을 텐데.”

‘저런 저런.’

어설프기 그지없는 아스렌의 작업 기술에 리즈는 혀를 찼다. 다른 여자라면 어떨지 몰라도 제인이 어리다고 해서 너무 얕본 듯싶었다.

아니나 다를까, 제인의 두 눈이 반짝였지만 오래가지 않고 고개를 저었다.

“죄송해요, 스승님의 연구를 도와드려야 해서요.”

“괜찮아, 괜찮아. 네 스승은 굉장히 뛰어난 마법사여서 혼자서도 잘할 수 있을 거야. 안 그래?”

리즈의 허락을 구했지만 눈빛은 협박에 가까운 것이었다.

자신에게 잘 보여도 모자를 판에 협박이라니.

피식 웃음을 지은 그가 어깨를 으쓱하면서 제대로 훼방을 놓았다.

“글쎄다? 제인이 연구 보조를 훌륭히 해주어서 내게 굉장히 많은 도움이 되는데. 미안하게 되었다.”

“뭐, 뭐라고? 자, 잠깐! 네가 이러면 안 되지!”

“그러니 왜 연구실까지 찾아와서 그래.”

“스승님이 그렇다고 하시니 남아서 돕도록 하겠어요. 죄송합니다.”

제인도 결정을 내리고 고개 숙이며 양해를 구하니, 차마 속
좁은 모습을 보일 수 없었던 아스렌이 침음을 집어삼키면서 무
시무시한 눈으로 리즈를 노려보았다.

“큭! 다음에 다시 오마.”

“잘 가라.”

“…젠장!”

들리지 않을 정도로 작게 아쉬움을 표한 아스렌이 멀어졌다.
연구실에서 사라지자, 리즈는 제인의 얼굴을 빤히 바라보았다.

초롱초롱한 두 눈은 순진무구함을 자아냈지만 그 속에 든 것
은 노회한 여우라는 걸 리즈도 모르지 않았다. 아스렌을 물리쳤
지만 자칫 잘못하면 자신과의 사이에 균열이 생길 수 있기에 단
도직입적으로 물었다.

“제인, 넌 아스렌을 어떻게 생각하고 있지?”

“사백이요? 그야 재미있는 분? 저한테 잘해 주시는 분? 좋은
분이시죠.”

눈을 깜빡이다가 고개를 갸웃거리는 모습은 정말 그렇게 생
각하는 것처럼 보이게끔 했다.

하지만 리즈는 그것에 넘어가지 않고 강하게 물었다.

“진짜로는?”

“…괜찮으신 것 같아요.”

“계보가 꼬이거나 그런 것은 아니다. 아스렌이 저렇게 직설
적으로 대하는 것은 그만큼 널 좋아한다는 뜻. 하지만 그가 지
닌 운명의 무게는 가볍지 않다. 그러니 너도 장난으로 대하지

말고 잘 생각하도록 해라.”

“명심할게요.”

대답하는 모습을 보니 싫어하거나 부담을 느끼는 것 같지는 않아 다행이었다. 하지만 그녀의 감정이 단지 고마움을 느끼는 것에 지나지 않는다는 걸 확인한 리즈는 속으로 혀를 찼다.

‘아무래도 이래저래 힘들겠군.’

아스렌의 연애 사업이 그리 밝아 보이지 않는 것이 문제였다.

“북부 전선도 일단락되고 있고, 초점은 남부 전선을 향해 고정되고 있어.”

데레사 황녀는 오만의 군대를 총괄하면서 크로뮐에 틀어박힌 플로비스 왕국군을 상대할 방안을 마련했다.

그것은 바로 내부의 준동을 통한 혼란의 부추김.

그렇게 계획을 세우고, 황도에 보고를 올리면서 전열을 가다듬었다.

리즈가 풍족한 보상을 약속하고 점령지를 지배하고 있지만 수백 년 동안 이어진 통치는 무시할 만한 것이 아니었다. 데레사 황녀의 계획은 빌리오덴 3세의 호기심을 끌 만한 것이고, 조만간 결정이 날 터였다.

하지만 그것은 그의 이목을 속이기 위한 방편에 지나지 않는 것.

진짜 목적은 그 계획 아래에 숨어 있었다.

빌리오덴 3세는 데레사 황녀가 크로뮐을 함락시키거나 그런 것까지 원하지 않았다.

단지 북부 전선이 안정될 때까지 시간을 끌어주는 것. 그것이 그녀가 일을 맡은 이유의 전부였다.

데레사 황녀 또한 그것을 알고 있기에 무리하지 않고 전선을 유지하는 데 힘을 썼다.

각자 목적이 있지만 생각하는 바는 달랐다.

"지금쯤 소식이 도착하겠지."

황도로 오기 전, 자신이 생각한 계책.

그것을 떠올린 그녀의 눈이 빛을 발했다.

리즈는 제국 남부 영토를 점령했지만 플로비스 왕국에서 어떠한 직책도 맡지 않았다. 그렇기에 그가 다른 이들에게 불리는 호칭은 예전처럼 탑주나 단장이 아닌 대마법사로 통일되어 있었다.

연구를 마치고 모습을 드러낸 그에게 병사 한 명이 다가와 예를 취했다.

"대마법사님."

"무슨 소식이 있나 보군."

"도시 내로 은밀하게 잠입한 인물 중, 대마법사님께 소식을 전해 드릴 것이 있다고 주장하는 자를 생포했습니다."

"내게 소식을?"

"예, 그는 스스로 황도에서 왔다고 하는데, 일곱 살 꼬마의 첫 소설을 접한 이라고 하면 알고 계실 거라고 말하고 있습니다."

병사의 말을 들은 리즈의 표정이 굳었다. 방금 전 언급한 것은 자신의 소설을 처음으로 세상에 공표할 수 있게 도움을 준

라파드만 알고 있는 사실이었던 것이다.

"…그를 데려오도록."

"괜찮으시겠습니까?"

"문제될 것 없다, 데려오도록."

"알겠습니다."

리즈는 자신이 사용하는 집무실로 향했고, 잠시 후, 병사들에게 포박된 중년 사내가 안으로 들어왔다. 두 눈이 형형하게 빛나고 있는 모습을 지켜보던 리즈가 턱짓으로 문을 가리켰다.

"나가보도록."

"하지만……."

"내가 당할 거라 생각하나?"

"아닙니다, 실례했습니다."

깜짝 놀라 고개를 숙인 뒤 물러나는 모습을 지켜보던 리즈가 중년 사내에게 말했다.

"라파드의 소식을 가져왔군."

"그분께서 소식을 전하라 하셨습니다. 이것을 보시면 모든 것을 이해할 수 있을 거라 말씀하셨지요."

말을 하면서 묶여 있는 손이 불편했는지 중년인이 표정을 찌푸리기 무섭게, 예리한 기운이 스치고 지나가면서 포박을 풀어냈다. 손을 휘감은 예기에 가슴이 서늘해지는 것을 느끼며 품속에서 편지를 꺼내 들었다.

"가까이 오도록."

"여기 있습니다."

살짝 고개를 숙인 그가 내민 것은 마법 편지였다. 리즈는 그것을 펼쳐 들고 빠른 속도로 내용을 읽어 들이기 시작했다.

편지를 작성한 것은 의심할 필요가 없는 라파드였다. 그리고 그 안에 적힌 내용은 그가 미처 예상하지 못했던 파격적인 것이었다.

"…정말 이것이 사실인가?"

"그렇게 물어보시면 분명하다고 전하라 했습니다."

"그렇군."

라파드가 보증하는 내용이라면 안에 적힌 것이 허언은 아닐 터였다.

그것이 의미하는 바가 가볍지 않은 만큼 여러 번의 생각은 반드시 필요한 과정이었다.

"내가 소식을 전할 창구는?"

"제게 전해주시면 전해 드리겠습니다."

"라파드가 그랬나?"

"예, 지금은 그 누구도 믿어서 안 된다고 하셨습니다."

자신이 제국에 숙청되는 것을 지켜보고 있었지만 라파드는 나름대로 도움을 주려고 힘을 썼다. 리즈는 그를 믿었고, 편지 내용 또한 함정이 아닌 최선의 한 수라고 생각했다.

하지만 이것이 정답인지는 섣불리 확신을 내리기 힘들었다.

"생각할 시간이 필요하군."

"사흘, 늦어도 사흘 안에 결정을 내려주시면 됩니다."

"그러지. 사흘이면 충분하다. 하인에게 일러둘 테니 편히 쉬도록."

"감사합니다."

중년인이 물러나고 홀로 남은 리즈는 생각에 빠져들었다.

라파드가 세운 계획, 그것은 자칫 대륙을 혼란의 도가니로 밀어 넣을 수 있는 것이었다. 지금 상황도 만족스러운데 더 큰 것을 가져가라는 그의 말은 리즈의 고민이 깊어지게 만들었다.

사흘이라는 시간 동안 생각에 잠겨 있던 리즈는 마침내 결정을 내리고 중년인에게 자신의 생각을 적어 성 밖으로 놓아주었다. 그리고 루시아를 찾아가서 그녀의 몸 상태를 살폈다.

"몸은 괜찮아?"

"완벽해요."

신관의 진찰이 있었고, 리즈도 수시로 마나 스캔을 한 만큼 루시아의 몸 상태는 부족할 것 없이 완벽함 그 자체를 자랑했다.

하지만 그것만으로 확신하지 못했는지 이곳저곳을 살폈다. 하지만 얼마 전까지 임산부였다는 것을 찾아보지 못할 만큼 그녀의 몸 상태는 완벽했다.

"당장 전장에 복귀할 수 있겠어?"

"당신이 허락한다면 가능해요."

"내 허락이라, 그동안 루시가 마음대로 하지 못하게 가로막은 것 같아 미안한걸?"

"괜찮아요. 이제 그러지 않으려고 제게 온 거 아닌가요?"

"눈치챘어? 하하, 이것 참. 들키지 않으려고 애를 썼는데 들켰군."

루시아의 빠른 눈치에 리즈는 부인하지 않고 고개를 끄덕였다. 라파드의 계획을 수행하기 위해서는 반드시 그녀의 도움이 필요했다.

"안 그래도 루시의 힘이 필요해서 찾아왔어."

"얼마든지 말씀하세요. 전 당신을 위해 제 모든 것을 바치겠어요."

"든든한걸? 흠흠, 물론 그걸 바라고 말한 건 아니야. 다만 얼마 뒤에 위험한 작전을 수행할 생각이야. 자칫 나는 물론이고 루시도 목숨이 위험할 수 있고."

"괜찮아요. 나와 당신은 절대 그런 위기에 직면하지 않을 테니까."

명검 한라를 잡은 그녀의 손에 힘이 들어갔다. 과거에는 아라발라가 공작에게 처참한 패배를 면치 못했지만 그에 못지않은 검을 얻은 이상 물러설 생각이 어디에도 없었다.

그에 리즈도 자신감을 얻을 수 있었다.

"좋아, 그럼 루시을 믿고 진행하겠어."

든든한 지지자인 그녀가 함께라면 어떤 위험도 감수할 수 있는 리즈였다.

루시아의 허락을 얻은 리즈는 사라와 아스렌을 한자리에 모았다.

정신없이 바쁜 리즈와 달리 두 사람은 한가한 시간을 보내곤했는데, 아스렌은 한눈에 반해 버린 제인의 뒤를 졸졸 따라다니기 바빴고, 사라는 흑마법을 다듬겠다는 명분 아래 크로뮐을 이곳저곳 돌아다니면서 유유자적 시간을 보내고 있었다.

갑작스러운 소집에 둘의 얼굴에는 의아한 표정을 지었다. 모든 상황이 순조롭게 흘러가고 있는 상황에서 마치 긴급회의마냥 급히 소집했으니 그럴 수밖에 없었다.

"다름이 아니라 한 사람의 힘이 필요해서 부르게 되었습니다."

"한 사람? 둘 중에 한 명이?"

"예, 누구도 상관이 없지만 기왕이면 의사가 있는 분의 도움을 받고 싶어서요."

"그래? 어떤 일인지 들을 수 있을까?"

돌아가는 상황을 정확하게 모르는 아스렌은 조용히 이야기를 듣고 있었고, 사라는 리즈가 이런 반응을 보이는 것에 호기심을 느낀 듯했다.

"황도에 있는 라파드에게서 소식이 도착했습니다."

"…그 녀석이 왜?"

아스란과 달리 사라는 표정을 굳히면서 리즈에게 자세한 설명을 요구했다. 그에게 별다른 유감없는 리즈와 달리 사라는 유감이 굉장히 많았다.

사정이 여의치 않다고 하나 배신을 했다는 사실은 바뀌지 않는다.

거기에 더하여 정보의 부족.

라파드가 기미를 보였다고 하나 그것이 극히 적어 리즈가 제대로 된 대응을 할 수 없었고, 결국 제국의 포위망에서 고생을 해야만 했다.

마음은 배신 쪽으로 돌아섰지 않았다고 하지만 감정이 생기는 것은 어쩔 수 없었다.

"라파드는 제국에 충성하지 않으니까요."

"그래도 잘못된 건 잘못된 거야."

"그렇긴 하죠."

꺾이지 않는 사라의 단호한 음성에 리즈는 한숨을 푹 내쉬면서 고개를 끄덕였다. 그 부분에 대해서는 이따금 아쉬움을 느끼곤 했다.

"어쨌든 라파드는 제게 소식을 보내왔습니다. 지금 우리 상황에서 굉장히 유용한 정보지요."

"거짓된 것일 확률은?"

"차차 알아봐야 하지 않겠습니까? 어쨌든 진실 여부를 떠나 굉장히 메리트가 있었습니다."

"대체 뭔데?"

무슨 이야기이기에 리즈가 이렇게 뜸을 들이는 것인지 궁금하여 사라가 대답을 재촉했다.

그가 빙긋 웃으면서 답을 내놓았다.

"바로 황궁을 직접 타격하는 것입니다."

"……!"

사라는 물론, 아스렌까지 깜짝 놀란 표정으로 리즈를 바라보았다.

그의 말은 미처 예상하지 못했던 부분이었던 것이다.

황도 공략이라니!

그것도 말하는 뉘앙스를 보면 소수의 숫자로 공격을 가할 것임이 분명했다.

"성공할 수 있다고 생각해?"

"현재 황궁의 전력이라면 얼마든지 가능하다고 생각합니다."

"큰 타격을 줄 수 있다는 건 동의해. 하지만 근위기사나 근위병들은 만만치 않아. 황궁 마법사들도 동원될 거고. 우리가 공격하면 그사이에 분명 황제는 피할 텐데……."

"라파드가 전해온 내용에 의하면 황궁으로 잠입할 수 있는 통로가 있다고 합니다. 그곳을 통해 이동하면 됩니다."

"함정이면 어쩌려고?"

"그 걱정은 황궁으로 들어간 뒤 해도 늦지 않다고 생각합니다만."

단호한 리즈의 말은 그가 계획을 진행할 것이라 보게 만들었지만 사라는 그 점에 대해서 많은 우려를 겉으로 드러냈다.

"내가 보기에는 위험요소가 너무 많아. 라파드를 전적으로 믿고 움직이는 것도 위험한 것 같고."

"아스렌은 어떻게 생각해?"

"전쟁을 종식시키기 위해서는 황제를 사로잡는 것도 나쁘지 않겠지."

아스렌의 그 말로 의견이 한쪽으로 기울어지자 사라가 톡 쏘아붙였다.

"만약 라파드가 배신을 하면 어떻게 할 건데?"

"모두 자기 몸 정도는 지킬 수 있으니 문제는 생기지 않을 것입니다."

"텔레포트 방해 마법진이 설치되면 너라고 해도 무사할 수 없어. 그런데 그렇게 태연자약하게 괜찮다고 하면 믿을 것 같아?"

사라는 리즈가 라파드를 믿고 무모한 계획을 실행으로 옮기려는 것 같아 가슴이 답답했다. 다른 이들과 달리 사고의 유연함을 보이던 그가 고집을 세우고 꺾지 않으니 걱정이 앞섰다.

제국이 텔레포트 방해 방법을 지니고 있는 이상, 리즈가 지닌 텔레포트 마법은 더 이상 안전을 지켜줄 보험으로 작용하지 못했다.

"그 부분은 괜찮습니다."

"괜찮다니?"

"디멘션 소드는 공간을 지배하는 검. 텔레포트를 방해한다고 하나, 일그러짐을 원래대로 되돌리는 것은 신검의 힘으로 얼마든지 가능합니다."

"그, 그래?"

전혀 예상치 못한 설명에 사라의 안색이 일그러졌다. 리즈는 전혀 알지 못하던 사실을 알게 되자 눈을 동그랗게 떴다.

그 모습을 보기 싫었던 사라가 툭하니 한마디 내뱉었다.

"그럼 내가 가서는 안 되겠네. 나는 이곳을 지키고 있도록 할게."

"…부탁드리겠습니다."

황도로 향하는 것은 사라보다 아스렌이 더 큰 도움이 될 것이 분명했다. 사라의 표정이 좋지 않아 마음에 걸렸지만 이미 세워둔 계획을 되돌릴 수 없는 법이었다.

그렇게 황도로 향하는 최종인원이 정해졌다.

인원이 정해지기 무섭게 리즈는 루시아, 아스렌과 함께 매스 텔레포트를 시전하여 황도 인근으로 이동하였다. 그리고 밤을 틈타 은밀히 성벽을 넘어 귀족가 저택이 밀집한 곳으로 이동했다.

　그들이 향한 곳은 라파드가 살고 있는 저택이었다. 집무실에서 서류를 뒤적거리던 그는 인기척이 느껴지자 고개를 들어 앞을 바라보았다.

　그러자 아무것도 없던 공간에 물결치듯 파장이 일어나더니, 세 사람이 모습을 드러냈다. 그중 중앙에 선 리즈가 입을 열었다.

　"오랜만이군."

　"…무사했군. 다행이다, 다행이야."

　리즈의 건강한 모습에 감개가 무량한 표정을 짓는 라파드였다. 자리에서 일어난 그는 당장에라도 다가갈 것처럼 행동했지만 더 나아갈 수 없었다. 루시아의 기세가 그를 거칠게 밀어낸 것이다.

　술에 취한 사람마냥 비틀거리며 물러서는 라파드의 모습에 리즈가 목소리를 높였다.

　"루시!"

　"아무리 그를 좋게 생각해도 우리를 배신한 사실이 사라지는 건 아니에요."

　"그래도!"

　"아니, 제수씨의 말이 맞다. 본의가 아니든 본의든 간에 널 배신한 건 바뀌지 않는 사실이지."

　자리에 선 라파드가 씁쓸한 미소를 지으면서 말했다. 제아무리 마음은 리즈를 돕겠다고 했으나, 그가 도피할 때 자신은 세력을 확장하여 제국 내 열 손가락 안에 들어가는 상단을 키워냈으니 어떤 비난을 들어도 할 말이 없었다.

　"나는 네가 배신했다고 생각하지 않는다."

"말이라도 고맙군. 하긴, 날 일말이라도 믿었기에 황도에 나타난 것이지. 안 그런가?"

"맞아."

뒤에 선 루시아가 불만스러운 표정을 지었지만 그에 대해 변치 않는 신뢰를 보내는 리즈를 거스르고 싶지는 않은 듯했다.

"네 믿음에 충분히 부응할 수 있을 거라 생각한다. 여기까지 온 건 황궁에 들어갈 생각이 있어서겠지?"

"맞다, 네가 협력을 하겠다고 했으니 더 이상 전쟁을 지속하고 싶지 않아."

"황제를 어떻게 할 생각이지?"

"타일러야겠지."

대책없는 말이었다. 입가를 비집고 흘러나오는 한숨을 참지 못하며 라파드가 되물었다.

"그가 그 말을 들을 거라 생각하나?"

"아니, 내 말을 듣지 않겠지. 하지만 들을 수밖에 없도록 만들어야지."

"……."

"걱정하지 마. 나도 생각 없이 나선 것은 아니니까. 네가 할 일은 황궁으로 잠입하는 걸 도와주는 것뿐이야."

그 이상은 나서지 말라는 뜻.

말하고자 하는 바를 알아차린 라파드는 무거운 표정으로 고개를 끄덕였다.

"알았다, 나도 더 나서지 않겠다."

단지 돕기만 할 뿐, 자신이 해야 할 일은 황궁 잠입을 돕는 것

뿐이라 생각한 라파드는 더 나서지 않고 비밀리에 들어갈 수 있
는 통로에 대해 언급했다.

조용히 듣고 있던 루시아가 눈을 가늘게 뜨며 라파드에게 물
었다.

"누가 알려줬죠?"

"출처는 비밀입니다."

"우리에게도 말인가요?"

"그렇습니다."

대답하던 라파드는 매서운 기운이 전신을 옥죄는 것이 느껴
졌다. 몸이 터져 버릴 것 같은 강렬한 압박감에 숨을 쉬는 것조
차 버거울 지경이었다. 그의 안색이 점점 창백하게 바뀌는 걸
본 리즈가 루시아에게 말했다.

"루시, 그만해."

"하지만 확실하게 대답을 내놓지 않았어요."

"사정이 있을 거야."

"당한 건 한 번으로 족해요. 당신은 또다시 배신을 당해도 좋
은 건가요?"

"그건 내 눈이 잘못되었음을 인정할 수밖에 없지. 하지만 난
라파드를 믿는다. 분명 출처도 밝힐 수 없는 사정이 있을 거야."

자신의 생각을 분명히 하는 리즈의 말은 라파드를 안도하게
했지만 한편으로는 루시아의 마음을 무겁게 만드는 행동이기도
했다.

"……."

어색하게 가라앉은 분위기.

분위기를 타파하고자 나선 것은 다름 아닌 아스렌이었다. 한 차례 마주친 적이 있었기에 그것을 기억해 내고는 인사를 건넸다.

"오랜만에 뵙습니다."

"아아, 이곳에서 뵙게 될 줄 몰랐습니다."

내색하지 않았지만 리즈의 곁에 아스렌이 있는 것을 보고 놀란 라파드였다. 그러다 이번 황궁 잠입에 그와 함께 움직이려 한다는 것을 알 수 있었다. 과거 콜로세움에서 보였던 그는 엑스퍼트였고, 시간이 흐른 지금 마스터에 올랐다면 능히 그 역할을 해낼 수 있을 정도니까.

두 사람이 안부를 주고받으며 대화를 한 덕분에 분위기는 한결 풀어졌다. 리즈는 조용히 표정을 굳히고 있는 루시아에게 다가가 속삭였다.

"루시."

"네."

"얽힌 관계를 어쩔 수 없다는 건 알아. 하지만 지금 우리에게는 황궁에 잠입해서 원하는 걸 얻는 게 더 중요해. 그러니 그만 날을 세우면 안 될까?"

"당신이 원하는 거라면. 알겠어요."

"고마워, 그리고 미안."

"미안할 건 없어요."

가볍게 미소를 지어 보이는 모습에 리즈는 한시름 놓을 수 있었다.

제13장

각인

　리즈는 황도로 돌아오면서 라파드에게 해주고 싶은 말이 있었지만 예상보다 거센 루시아의 날 선 반응을 보고 시기를 뒤로 미룰 수밖에 없었다.

　어느 정도 분위기가 풀어진 것을 감지한 라파드는 리즈에게 지도를 내밀었다.

　"황궁으로 들어갈 수 있는 통로다."

　"이걸 통하면 어디로 가는 거지?"

　"황녀궁이다. 그곳에서 황제가 기거하고 있는 곳은 멀지 않지."

　"황녀궁?"

　"데레사 황녀가 기거하고 있는 곳이다."

　예상이 맞아떨어지자 리즈의 고개가 한 차례 끄덕여졌다. 그리고 지금 그곳을 이용하는 것이 최고의 한 수라고 생각했다.

전장에 떠나 있는 이상 다른 곳보다 경계가 수월하리라 생각된 것이다.

"좋아, 그럼 바로 가지."

"바로 간다고? 하루라도 쉬고 가지."

라파드가 아쉬운 표정을 짓자, 루시아가 한마디 쏘아붙이고 싶었는지 눈썹을 꿈틀했다. 괜히 사단이 날까 싶어 리즈가 황급히 나서면서 말했다.

"아니, 마음먹은 김에 바로 행동에 옮기는 게 좋겠지."

"그렇군, 부디 일이 잘 풀리길 기대하지."

"아아."

그를 뒤로하고 세 사람은 저택을 나섰다. 그리고 빠른 속도로 도보를 가로지르며 지도가 표시하고 있는 곳을 향해 나아갔다.

"이제부터 내가 앞장서지."

"네."

"그래."

리즈가 앞장선 채, 루시아와 아스렌이 양옆에 선 구도였다. 그들이 도착한 곳은 황궁에서 제법 멀리 떨어진 숲이었는데, 황제가 종종 사냥터로 이용하는 황가 소유의 장소였다.

"숲이라서 이목을 가릴 수 있다고 생각했군."

그렇게 중얼거린 리즈는 탐색 마법을 펼쳐 통로를 찾기 시작했다.

마나 소모도 많고, 그 범위도 넓지 않아 사용할 수 없지만 대강 위치를 파악하고 있는 이상 통로를 찾아내는 것은 어렵지 않았다.

"여기다."

어렵지 않게 통로를 찾아낸 리즈가 여러 조작을 하니, 그그궁 하는 소리와 함께 통로가 모습을 드러냈다. 그러자 아스렌이 앞으로 나섰다.

"내가 앞에 서지."

"부탁하지."

"그래."

아스렌이 앞장선 가운데 그들은 빠른 속도로 통로 안에 진입했다.

"라이트."

불빛 하나 찾아볼 수 없는 어두운 곳이기에 라이트 마법을 시전하여 주변을 밝혔다. 이렇다 할 것 없는 평범한 통로였고, 앞장선 아스렌과 뒤를 맡은 루시아가 감각을 확장하여 경계심을 끌어올렸다.

약 한 시간여를 걸었을 무렵 마침내 통로 끝부분에 도착할 수 있었다. 아스렌이 문 쪽 부분을 똑똑 두드리며 귀를 기울인 뒤 리즈에게 말했다.

"아무도 없다."

"그럼 가자."

쿠웅!

둔탁한 소리와 함께 문이 열렸고, 아스렌에 이어 리즈와 루시아가 밖으로 나왔다.

"여긴?"

"황녀궁이 맞군."

지도에 나온 표기된 위치 그대로임을 확인한 리즈가 눈을 빛냈다. 황녀궁 구석에 위치한 객실이었는데, 비밀 통로가 이곳을 통하고 있었던 것이다.

"그럼 가자."

한 치도 망설일 필요를 느끼지 못한 리즈는 곧바로 황제가 기거하고 있는 궁을 향했다.

하지만 그들의 운도 거기까지였다. 황궁 안으로 들어오는 비밀 통로까지는 발견했지만 황제가 기거하고 있는 궁은 8단계 대마법사들이 겹겹이 탐색 마법과 알람 마법 등이 설치되어 있었던 것이다.

리즈는 이것을 피할 수 없음을 깨닫고 잠시 고민했다. 하지만 고민은 짧았다.

"빌리오덴 3세라면 도망치지 않고 상황을 지켜보겠지. 정면 돌파다."

"그 말을 기다렸다."

콰아아앙!

어느새 디멘션 소드를 손에 쥔 아스렌이 검을 휘두르자, 푸른 오러가 맹렬한 속도로 쇄도하더니 그대로 황궁 담벼락을 무너뜨렸다.

경비를 서고 있던 근위병들의 동요하는 소리가 들려왔다. 곧이어 궁 전체에 경보 마법이 펼쳐지면서 요란한 소리가 울려 퍼졌다.

땡! 땡! 땡!

"적이다!"

“황궁에 침입한 적이 있다!”

일사분란하게 움직이면서 근위병들이 꾸역꾸역 나오기 시작하고, 근위기사들도 나타나자, 리즈가 앞을 눈짓하면서 말했다.

“부탁할게.”

마법을 시전하는 리즈와 달리 아스렌과 루시아는 힘을 조절하면 얼마든지 제압 가능했기에 나서지 않고 부탁하는 것이었다.

아스렌은 물만이 역력한 기색으로 한 설음 앞으로 나서며 섬을 휘둘렀다.

“다 죽이면 되는 걸 복잡하게 가려 하는군.”

쏴아앗!

검신에 오러가 서린 채 휘두르니, 공간 왜곡장이 발생하며 발출된 오러가 공간의 틈으로 빨려들었다. 그리고 앞을 가로막기 시작한 근위기사와 근위병들에게 쏟아지기 시작했다.

“으악!”

“끄아아!”

오러의 날을 세우지 않고 둔탁하게 시전했기에 누구도 죽지 않았다.

하지만 부상의 정도와는 별개. 그들은 몸부림을 치면서 엄습하는 고통에 괴로워했다.

“루시!”

콰콰콰콰!

직접 검을 휘두르는 아스렌과 달리 루시아는 기세를 발산하며 주변 공간을 장악해 나갔다. 검을 뽑아 들고 달려들 듯 기세를 발산하던 기사들의 몸이 비틀거렸다. 그랜드 마스터의 기세에 휘말려 자신의 페이스를 잃은 것이다.

그 틈을 비집고 아스렌의 일격을 허용하여 허무할 정도로 손쉽게 무너져 버렸다.

눈 깜빡할 사이에 오십여 명에 달하는 이들을 제압한 것이다.

자신이 마법을 난사해야 제거할 수 있는 숫자를 손쉽게 해치우니, 리즈의 입가에 감탄이 흘러나왔다.

"그랜드 마스터와 함께 다니니 편하군."

"안으로 들어가지."

"그래, 가자."

입구를 점령한 셋은 궁 안으로 들어섰다. 그리고 산발적으로 등장하는 근위기사와 근위병을 제압하면서 대전으로 거침없이 걸음을 옮겼다.

얼마 전까지 리즈가 예를 취하며 빌리오덴 3세와 대화를 나누던 곳이었다. 하지만 지금은 적으로 만나 서로의 목숨을 취하기 위해 날카롭게 벼려진 칼을 겨누고 있었다.

쾅!

굳게 닫혀 있던 문을 여니, 안쪽 광경이 모습을 드러냈다.

근 백여 명에 달하는 근위기사가 널찍하게 포위망을 만들어 세 사람을 반겼다. 그 정점에는 빌리오덴 3세가 가라앉은 눈으로 리즈를 바라보고 있었다.

"이곳에서 이런 형태로 뵙게 될 줄 몰랐습니다."

"간도 크군. 감히 황궁을 침공할 생각까지 하다니."

"지긋지긋하게 이어질 전쟁을 끝낼 방법이 달리 없지 않습니까? 적의 머리를 친다면 손발이 고생할 필요가 없으리라 생각했습니다.”

“머리라? 오만하군. 하지만 오만할 자격이 있다. 이 모든 것은 짐이 자초했으니.”

빌리오덴 3세의 입가에 쓴웃음이 걸렸다. 대륙을 통일하고자 세웠던 자신의 모든 계획이 물거품 되었다. 남부 정벌군은 와해되었으며, 오랜 충신인 덴블로 후작이 목숨을 잃고 마노엘도 죽었다. 거기에 그치지 않고 북부 전선의 암흑왕국 남진으로 클로빈이 부상을 입고, 아라발라가 공작이 뚜렷한 성과를 내지 못하는 등, 모든 것이 그가 예상했던 것과 반대로 일이 진행되었다.

모든 일이 꼬이기 시작한 지점이 바로 리즈의 등장과 맞물린다.

플로비스 왕국과의 전쟁에서 셀리에르 공작을 잃은 걸 시작으로 제국의 불운은 시작되었다.

“그렇다고 짐이 사과할 거라 기대하는 것은 아니겠지?”

“물론입니다.”

“짐의 원대한 계획을 물거품으로 만든 대가는 무서울 것이다. 이곳에서 살아 돌아갈 생각을 말도록.”

“제국의 근위기사단은 분명 최강의 전력, 하지만 이들로 우리를 제거할 수 있으리라 생각했다면 분명한 오산입니다.”

“누가 이들뿐이라고 했지?”

“그럼……”

리즈가 무어라 말을 하려던 순간, 강렬한 마나 파동이 일어나더니 눈부신 빛이 폭사했다.

우웅! 스파앗!

눈부신 빛의 향연. 그 후, 모습을 드러낸 세 사람의 모습을 확인한 리즈의 안색이 빠르게 굳어갔다.

"……."

대전 안에 모습을 드러낸 것은 전선에 있어야 할 아라발라가 공작과 적탑주 클로빈, 청탑주 카시오였던 것이다.

텔레포트 마법을 통해 등장한 그들의 존재는 예상치 못한 변수였다.

"이제 내 말이 진심이었다는 걸 알아차렸겠군."

빌리오덴 3세가 과감하게 아라발라가 공작을 전선으로 파견했던 것은 언제라도 그를 황궁으로 불러들일 자신이 있었던 것이다.

순식간에 전세가 역전되었지만 리즈의 안색은 평온했다. 그것이 빌리오덴 3세의 마음을 불편하게 만들었다.

"…이 정도로도 아닙니다."

"아니라고? 그럼 그 실력을 보도록 하겠다. 아라발라가 공작."

"하명하십시오."

"황궁을 침입한 자들에게 철저한 응징을 보여주도록."

"명을 받들겠습니다."

예를 취했던 아라발라가 공작이 몸을 일으켰다. 핏발이 선 그를 본 아스렌이 디멘션 소드를 움켜쥐면서 앞으로 나서려고 했다.

하지만 그를 제지한 사람이 있었으니, 바로 루시아였다.

의아한 감정을 담아 바라보자 그녀가 차갑게 가라앉은 눈으로 말했다.

"제가 상대하겠어요."

"하지만……."

루시아는 이미 아라발라가 공작에게 한 차례 패배한 전적이
있다. 아스렌의 입장에서 현격한 열세가 전망되는 그녀가 걱정
될 수밖에 없었다.

"검사로서 강자와 겨루는 건 즐거운 일. 원망하지 않으실 거
예요."

아스렌의 시선이 리즈에게 향하자 그의 고개가 무겁게 끄덕
여졌다.

"물론이야, 널 원망하지 않으마."

"그러면 별수없군."

아라발라가 공작이라는 대어를 놓치게 된 아스렌은 아쉬움에
입맛을 다셨지만 그랜드 마스터간의 대결을 지켜보는 것 또한
쉽지 않은 구경거리였다. 납득한 그가 뒤로 물러나자, 루시아가
명검 한라를 들고 앞으로 나섰다.

레드 티어즈를 손에 쥔 아라발라가 공작이 싸늘하게 가라앉
은 눈으로 루시아를 바라보았다.

"전의 일을 기억하지 못하나 보군."

"……."

이미 대결에 모든 신경을 집중하기 시작한 그녀는 대답 대신
검을 들어올렸다. 강렬한 기세가 발산되자, 아라발라가 공작의
검에 푸른 오러가 생성되었다.

먼저 공격을 펼친 것은 아라발라가 공작이었다.

그는 루시아와 대결을 벌이는 와중에도 아스렌에 대한 대비
를 게을리하지 않았다. 공간을 다루는 그의 신검은 언제 어느
순간 목을 베기 위해 움직일지 모르는 노릇이었다.

하지만 그런 여유는 처음 충돌하는 순간, 저 멀리 날아가게
되었다.

꽝!

"윽!"

손아귀가 시큰거리는 느낌과 함께 아라발라가 공작의 몸이
뒤로 밀려났다. 전과 비교할 수 없는 강렬한 힘이 손을 타고 전
신에 퍼져 나갔던 것.

세 명의 대마법사가 심혈을 기울여 만든 명검 한라의 힘이 마
도시대 삼대보검인 레드 티어즈에 밀리지 않는다는 걸 보인 것
과 같았다.

그것을 모르는 아라발라가 공작은 배로 증가한 오러 위력에
인상을 구겼다.

"대체 무슨 수작을 부린 것이냐."

"……."

루시아는 대답하지 않고 달려들며 검을 휘둘렀다. 아라발라
가 공작도 감히 경시하지 못하고 마주 검을 부딪쳐 나갔다.

대전 안에서 펼쳐지는 두 그랜드 마스터의 대결은 그야말로
숨 가쁘게 흘러갔다.

눈으로 신형을 쫓으려는 순간, 여러 개의 폭음이 울려 퍼지면
서 그 여파가 대전 사방에 퍼져 나갔다. 포위망을 구성하던 근
위기사들은 자신이 감당할 수 있는 수위를 넘어섰다는 걸 깨닫
고 뒤로 물러나면서 둘의 대결에 눈을 떼지 못했다.

일견 팽팽하게 보이는 둘의 대결은 아라발라가 공작의 근소

한 우위로 진행되고 있었다.

검의 힘이 대등했지만 본연의 능력을 끌어내는 것은 그가 좀 더 우위에 있었던 것이다.

"지독하군, 하지만 그것도 끝이다."

꽝!

아라발라가 공작의 검격은 직선적이고, 빨랐다. 막아내는 것은 가능했지만 피하기 어려운 종류였고, 루시아는 다른 선택의 여지없이 정면으로 막아내야만 했다. 그럴 때마다 손아귀가 터질 것 같은 강렬한 충격이 전해지곤 했다.

"윽!"

신음과 함께 비틀비틀 물러나는 신형. 하지만 아라발라가 공작을 바라보는 두 눈만큼은 형형하게 빛나고 있었다.

불과 얼마 전까지 자신에게 패하여 빌빌거리던 모습과는 사뭇 다른 모습. 더군다나 임신까지 하여 근 일 년여 가까이 검을 놓은 주제에 자신이 우위를 점하지 못하니 아라발라가 공작은 분노가 머리끝까지 치밀어 올랐다.

"죽어라!"

깡! 까가강!

루시아의 검이 현란한 움직임을 보이면서 쇄도하는 검격을 모조리 막아냈다. 하지만 뒤로 물러나는 것은 어쩔 수 없는 것. 굳건하게 균형을 잡고 버티던 그녀는 다가오는 아라발라가 공작을 보며 눈에 힘을 주고 검을 꽉 움켜쥔 뒤 달려들었다.

그 검격은 여태까지 상대하던 것과 달랐다.

허공을 가르는가 싶더니, 어느 순간 사각으로 숨어든 검이 뒷

덜미로 쇄도했던 것이다. 아라발라가 공작은 교묘하게 자신의 감각을 벗어난 검격에 등골이 서늘해지는 것을 느끼며 몸을 비틀었다. 그러자 사각의 검격이 옆으로 쇄도하는 격이 되었다.

꽝!

"음!"

불완전한 자세에서 받아냈기에 답답한 신음이 입가를 비집고 흘러나왔다. 루시아는 그 틈을 놓치지 않고 거세게 그를 몰아치기 시작했다.

그녀가 펼치는 검은 맨 처음 익혔던 블러디 로즈의 검술.

사각을 파고드는 사이한 검법은 동급의 실력자들도 대응하지 못할 정도로 상승의 검술이다.

하지만 그랜드 마스터에 오르면서 잠시 봉인해 놓았다.

그 이유는 자신이 지나치게 검술의 위력에 기대고 있는 것을 느꼈기 때문.

그렇기에 기본부터 차근차근 다지면서 본연의 실력을 끌어올리는 데 집중했다.

그것은 아라발라가 공작과의 대결에서도 이어졌다.

하지만 보검의 능력을 온전히 이끌어내는 그의 검 앞에 자신은 무력했다. 결국 루시아는 그 봉인해 놓았던 블러디 로즈의 검술을 전력으로 발휘하기 시작했던 것이다.

결과는 곧바로 드러났다.

아라발라가 공작은 사각을 파고드는 교묘한 검격에 반격의 엄두조차 내지 못한 채 뒤로 물러서기 급급했던 것이다.

"이, 이익!"

밑에서 분노가 치밀어 올랐지만 차분하게 가라앉은 루시아의
눈을 보면서 침착하고자 마음을 다스렸다.

그러나 그것은 결코 쉬운 일이 아니었다. 저번 대결에서 실력
을 감추고 지금 이 자리에서 자신을 몰아붙이는 검술에 그의 분
노가 활화산처럼 격렬하게 타오르고 있었다.

'이대로는 힘들다.'

내면을 지배한 분노와 달리 머리는 싸늘하게 식어가며 당장
의 상황을 타파하기 위한 방법을 고안하고 있었다.

하지만 그 방법이 쉽게 떠오를 리 없었다. 감각을 비집고 들
어오는 일격은 하나하나가 강렬하여 당장에라도 꿰뚫릴 것처럼
위태로웠다.

교묘하게 숨긴 힘은 자신이 감당하기 힘들 정도로 강렬했다.
개인의 실력으로 지금의 상황을 타파할 수 없다면 남은 것은 보
검의 힘으로 모든 것을 부숴 버리는 것뿐이다.

"레드 티어즈!"

콰콰콰!

붉은 검신에서 발출된 푸른 오러가 대전 주변을 휩쓸었다. 강
렬한 응축과 발산을 반복하던 오러가 단숨에 루시아의 공격을
덮쳐 갔다.

실력이 안 된다면 힘으로 모든 것을 부숴 버리겠다는 의지의
발현이었다.

"……."

좀 전과 비교할 수 없을 정도로 강렬한 힘이 응집하자 루시아
는 한라에 많은 마나를 불어넣으며 오러를 강화시켰다.

떠엉!

귀가 멀어버릴 것 같은 무시무시한 충돌음이 파고드는가 싶더니, 힘의 여파가 대전 곳곳에 튀어나갔다. 아스렌은 가볍게 검을 휘두르며 그것을 받아냈지만 근위기사들은 경우가 달랐다.

두 그랜드 마스터가 전력을 다해 발산한 힘은 근위기사들조차 함부로 받아내기 힘들 정도로 강렬했다.

"크으!"

모든 힘을 끌어 올려 방어에 임했지만 내부가 진탕되는 느낌에 몇몇 근위기사가 주저앉았다.

그것만으로 부족했는지 대전 바닥이 쩍쩍 갈라지면서 처참한 광경이 고스란히 드러났다.

둘의 모습은 극명하게 나뉘었다. 레드 티어즈로 간신히 몸을 지탱하고 있는 아라발라가 공작과 달리 루시아는 얼굴이 창백해졌을 뿐, 다른 이상은 없는 듯했다.

아니나 다를까, 그녀는 한라를 들고 마지막 마무리를 위해 달려들었다.

"끝이야!"

"어림없다!"

그녀가 달려들기 무섭게, 클로뷘의 입에서 우렁찬 목소리가 터져 나오면서 화염 마법으로 대응했다.

콰과광!

어렵지 않게 마법을 부숴 버린 루시아였지만 그 틈을 타 접근한 이들이 아라발라가 공작의 앞을 가로막으면서 경계 태세를 갖추었다.

“대단하군.”

대결을 지켜보던 빌리오덴 3세는 지금 상황이 믿기지 않았다. 아라발라가 공작은 전설의 보검을 계승한 당대 최강의 인물. 기껏해야 암흑기사 정도가 그를 대적할 수 있으리라 생각했는데 오늘 그 상식이 완전히 뒤집힌 것이다.

“끝이라고 생각하지 마시길.”

“끝을 보고 싶나?”

“이래 보여도 후환이 될 것은 확실하게 처리하는 타입입니다.”

아라발라가 공작이 전투불능 상태에 빠져든 이상 남은 전력으로 세 명을 감당해야 했다.

설령 승리하더라도 극심한 피해가 예상되는 상황.

빌리오덴 3세의 표정이 딱딱하게 굳어갔다.

그때, 한 줄기 목소리와 함께 한 사람이 모습을 드러냈다.

“잠시만요.”

“…여길 어떻게?”

인영을 알아본 리즈가 놀란 표정을 지었다. 그 정체를 안 루시아 또한 표정을 굳혔다.

대전에 모습을 드러낸 것은 다름 아닌 데레사 황녀였다. 크로뮐에 있을 군대를 이끌어야 할 그녀가 황궁에 모습을 드러낸 것이다.

“제가 이곳에 있는 게 이상한가 보군요.”

“……”

“그럴 수밖에요. 당신이 황궁에 들어올 수 있는 지도를 제공한 게 바로 나니까.”

“사실입니까?”

그녀의 말에 경악이 번져 나갔다. 사실이라면 반역에 준하는 행위를 한 것이기 때문이다. 빌리오덴 3세는 그제야 리즈가 어떻게 황궁에 잠입한 것인지 알아차리고는 날카로운 눈으로 데레사 황녀를 바라보았다. 하지만 그녀는 전혀 개의치 않고 리즈를 바라보며 말했다.

“그렇지 않다면 이곳에 올 수 있으리라 생각했나요?”

“그것도 그렇군.”

리즈에게 있어서도 놀라운 일이었다.

그 말은 즉, 라파드가 데레사 황녀와 모종의 이야기가 오고갔다는 이야기였다. 상황이 어떻게 돌아가는 것인지 알지 못해 머릿속이 혼란스러웠지만 그것을 겉으로 드러내지는 않았다.

“왜 그랬습니까?”

“당신을 보고 싶어서요.”

“단지 보고 싶다고 이런 행동을 했다는 겁니까? 용납할 수 없는 것입니다.”

“그렇겠죠? 후후, 나도 그렇게 생각하고 있어요. 하지만 이것밖에 방법이 없었어요. 이렇게 하지 않으면 제국을 떠난 당신을 다시 볼 기회는 없을 테니까.”

“…….”

자조적으로 중얼거리는 그녀에게서 위험한 향기가 물씬 풍겼다. 리즈는 불길한 느낌을 받았지만 내색하지 않고 상황을 주시했다.

보아하니 그녀의 행동은 빌리오덴 3세와 별도의 이야기를 거치지 않고 독단으로 저지른 듯했다.

이는 함정이 아니라는 뜻.

하지만 무슨 이유로 이런 짓을 저지른 것인지 이해할 수 없었다. 여러 가지 생각을 하는 사이, 데레사 황녀가 입을 열었다.

"나는 처음 문화 사절단으로 보았을 때부터 당신에게 호감을 느꼈죠. 그리고 그것이 사랑으로 발전했어요. 당신이 소설가 리안이라는 것도 흥미로웠지만 날 황녀 이전에 한 사람의 여자로 살아 있음을 느끼게 해줘서예요."

"저는 황녀님을 특별하게 대하지 않았습니다."

"그것이 오히려 제게 큰 의미로 다가왔어요. 그래서 나는 당신의 여자가 되고 싶었죠. 하지만 불가능하다는 말을 들었을 때 많이 실망했어요. 당신의 곁에 있는 여인을 없애서라도 곁에 있고 싶었을 정도였으니까."

그러면서 루시아를 바라보는 그녀였는데, 순간 두 여인 사이에 살벌한 기류가 감돌다가 사라졌다.

"제국으로 왔을 때 내게 일말의 가능성이 생겼다고 생각해서 좋아했죠. 노력만 한다면 당신의 곁에 있을 수 있으리라 믿었으니까. 하지만 그 노력을 산산조각 냈고, 난 분노했어요. 그래서 결심을 하게 되었죠. 내가 가질 수 없다면 영원히 지워 버리기로."

"그럼……."

리즈는 자신을 숙청하는 과정에 데레사 황녀가 개입했음을 깨달았다. 그녀는 고개를 끄덕이며 곧바로 수긍하는 모습을 보였다.

"맞아요, 아바마마의 결정도 있지만 제 결심도 한몫 거들었죠."

"그걸 밝히는 이유가 무엇입니까?"

다른 것을 다 떠나 밝히지 않으면 영원히 묻힐 수 있는 이야기였다. 그것을 왜 적으로 만난 이 자리에서 밝히는 것인지 이해가 되지 않았다.

그 물음에 데레사 황녀는 처연하게 웃었다.

"내가 이렇게 말하면 당신은 날 미워할 테니까. 사랑으로 당신에게 스며들 수 없다면 미움을 사서라도 당신의 마음에 새겨지고 싶었어요."

"황녀는 정말 이해하기 힘든 분입니다."

"그래요, 나도 내가 이해하기 힘드니 그렇겠죠."

웃음을 흘린 그녀의 시선이 루시아에게 향했다. 딱딱하게 굳은 채 자신을 바라보는 눈빛은 경계가 다분히 섞여 있었다.

한때는 친한 관계를 유지했지만 모든 것이 만들어진 것에 지나지 않았다. 자신의 앞을 끝까지 가로막은 것이 루시아이기에 미운 감정이 앞섰지만 모든 것을 놓아버린 지금, 홀가분하게 털어놓을 수 있었다.

"한 가지 부탁을 하고 싶어요."

"제가 들어줄 거라 생각하나요?"

"들어줘야만 해요. 그렇지 않으면 이 자리에서 모두 공멸하게 될 테니까. 제 말이 틀린가요?"

"……."

전투가 벌어지면 지지 않을 자신이 있지만 무사할 수 있다고 확신하기는 어려웠다. 근위기사들이 시간을 끄는 사이 두 대마법사가 마법을 난사한다면 어떠한 상황이 벌어질지 몰랐던 것.

냉정하게 계산을 마친 루시아가 말했다.

"들어보죠."

"당신들이 이곳으로 올 수 있었던 것은 내 협력이 있었기 때문. 그러니 당신들의 목적한 바를 이룬다면 아바마마와 다른 이들에게 피해를 끼치지 않고 물러선다고 약속을 해주세요."

"약속을 어떻게 믿죠?"

"내 목숨을 걸겠어요."

"제국을 배신한 황녀의 목숨이 어느 정도 가치가 있는지 모르겠군요."

루시아의 말은 날카로웠다. 제국을 배신한 데레사 황녀의 약속은 큰일을 논할 만큼 신용을 주지 못했다.

"아바마마도 같은 생각이신가요?"

"지금 네가 어떤 생각을 하고 있는 건지 모르겠군."

빌리오덴 3세는 지금 벌어지고 있는 일들을 쉬이 이해하지 못했다. 데레사 황녀의 행동은 제국에 있어 반역이었으며, 지배자인 자신을 무시하는 처사였다.

그럼에도 불호령을 내리지 않는 것은 지금 상황이 불리함을 인지하고 있고 데레사 황녀가 상황을 어떻게 타개하려는 것인지 궁금했기에 침묵을 지키고 있을 뿐이었다.

"지금 상황은 우리에게 유리하지 못해요."

"제국은 약하지 않다."

"솔직하게 말씀드리는 거예요. 아바마마의 이런 태도는 제국의 안위를 위협할 뿐이에요. 제 행동에 대해서 할 말이 없지만 아바마마의 착오도 어느 정도 작용했다는 걸 부인하지 못할 거예요. 지금 상황은 서로의 의견을 들어보고 결정을 내리는 것이 중요하죠."

"너는 제국이 멸망한다고 생각하는가?"

"그럼 아닌가요?"

"아니, 맞군."

아라발라가 공작의 패배는 눈앞의 세 명을 막을 수 없다는 결과를 낳았다. 보고가 틀리지 않다면 리즈 옆에 있는 청년은 전설의 신검을 다루는 그랜드 마스터일 것이다. 그의 힘은 거리를 무시하고 직접 자신을 죽일 만큼 대단했다.

빌리오덴 3세는 대세가 기울었음을 느꼈다. 여기에서 더 나아간다 한들 제국에 어떠한 이익이 되지 못하며, 호시탐탐 영토를 노리는 암흑왕국 존재에게 더 많은 것을 내어줄 수 있다는 걸 깨달았다.

"협상하도록 하겠다. 먼저 조건을 말하도록."

"진심입니까?"

"그럴 수밖에 없는 상황이 만들어졌지. 죽음이 두렵지 않으나 제국의 영광이 이대로 끝나는 것을 지켜볼 수 없다."

호시탐탐 남진을 계획하고 있는 암흑왕국의 존재를 감안하고 내린 결정이었다.

리즈에게 빼앗긴 영토는 테일러 지방의 중요도를 감안하면 너그러이 넘어갈 수 있는 문제였다. 적어도 빌리오덴 3세는 그렇게 합리화시키려고 애썼다.

그에 리즈는 내심 안도의 한숨을 내쉬었다. 데레사 황녀의 말마따나 이곳에서 정면으로 대결을 벌이면 양측 모두가 공멸하는 길이었다.

황궁의 경계가 철저하고 세 명에 달하는 초인이 이토록 빨리 복귀할 수 있다는 사실을 간과한 게 실수라면 실수였다.

"고맙다고 해야 합니까?"

"그 대가가 저와의 혼인이어도 말이죠?"

전혀 진심이 느껴지지 않는 말이지만 은근히 떠보는 것 같아 리즈는 단호하게 잘랐다.

"듣지 못한 말로 하겠습니다."

"그럴 거라 생각했어요. 저는 영원히 당신의 여자가 될 수 없는 운명인가 보네요. 그럴 수밖에 없는 행동을 하기도 했지만. 이대로 당신에게나 제국 앞에나 나타날 수 없는 몸이 되겠죠. 당신에게 사랑받지 못하는 것이 내 운명이라면 다른 형태라도 영원히 기억하게 만들어야지요."

그러면서 루시아를 바라보며 말을 덧붙였다.

"그동안 미안했어요. 이제 더 이상 당신이 신경 쓰게 만들 일은 없을 거예요."

입가에 자조 섞인 미소를 본 순간, 불안한 느낌을 받은 리즈의 두 눈이 커졌다. 대마법사의 이런 예감이 빗나가는 경우는 거의 없었다.

"…설마?"

화들짝 놀란 리즈가 움직이려고 했지만 데레사 황녀의 행동이 더 빨랐다. 품속에서 단검 한 자루를 꺼내 그대로 가슴에 박아 넣은 것이다.

"……!"

지켜보던 모든 이들의 얼굴에 경악이 번졌다. 데레사 황녀가 스스로 자살을 하다니! 날아가듯 다가간 리즈가 무너지는 그녀의 몸을 안아 들었다.

"대체 왜 그런 겁니까?"

"쿠, 쿡. 이, 이제야 당신의… 품 안에 안기는군요, 쿨럭!"

"…힐."

말을 하는 데레사 황녀를 바라보면서 리즈는 치료 마법을 시전했지만 낫는 것은 외상뿐이었다. 정확하게 심장을 꿰뚫렸기에 리즈가 할 수 있는 것은 아무것도 없었다. 입가에 피를 흘리는 그녀를 보며 리즈가 물었다.

"왜 이런 선택을 한 것입니까."

"당… 신의 사랑을 받을 수도 없고 미… 워하게 만드는 것도 내 능력으로 불가능… 어떻게든 당신의 마… 음속에 남고 싶었어요."

그녀도 결국 사랑을 갈구하는 평범한 여인이었다. 리즈는 왜 데레사 황녀를 그토록 매몰차게 대해서 이렇게 극단적인 선택을 할 수밖에 없도록 내몰았는지 스스로를 반성했다.

"미안합니다."

"후, 후후."

사과하는 리즈를 향해 미소를 지어보이는 데레사 황녀.

그럴수록 그의 마음속 깊이 미안한 감정이 피어났다.

"이 정도면… 날 기… 억하겠죠?"

무엇이 그녀를 이토록 자신을 기억 속에 남기려고 함일까.

리즈는 그것이 너무나 안타까웠다. 자신 때문에 스스로 목숨을 끊는 그녀가, 이렇게밖에 할 수 없는 현실에 통탄을 금치 못했다.

"그럴 의도라면 성공입니다. 지금 당신의 모습은 영원히 잊을 수 없을 것 같습니다. 당신의 승리입니다."

"그렇죠? 후, 후후후, 후후……."

아스라이 시들어가는 꽃잎처럼 그녀의 웃음소리도 작아지다가 이내 흩어졌다.

세상의 모든 것을 얻은 듯 입가에 미소를 짓고 있는 그녀에게 리즈는 두 눈을 지그시 감았다.

"……."

데레사의 충격적인 죽음에 모든 이들은 침묵을 지켰다. 죄를 저질렀다고 하나 그녀는 제국의 황녀, 그런 인물이 자살을 했으니 돌아가는 상황이 심상치 않음을 느꼈다.

빌리오덴 3세의 표정 또한 심각하게 굳어 있었다. 그의 시선은 미소를 짓고 있는 데레사 황녀의 시신에 고정되어 있다가 리즈에게 말했다.

"얻고자 하는 것을 말하라."

"…원하는 것입니까?"

"다른 말은 하지 않았다."

협상에서 원하는 것으로 바뀌자 리즈는 빌리오덴 3세의 심정이 바뀐 것을 깨닫고는 본능적으로 경계심을 끌어올렸다.

그런 그의 생각을 읽은 빌리오덴 3세가 딱딱한 어조로 말했다.

"딸의 죽음을 보고 평정심을 유지하는 것은 불가능한 일이다. 이것은 네게 해줄 수 있는 짐의 마지막 배려. 원하는 바를 말하고 빠르게 사라져라."

"알겠습니다."

데레사 황녀의 죽음은 빌리오덴 3세에게 많은 부분에 영향을 끼쳤다. 곧 죽어도 신경을 쓰지 않으리라 생각했지만 막상 그것을 두 눈으로 목격하게 되니 미치는 영향이 만만치 않았다.

당장 데레사 황녀의 시신을 수습하고 눈앞에서 리즈가 사라지는 게 빌리오덴 3세가 가장 원하는 부분이었다.

리즈는 자신이 원하는 바에 대해 간략하게 설명했다. 핵심 부분을 모두 포함하고 있었기에 내용을 전달하는 데 오래 걸리지 않았다. 그중에는 받아들이기 쉽지 않은 것도 있었지만 빌리오덴 3세는 한 치의 망설임도 없이 받아들였다.

"모두 수락한다."

"정말입니까?"

"황제의 공언이다. 더 이상 보기 힘드니 데레사를 놓고 사라지도록."

냉기가 묻어나오는 어조로 축객령을 내리니 리즈는 더 이상 그 자리에 버티고 설 수 없었다. 조심스럽게 데레사 황녀의 시선을 내려놓은 그는 그녀의 모습을 새기기라도 하듯 빤히 바라보다가 정중히 예를 취해 보이고는 루시아, 아스렌과 함께 대전을 벗어나려다가 빌리오덴 3세를 바라보며 중얼거렸다.

"부디 약속은 지키시길……."

그것은 경고이자 당부. 빌리오덴 3세는 그 말을 들었지만 묵묵부답, 아무 말도 하지 않았다.

리즈도 그에 신경을 쓰지 않고 발걸음을 돌렸다.

기나긴 대치 상황이 끝나는 순간이었다.

제14장
종장

전쟁은 끝났다.

암흑왕국과 랭가스터 제국의 대립이 장기화되어 가는 가운데, 빌리오덴 3세는 제국 역사상 처음으로 굴욕적인 협정을 체결하게 된다.

그 상대는 다름 아닌 축출 대상이었던 리즈.

한때 제국의 대마법사였지만 모종의 이유로 제거될 뻔한 그에게 제국 남부 영토의 상당 부분을 빼앗기고 그것을 인정하는 내용이었던 것이다.

제국의 대굴욕.

리즈의 점령지 사유화는 큰 논란을 불러일으켰고, 대륙에 새로운 세력이 본격적으로 등장하게 되는 계기가 되었다.

그 이면의 이유에 대해서 아는 이는 극소수였고, 리즈는 빌리오덴 3세와 맺은 십 년의 불가침을 이용하여 기반을 확고히 다지는 데 주력했다.

가장 먼저 한 것은 플로비스 왕국의 귀환이었다. 그들의 존재는 큰 힘이 되기에 부족함이 없었지만 언제고 분란의 씨앗으로 전락할 자들이었다.

그 차리를 대체한 것은 아스렌이 이끄는 산적들이었다.

그들은 아스렌을 중심으로 하나의 세력을 형성, 그를 중심으로 한 가문을 세우기에 이른다. 오래 전 사라진 신검가가 세상에 모습을 드러내는 순간이었다.

거기에 그치지 않고 라파드가 상단을 이끌고 리즈에게 합류했다. 한 차례 배신한 전적이 있어 잡음이 일었지만 그의 강력한 의견에 묵살되어 그의 영토로 진입할 수 있었다.

라파드의 합류는 빌리오덴 3세와 약속된 바.

제국을 떠나 리즈 앞에 나타난 그는 더 이상 리즈를 예전의 편한 친구로 대하지 않았다.

한쪽 무릎을 꿇으며 공손히 예를 취한 라파드가 결연한 어조로 말했다.

"한 차례 배신한 저를 받아주셔서 감사합니다. 허락해 주신다면 당신을 주군으로서 제 생명이 다하는 날까지 모시도록 하겠습니다."

화들짝 놀란 리즈가 그를 일으키면서 앞으로 새롭게 건국될 국가의 일원으로서 힘을 보태달라고 했지만 라파드는 요지부동이었다.

결국 그의 제안을 받아들이는 수밖에 없었다. 그는 추후 새로운 국가의 초석을 닦는 데 반드시 필요한 인물이었다. 과거의 과오를 씻겠다는 그의 결의를 차마 저버릴 수 없었다.

아스렌의 존재는 강력한 무력을 부여했고, 라파드의 존재는 안정감을 가져다주었다. 자신의 터전을 자리 잡게 하기 위해 마지막 퍼즐인 사라에게 마탑을 세워 후학을 양산하는 것이 어떠냐고 제안했다.

당연히 승낙하리라 생각했던 그녀의 대답은 리즈의 예상을 빗나가게 했다.

"미안, 당분간은 힘들 것 같아."

"…예?"

"연애 사업이 잘되고 있거든. 네 부탁도 중요하지만 지금 내게 연애가 더 중요해."

그녀의 거절에 리즈는 아연실색하고 말았다. 8단계 대마법사인 사라가 당장 힘들다고 말하면 세워놓았던 계획이 어긋나는 것이다.

대체 그녀와 연애를 하는 이가 누굴까 생각하던 도중, 근래 들어 자주 만남을 갖고, 이곳을 떠날 수 있음에도 굳이 가지 않고 있는 사람의 이름이 떠올랐다. 리즈의 표정이 딱딱하게 굳으며 사라에게 확인했다.

"설마 글론드 님과?"

"어머, 눈치챘어?"

"이런."

밀려오는 낭패감에 혀를 차는 리즈였다. 글론드가 과거 사라를 사랑했다고 하지만 이런 식으로 엮이게 될 줄은 몰랐던 것이다.

더군다나 글론드는 백 살을 훌쩍 넘긴 나이. 아닌 척해도 은 근히 따질 것 다 따지는 사라가 그와 연애하고 있다는 사실이 믿기지 않았다.

"그랜드 마스터의 육체는… 뜨겁더라고."

그의 속내를 꿰뚫어 본 것처럼 살짝 상기되어 말을 하는데, 리즈는 아무런 반박도 하지 못한 채 꿀 먹은 벙어리가 되고 말 았다.

얼굴에 수심이 가득한 리즈의 얼굴을 본 사라는 의아한 표정 을 지었다.

"왜 그래?"

"난감해서요, 그것도 아주."

"난감할 게 뭐 있어. 편하게 생각해."

"사라 님이나 그렇죠. 저는 전혀 그렇지가 않다고요. 후우!"

리즈는 한숨을 푹푹 내쉬었다. 그도 신경 쓰지 않고 싶지만 그럴 수 없는 것이 문제였다.

글론드는 루시아의 증조할아버지.

이는 그와 결합한 사라가 루시아의 증조할머니가 된다는 뜻 이었다.

그리고 그 사실은 리즈에게도 통용되었다.

그 말을 듣고 사라가 펄쩍 뛰는 것은 당연했다.

"절대 안 돼!"

대마법사인 그녀가 여기까지 생각 못했다는 걸 믿을 수 없었 던 리즈의 눈이 가늘어졌다.

“너 나한테 증조할머니라고 부르기만 해봐!”

“저도 그렇게 하기 싫지만 어쩔 수 없죠. 앞으로 잘 부탁드리겠습니다, 증조할머니!”

“꺄악!”

파릇파릇한 이십대 외모로 증조할머니 소리를 듣게 된 사라는 울상을 짓고 말았다.

그럼에도 헤어지지 않는 것을 보면 어지간히 좋아하긴 한 듯했다.

“실패로군.”

사라가 마탑을 세움으로써 그랜드 마스터와 대마법사, 그리고 그 뒤를 든든하게 받쳐줄 수 있는 자금줄을 형성하려던 리즈의 계획이 뒤로 미루어지게 되었다.

하지만 그것을 크게 개의치는 않았다.

사라가 없더라도 자신과 루시아가 있었으니까.

하루하루가 행복했다.

아스렌과 라파드는 각기 가문을 세워 역할에 충실했고, 사라가 머물게 될 마탑을 건설하기 시작하면서 국가 전체가 분주했다.

이곳의 지배자는 리즈였지만 그는 모든 것을 지배하지 않았다. 대대적으로 시험을 치러 행정 관리직을 늘리는 한편, 그들에게 일 처리 권한을 주어 업무가 과중하게 집중되는 것을 막았다.

자신은 한 국가의 왕이 아닌 마법사였다. 리즈는 그것을 잊지

않고 자신이 모든 권력을 쥐려고 하기보다 분산시켜 후에 있을
폐해를 막고자 했다.

"까꿍!"

"꺄아!"

꺄르르 웃음을 짓는 아기를 보며 리즈의 입가에 미소가 번졌
다. 곁에서 지켜보고 있던 루시아도 짙은 미소를 띠곤 물었다.

"그렇게 좋아요?"

"좋고말고. 내 아이를 보는 일인데 좋지 않으면 이상한 일 아
니겠어? 그나저나 레온이 남들보다 빠르게 크는 것 같네."

"좋은 일이죠."

후후, 웃음을 흘리는 루시아를 보며 리즈는 살짝 눈을 감으며
지난 인생을 떠올려 보았다.

험난한 나날이었고, 목숨을 부지하기 위해 강해져야만 했다.
그런 위기를 모두 극복했을 때, 눈앞에 있는 것은 아름다운 부
인과 귀여운 아들이었다.

리즈는 아들인 레온에게 미안했다. 플레이드 백작이 했던 것
처럼 하지 않겠다고 다짐을 했지만 나날이 밀려드는 업무 때문
에 그러지 못했던 것. 그래서 시간이 날 때마다 놀아주는 것이
었다.

"아이가 빠르게 성장하는 건 나쁘지 않아. 그런데 말이야."

"네, 왜 그러세요?"

루시아는 리즈의 얼굴에 음흉함이 감돌자 저도 모르게 몸을
움찔했다. 어느새 자리에서 일어선 그가 그녀의 앞에 서 있었
다.

"레온이 많이 외로워 보이지 않아?"

"무슨 뜻이에요?"

"동생이 있으면 덜 외로울 것 같아서 하는 말이야."

"…짐승."

눈을 흘긴 루시아가 홱 하니 고개를 돌렸지만 어느새 리즈의 손이 그녀의 팔을 잡고 있었다. 육체적인 능력은 그녀가 월등히 앞섰지만 이상하게도 그 손길을 피할 수 없었다.

"열심히 해보자고."

"좋아요."

하루하루가 행복한 날의 연속이다.

리즈는 왕위에 오르지 않았다.

그가 차지하고 있는 영토는 능히 공국을 칭해도 부족함이 없었지만 처음부터 왕위에 욕심이 없었다는 것을 드러내기 위해서라도 칭왕을 하지 않고 자유연맹이라는 곳으로 묶어 강력한 중앙통제 국가가 건국되었다.

정식 국명은 크로뮐 공화국.

과거 제국의 대도시이자, 최북단 도시인 크로뮐의 이름을 땄으며, 국가의 수도로 정해진 곳이기도 하다.

크로뮐 공화국은 리즈가 다스릴 마탑과 루시아가 가주로 있는 가문, 사라의 마탑과 아스렌의 신검가, 그리고 라파드의 가문까지 총 다섯 가문의 대표가 의장을 선출하여 그를 중심으로 국가를 다스리는 체제가 만들어졌다.

다른 이들에게는 생소했지만 다섯 가문의 의중으로 국가가

운영되며, 이들 모두 크로밀을 중심으로 오슬론 지방과 크산트 지방을 잘게 쪼개어 관리를 파견하는 형태가 되었다.

복잡하다 못해 새로 등장한 이 체제에 가장 많이 움직여야 했던 것은 라파드였다. 상단을 이끄는 그를 제외한 다른 이들은 모두 무력으로 국가를 대표하는 인물이었던 만큼 그와 그를 따르는 이들과 토론을 거듭하여 국가의 기틀을 마련하고 관직 체계를 세워야 했다.

그 과정에서 라파드를 따르는 이들은 권력에 대한 욕심을 드러냈지만 강력한 제지에 가로막혀야만 했다.

라파드는 단호하게 그들을 내치며 기강을 세웠다. 본의 아닌 배신이었지만 두 번 다시 리즈에게 폐를 끼칠 수 없다는 의지의 발현이었다.

이러한 라파드의 충심 아래 크로밀 공화국의 형태가 완성될 수 있었다.

이러한 개국 소식은 대륙 각지 국가에 알려졌고, 플로비스 왕국을 시작으로 각지에서 축하 사절단을 파견하기 시작했다.

크로밀 공화국은 향후 대륙 정세를 파악함에 있어 굉장히 중요한 지정학적 위치를 지니고 있었기에 그렇다.

대륙 남부 삼국은 자신의 북부에 크로밀 공화국이 세워짐으로써 더 이상 제국과 국경을 맞댐에 있어 부담을 덜 수 있었다. 거기에 그치지 않고 크로밀을 수도로 삼음으로써 언제든지 제국 황도로 진격할 수 있는 길을 확보하게 되었던 것이다.

이는 랭가스터 제국에 있어 굉장한 부담으로 다가왔다. 제국 귀족들은 불가침조약을 해지하는 한편, 황도를 옮겨 적의 위협에 대비하자는 의견도 나오고 있었다.

두 의견이 팽팽하게 대립함에 따라 크로뮐 개국을 알리는 자리에 사신을 파견하여 구체적인 방안을 논의하기로 결정을 내렸다.

크로뮐 공화국 개국식에 참가한 명단의 면면을 살펴보면 놀랍기 그지없다.

가장 먼저 여전히 대륙 최강의 자리를 차지하고 있는 랭가스터 제국에서는 재상인 슐리앵 공작을 사신으로 보냈으며, 플로비스 왕국은 정계의 거두인 카리온 공작을 보냈다. 동북부 왕국들이나 파르베크 도시국가, 헤센 왕국 등도 핵심에 근접한 고위 관계자들이 자리를 빛냈다.

무엇보다 의외였던 것은 암흑왕국에서도 사신을 보냈다는 점이다.

스스로 암흑기사 루이넨스라 밝힌 그는 대륙 최강의 위명을 수백 년 동안 차지하고 있는 암흑기사단 삼십여 명을 이끌고 크로뮐 왕국의 영토를 밟았다.

루이넨스는 크로뮐 공화국에 호기심이 많았다.

일개 공국만 한 작은 크기.

하지만 그 속의 전력은 만만치 않았다. 최강국인 제국은 물론, 암흑왕국조차 함부로 할 수 없는 강자들이 즐비했던 것이다.

이러한 국가이기에 자신에게 그러한 제안을 보낼 수 있었을 것이다. 방 안에서 조용히 기다리고 있으니, 예상했던 대로 한 줄기 기운이 그의 방 안으로 흘러들어오기 시작했다.

“나쁘지 않군.”

입꼬리를 말아 올린 그가 기운을 거절하지 않고 조용히 밖으로 나왔다. 십여 분을 이동한 끝에 도착한 곳은 크로퓔을 벗어난 넓은 평원. 한때 끝없이 펼쳐지던 밀밭이었지만 제국과의 대치로 황폐화가 된 곳이다.

“나왔군.”

“호오, 제법이군.”

모습을 드러낸 것은 다름 아닌 아스렌이었다. 루이넨스가 눈을 빛내는 것과 별개로 그를 바라보는 아스렌의 눈이 날카롭게 바뀌었다.

“루이넨스가 맞나?”

“맞다, 내가 바로 당대 루이넨스지.”

“그렇다면 마검을 가지고 있겠군.”

“물론이다. 그것을 알고 있는 네가 당대 신검가의 주인이겠지?”

“……”

대답 대신 디멘션 소드를 소환하여 루이넨스에게 겨누는 아스렌이었다. 동시에 강렬한 기세가 발산되며 주변을 휘감자, 루이넨스의 눈이 가늘어졌다.

“나쁘지 않군.”

파아앗!

어느새 그의 손에 들린 디스피어 소드가 거침없이 기세를 찢어발겼다.

힘과 힘의 대립.

아스렌과 루이넨스는 이 자리에서 누군가 한 사람이 죽어서 나가야 하리라 생각했다.

신검과 마검은 대립할 수 없는 운명을 타고난 만큼, 목숨을 건 대결이 펼쳐지는 게 당연했다.

"무사히 돌아갈 생각은 마라."

"내가 하고 싶은 말이다, 애송이."

두 검이 허공을 가르며 충돌하기 시작했다.

신검 디멘션 소드와 마검 디스피어 소드는 각기 오대 신검과 오대 마병에 속하는 기물이다. 디멘션 소드는 과거 신검가의 사조인 용사가 마왕을 무찌르면서 대를 이어 계승되기 시작한 것이며, 마검과는 본래 인연이 없었다.

하지만 먼 옛날 가문에 두 명의 천재가 태어나면서 불행은 시작되었다.

그들은 남매였는데, 신검가는 대대로 가장 뛰어난 실력을 지닌 남자아이가 가문을 이어왔다.

그런데 놀랍게도 먼저 태어난 누나의 재능이 상상을 초월할 정도로 뛰어났다. 그녀의 재능에 경계심을 가진 가문 내 인물들은 제거할 계획을 세웠고, 필사의 탈출을 감행한 그녀는 신검가를 벗어나 마검의 선택을 받고 그랜드 마스터의 경지에 올라설 수 있었다.

그 당시 대륙의 운명을 건 대결이 벌어졌고, 정의의 측에 섰던 신검가의 가주가 승리하면서 자연스럽게 누이인 마검의 주인을 가문에 품게 되었다.

　그것이 신검가에 신검과 마검이 공존하게 된 이야기였다. 하지만 오랜 세월이 흐르면서 마검의 힘을 탐내는 자들이 생겨났고, 어둠에 물든 이가 마검을 가지고 암흑왕국으로 향한 뒤 한 자리를 차지하니, 오늘날 마검의 주인인 루이넨스가 탄생하게 된 것이다.

　아스렌의 입장에서 루이넨스는 가문의 기물을 탐낸 도적에 지나지 않았다.

　하지만 수 대에 걸쳐 마검의 힘을 이끌어 온 루이넨스의 실력은 뛰어났다. 아라발라가 공작과 대결을 벌이면서 깨달음을 얻은 그의 검은 아스렌에 비해 부족하지 않았다.

　꽈광! 꽈과광!

　둘은 전력을 다하여 공방을 주고받았지만 결말은 나지 않았다. 아라발라가 공작과의 대결에서 볼 수 있었던 것과는 다른 형태였다.

　두 검은 활용하기에 따라 서로의 힘을 완벽하게 상쇄시키는 것이 가능했다.

　디멘션 소드의 무수히 많은 변화는 디스피어 소드의 힘에 휘말려 소멸되었다. 반대로 절망의 힘은 디멘션 소드의 변화를 뚫지 못하고 허무하게 사그라지기 일쑤였다.

　둘 모두 검의 운용이 극도에 달했기에 빈틈이 드러난다면 곧바로 패배로 이어질 수 있지만 한껏 높아진 집중력은 그마저도 허용하지 않았다.

　"승부가 나지 않는군."

　"……."

아스렌은 한껏 일그러뜨린 표정으로 루이넨스를 노려보았
다. 신검의 운용을 극도로 연마한 자신이 우위를 점하지 못할
줄 몰랐다.

"너무 아쉬워하는군. 나도 오랜 인연을 끊고 싶은데 말이지."

"뚫린 입이라고 말은 잘하는구나."

"그런가? 하긴, 그럴 수도 있겠군. 어쨌건 내가 하고 싶은 말
은 간단하다. 우리 둘 모두 서로의 존재를 저어하니 매년 자리
를 마련하여 검을 맞대도록 하지. 그리되면 언젠가 승부가 나서
누군가가 죽지 않겠나?"

"그걸 어떻게 믿지?"

"믿지 못한다면 유감이지. 겁이 나서 그러는 게 아니길 바랄
뿐."

루이넨스의 도발에 아스렌의 표정이 차갑게 굳었다. 잠시 호
흡을 고른 그는 파란 안광을 쏟아내면서 강한 어조로 말했다.

"좋다, 제안을 받아들이지. 다음에 만날 때 그 입 먼저 베어주
겠다."

"가능하다면."

두 사람의 대결은 그것으로 끝이었다. 아스렌은 같이 있기도
싫은 표정을 지으면서 자리를 벗어났고, 루이넨스도 조용히 주
변을 둘러보다가 사라졌다.

과거의 악연이 재회를 통해 다시 이어지는 순간이었다.

크로뮐 공화국의 개국식은 성대하게 이루어졌다. 리즈는 다
시 판매를 재개하면서 매직 스톤으로 막대한 부를 얻을 수 있었

다. 그것을 바탕으로 체제를 정비하는 한편, 개국식에 천문학적인 자금을 들여 각국이 신생 국가의 힘을 사신들이 느끼게 하였다.

이제 갓 기사를 키우고, 마법사들을 모집하는 과정이어서 그 전력이 형편없어 보이지만 각국 사신들은 결코 안심하지 않았다. 의장인 리즈 리안은 자타가 공인하는 최강의 대마법사이며, 부인인 루시아는 그랜드 마스터에 오른 여검사였다.

여기에 그치지 않고 새로 세워진 신검가의 가주 아스렌은 전설의 신검인 디멘션 소드를 다루는 그랜드 마스터였으며, 혜성처럼 등장한 마탑주 사라는 8단계 대마법사로 알려져 있다.

무려 네 명에 달하는 초인. 그들이라면 능히 한 왕국을 잿더미로 만들고도 남음이었다.

행사가 모두 끝나고, 개국식의 선물 증정이 이루어졌다. 신기하게도 리즈는 자신에게 주는 선물이 아닌, 국가 간에 서로가 이익이 될 수 있는 것을 원하였다.

플로비스 왕국은 관세를 내리면서 아름다운 목걸이를 증표로 건넸다. 파르베크 도시국가는 군사적인 협약과 함께 상당량의 물자 보급을, 헤셴 왕국은 무역선 다섯 척을 선물로 건넸다.

그들을 시작으로 차례대로 동북부 왕국 귀족들과 암흑왕국에서 만족할 만한 것을 제시하였으며, 마지막이 랭가스터 제국의 슐리앵 공작이었다.

그는 이제 거인이 되어버린 리즈를 바라보며 정중히 예를 취했다. 일개 마법사였던 그가 대륙의 정세를 주도할 수 있게 된 것이 놀랍기도 하고 한편으로는 제국의 운명을 좌지우지할 수 있다는 사실이 복잡하기도 했다.

"의장 취임을 축하드립니다."

"감사합니다."

"위대하신 황제 폐하께서는 의장께 제안하시길, 서로의 부족한 면을 보완하기 위해 무역을 활성화시킬 방안을 마련하셨습니다. 이는 양국이 모두 번영으로 나아가는 길을 제시할 것입니다. 그리고 이것은 황제 폐하께서 대륙제일미녀인 의장의 부인께 드리는 선물입니다."

슐리앵 공작의 눈짓에 앞으로 나선 수행원이 고급스러운 상자를 꺼내 들었다. 마법으로 단단히 밀봉된 것을 보아 보통 물건이 아님을 짐작케 했다.

리즈는 자신에게 선물을 건넬 필요가 없음에도 끝끝내 건네려는 각국의 사신들을 보며 쓴웃음을 지었다. 생각해 보면 자신이 괜찮다 하더라도 저들이 괜찮을 리 없다는 걸 깨달은 것이다.

"감사히 받겠습니다."

"건네도록 해라."

슐리앵 공작의 명이 떨어지자 수행원이 상자를 들고 리즈에게 다가갔다.

약 삼 미터 떨어진 곳에 도착했을 무렵, 돌연 수행원의 발걸음이 멈추었다.

그것을 본 리즈는 본능적으로 무언가 이상이 있는 것을 알아차렸다.

아니나 다를까, 수행원이 붉게 빛나는 두 눈으로 그를 노려보며 외쳤다.

"제국의 위협을 방해하는 리즈 리안, 죽어라!"

"……!"

깜짝 놀란 리즈가 미처 반응하기 전에 수행원이 상자를 던졌다. 그러자 평범한 상자가 터지더니, 그 안에 무수히 많은 암기가 쏟아져 리즈의 전신을 덮쳐 나갔다.

놀랍게도 그것은 하나하나가 강렬한 폭발력마저 지니고 있었다.

콰과과광!

리즈에게 적중된 암기가 폭발하면서 강렬한 폭음이 사방에 울려 퍼지기 시작했다. 암기는 어떻게 제작한 것인지 폭발하는 순간에 조각이 사방으로 튀어나가면서 대상인 리즈의 전신을 헤집으려 했다.

"아아!"

자리에 모인 귀족들의 입에 경악성이 흘러나왔다. 지금 상황이 어떻게 돌아가고 있는 것인지 알 수가 없었던 것이다. 슐리앵 공작은 분명 공화국과 친교를 다지려고 하는데 일개 수행원은 리즈를 죽이기 위해 암기를 준비했다니.

더군다나 그것은 개인이 마련하기에는 위력이 강렬하여 설사 대마법사인 리즈조차 막아내기 힘든 것처럼 여겨지게 했다.

한편으로는 리즈가 죽음으로써 막 개국된 크로뮐 공화국의 운명을 생각하게 만들었다. 그가 사라져도 세 명의 초인이 남겠지만 구심점이 사라진다면 사방팔방 갈가리 찢겨 나갈 수 있는 노릇이었다.

리즈의 죽음에 아쉬워하는 한편, 앞으로 펼쳐질 혼돈의 미래에 적잖이 기대감 어린 표정을 지었다.

그중에서 가장 눈을 빛내고 있는 것은 다름 아닌 카리온 공작이었다.

'예상대로군.'

지난 시간 동안 철저히 준비해 온 계획이 성공하자, 입가에 번지려는 미소를 철저하게 관리해야 감출 수 있었다. 리즈의 죽음으로 펼쳐질 혼돈은 플로비스 왕국에게, 아니 정확하게는 자신의 가문에게 행복한 미래를 전해주리라.

하지만 그것은 모두 헛된 망상에 지나지 않았다.

강렬한 폭발을 동원한 암기가 리즈에게 쏟아진 것은 사실이었지만 그가 미처 반응하기도 전에 반투명한 방어막이 전신을 휘감았던 것이다.

폭발 여파가 가시고, 상처 하나 입지 않은 리즈의 모습에 드러나자 암기를 투척했던 수행원의 얼굴에 경악이 번져 나갔다.

―괜찮아요?

리즈의 머릿속에 울려 퍼지는 음성.

그것은 그에게 너무나 익숙했으며, 한편으로는 미안한 감정을 들게 만드는 여인의 목소리였다.

'괜찮아. 덕분에 살았어. 고마워.'

―고맙긴요. 제 존재가 이럴 때를 위한 건데. 당신에게 도움이 될 수 있어서 다행이에요.

절체절명의 순간 리즈를 구한 것은 다른 아닌 태블릿 PC 내에 있는 에고 덕분이었다. 그것은 기존의 사라처럼 능동적이며,

영리했고, 무엇보다 리즈의 마음을 잘 헤아릴 줄 알았다.

'고마운 건 고마운 거야. 정말 고마워, 데레사.'

새로운 에고의 정체는 다름 아닌 데레사 황녀였던 것이다. 리즈는 황궁 습격 당시 죽음을 택한 데레사 황녀를 보고 미안한 감정을 느꼈다. 그래서 황궁을 벗어날 때 에고 생성 마법을 통해 그녀의 자아를 복원시키는 데 성공했다. 그러면서 몇 가지 사념이 뒤섞였지만 주 자아가 그녀의 것이었기에 다른 문제는 발생하지 않았다.

리즈는 데레사 황녀에게 사라에게 했던 것처럼 새로운 육체를 만들어주겠다고 했다. 하지만 그것을 그녀는 단호하게 거절했다. 그러면서 이 상태 이대로 그와 함께 있고 싶다는 의견을 밝혔다.

나중에 알았지만 사념 중 근위기사의 것과 뒤섞이면서 절대적인 충성심이 함께 곁들어진 듯했다.

데레사 황녀는 마법사가 아니었지만 제국의 뛰어난 책사이기에 마법의 운용을 파악하는 것은 금방이었다. 에고가 된 그녀는 온순하고 상냥했으며, 리즈를 위해 헌신하려는 마음이 느껴졌다.

만약 그녀의 도움이 아니었다면 설사 대마법사인 그라도 암기의 여파를 피하지 못하고 중상 혹은 죽음을 맞이했을 것이다.

—저자를 잡아야 해요.

그녀의 말에 리즈의 시선이 선물을 건넸던 인물에게 향했다. 그 눈빛은 차갑게 식어 있었다.

"마, 말도 안 돼!"

자신이 던진 암기는 능히 8단계 대마법사도 죽일 수 있는 것이다. 그런 암기를 아무런 타격도 입지 않은 채 막아내다니. 놀라운 일이 아닐 수 없었다.

'이렇게 되면……'

도망치지 않고 우두커니 자리에 서 있었던 것은 사로잡혀서 모든 일을 제국의 소행으로 몰아넣기 위함이었다.

하지만 계획은 실패로 돌아갔다.

이렇게 되면 일이 어떻게 흘러갈지 모르는 노릇이었다. 그는 인상을 일그러뜨리고는 자결을 위해 혀를 강하게 깨물려고 했다.

그러나 신체의 자유를 빼앗긴 그는 자신의 의지로 어떠한 행동도 할 수 없었다.

'어, 언제?'

비명을 지르고 싶었지만 신체 어느 것 하나 자신의 의지대로 움직이지 않았다. 유일하게 허락된 눈알만 데굴데굴 굴러갔지만 그것으로 할 수 있는 일은 없었다.

그사이, 혼란을 수습하는 리즈를 향해 한 여인이 모습을 드러냈다.

"리즈, 괜찮아?"

"아, 사라님, 괜찮습니다, 걱정하지 않으셔도 돼요."

"갑자기 일이 벌어져서 깜짝 놀랐잖아. 우선 널 죽이려던 녀석을 제압했어. 보아하니 죽어서 증거를 인멸하려고 한 것처럼 보였거든. 이제 잡아서 취조를 해봐."

"그건 사라 님이 해주시면 어떻겠습니까?"

"그럴까? 그러지, 뭐."

그녀가 가볍게 손을 젓자 온몸의 자유를 빼앗긴 수행원의 몸이 떠오르더니 그대로 날아갔다.

천천히, 느릿느릿한 속도로 날아가니 그의 얼굴에 당혹감과 공포로 얼룩졌다.

마침내 앞에 도착하자 그녀는 싱긋 미소를 지어보였다. 남자의 넋을 빼앗는 아름다움 그 자체였지만 그 속에 담긴 의미는 섬뜩했다.

"이제부터 넌 모든 것을 밝히게 될 거야. 그렇지 않으면? 그렇지 않아도 되겠지만 더 괴로워지겠지? 잠깐 고통스러울 거야. 아주 잠깐."

그렇게 말을 한 사라가 손을 들어 머리 위에 얹고 어둠의 마나를 주입하기 시작했다.

우웅! 웅!

검은 기류가 그녀의 손을 휘감다가 이내 남자의 머릿속에 스며들었고, 고통에 몸부림치던 그의 두 눈이 멍하게 풀리더니 이내 미동도 하지 않게 되었다.

"넌 누구지?"

"제국의 수행원, 행크입니다."

"좋아, 행크. 오늘 넌 다른 사람들이 놀랄 만한 행동을 했어. 난 제국의 황제나 슐리앵 공작이 그렇게 행동할 거라 생각하지 않거든? 넌 어떻게 생각해?"

"당연합니다. 제게 이번 임무를 지시한 것은 제국의 사람이 아니기 때문입니다."

조용히 귀를 기울이던 이들의 얼굴에 놀라움이 번졌다. 제국의 인물이기에 당연히 제국의 누군가가 사주한 것이라 생각했는데 그것이 아니었던 것이다.

사라 또한 흥미로운 표정으로 물었다.

"그래? 그럼 누구야?"

"바로 플로비스 왕국의 인물입니다."

"플로비스 왕국?"

"예, 플로비스 왕국의 인물이 찾아왔습니다."

"……."

행크의 확신 어린 말에 장내는 침묵이 감돌았다.

사람들의 시선이 자연스레 카리온 공작에게 향했다. 그는 예상을 벗어난 상황에 당혹스러움을 느꼈지만 정계의 노련한 여우답게 감정을 겉으로 드러내지 않았다.

"자세한 설명이 필요한데요."

"우리가 그런 일을 지시했다고 생각하면 오산이오. 무고한 자를 모함하는 것은 위험한 일이니."

"호오, 지금 내 정신계 마법을 무시하는 거로군요."

"무시하는 게 아니라 누군가 본국을 모함하기 위해 수작을 부리는 것이라 생각하오."

"호오, 그래요?"

"그렇습… 이게 무슨 짓이오?"

카리온 공작은 전신의 자유를 속박하는 기운에 표정을 굳히며 목소리를 높였다.

하지만 그를 대하는 사라는 여유만만이었다.

"무슨 짓이긴요. 서로 확실할 수 있는 방법을 선택하자는 거지요."

"이 무슨 무례란 말이오!"

이를 부득 간 카리온 공작이 날카로운 눈으로 노려보았지만 사라는 전혀 개의치 않는 표정이다. 겉모습은 아름답지만 그녀가 흑마법사라는 것을 전혀 모르기에 범한 실수이기도 했다.

"모든 것이 밝혀지고 내 실수라면 사과하도록 하지요. 그럼……."

양해를 구한 사라가 보인 행동은 행크에게 했던 것과 동일했다. 허공에 두둥실 뜬 카리온 공작의 몸이 그녀의 앞으로 다가왔고, 입가에 상냥하기 그지없는 미소를 지으면서 머리를 향해 손을 뻗었다.

"안……."

엄습하는 위기감에 카리온 공작이 소리를 지르려고 했지만 이미 사라의 정신계 마법이 시전되고 난 뒤였다. 날카롭게 빛나던 두 눈의 초점이 멍하게 풀리더니, 이내 넋을 잃은 사람의 것으로 바뀌었다.

"시작해 볼까."

각국의 사신들이 모인 곳임에도 전혀 개의치 않고 행동으로 옮기는 사라의 행동력에 귀족들은 소름에 몸을 떨어야만 했다.

그 모든 것이 의도한 바이기도 한 것. 사라는 카리온 공작에게 행크가 했던 말의 내용을 떠올리며 질문을 시작했다.

"저 녀석은 배후를 플로비스 왕국으로 지목했는데 어떻게 생각해?”

“그럴 수밖에. 제국으로 위장하기 위해 거금을 들여 포섭한 인물이니까.”

장내의 모든 인물들은 경악을 금치 못했다. 특히 슐리앵 공작의 표정은 딱딱하게 굳어 있었다. 일개 왕국이 감히 제국에게 죄를 뒤집어씌우려고 하다니.

불같은 분노가 치밀어 올랐지만 겉으로 드러내지 않고 안으로 삭혔다. 심문은 이제 시작되었을 뿐이니까.

“호오, 그래? 그런데 섭외하기 쉽지 않았을 텐데. 무슨 이유로 리즈를 죽이려 한 거지?”

“저 녀석이 점령한 영토는 본래 플로비스 왕국의 군대가 점령한 곳이다. 그러니 플로비스 왕국의 것이 되는 게 당연하다.”

“그래? 하지만 리즈는 베드로 국왕과 계약을 했잖아. 그 대가로 얻은 건데 나눠줘야 해?”

“거래가 있었다는 건 맞지만 도의상 일정 부분을 떼어줘야 한다. 물론, 이 같은 논의는 이루어지지 않았지. 왜냐하면 영토 일부분을 구질구질하게 원하면서 우리가 용의선상에 올라갈 짓을 할 필요가 없었으니. 어차피 리즈가 죽으면 모든 것이 우리의 영토가 되니.”

카리온 공작의 솔직한 속내는 하나같이 놀라운 것이었다. 지켜보던 이들도 물론이었지만 내심 아버지를 정신계 마법에 현혹시킨 것이 마음에 들지 않았던 루시아의 표정이 차갑게 굳었다.

그녀의 기색을 힐끗 살핀 사라가 카리온 공작에게 물었다.

“왜 너희의 영토가 된다는 거지? 리즈가 죽어도 이곳은 여러 가문이 지배하는 곳인데? 아! 설마 루시아를 내세워서?”

“맞다, 루시아는 본가의 인물. 나아가 본가가 플로비스 왕국에 속했으니 자연스럽게 왕국 내의 영토로 편입할 수 있을 거라 생각했다. 남편을 잃은 루시아는 가문을 다스릴 만한 정신이 없을 테니 그 틈을 노리려는 것이지. 아주 아까운 기회를 놓치게 되었어.”

“흐음, 그렇다는 거지? 그럼 그 후에 루시아는 어떻게 하려고?”

“그 계집은 더 이상 내 말을 듣지 않는다. 딸이라고 하지만 어차피 본가에 도움이 되지 않는 것에 불과하지. 정신을 차리면 조용히 살도록 작은 영지 하나 주어 살게 할 생각이다. 그래도 딸이니 그 정도 배려는 해야 하지 않겠나.”

“…….”

적나라한 속내를 듣고 있는 루시아의 두 주먹이 부들부들 떨렸다.

그것을 진정시킨 것이 리즈의 손길이었다. 따뜻한 느낌이 전해지자, 리즈가 자신을 향해 고개를 젓고 있는 모습이 보였다. 그에 루시아도 마음을 다스리면서 카리온 공작에게 시선을 고정시켰다.

사라는 이야기의 방향이 재미있게 돌아가고 있음을 느꼈다. 눈을 빛낸 그녀가 좀 더 은근한 어조로 카리온 공작의 속내를 캐내려고 했다.

“그런데 결국은 국왕만 좋은 일을 시켜주는 거잖아? 정말 다른 생각은 없었던 거야?"

"물론 다른 생각도 하고 있었다. 루시아의 혈연으로 영토를 차지하는 것이니 온전히 국왕의 품에 안길 수 없지. 그러니 이곳의 소유권을 놓고 협상하여 공국으로 독립하려는 계획을 세웠다. 크로뮐 공화국이 카리온 공국으로 바뀌는 것이지, 크크 크!"

더 이상의 대화는 필요하지 않았다. 사라의 정신계 마법은 카리온 공작의 속내를 완전히 들춰 놓았고, 그것을 들은 이들은 차가운 눈으로 그를 노려보았다.

정신계 마법을 해제하니, 카리온 공작이 입을 다물고 주변을 둘러보았다. 자신에게 향하는 눈빛의 정체를 파악한 그는 인상을 와락 일그러뜨리며 사라를 바라보았다.

"음모는 누가 꾸며놓고 원망은 내게 보내다니, 좀 억울하네?"

"감히……."

"감히는 무슨. 지금 자리보전도 하기 힘든 상황에 처해 있는데 내게 이를 드러낼 여유가 있나 봐?"

사라의 날 선 음성에 카리온 공작은 주변을 둘러보다가 루시아와 시선이 마주쳤다. 섬뜩한 기운이 묻어나오는 안광과 마주하자 자연히 그의 입이 다물어졌다.

"……."

"가세요, 더 이상 제 앞에 있는 걸 용납할 수 없군요."

"루시아."

"제가 아버지를 벤 불효막심한 딸로 남길 바라는 건가요?"

"알았다, 물러가겠다."

속에 숨겨놓았던 속내를 드러낸 이상 자신이 있을 자리는 어디에도 없었다. 하늘이 무너지는 느낌을 받은 카리온 공작은 고개를 절레절레 저으면서 자리를 피하고 말았다.

크로뮐 공화국의 건국과 그날 벌어졌던 사건은 그렇게 일단락이 되었다.

에필로그

　카리온 공작의 입에서 나온 크로뮐 공화국 흡수 계획은 대륙 전역에 퍼져 나가기 시작했다. 그리고 그것은 각국의 공분을 사기에 충분했다.

　가장 먼저 그들을 지탄한 것은 제국도 아니고 상관없는 국가들도 아니었다. 얼마 전까지만 해도 함께 힘을 합쳐 제국의 침공에 대항하던 파르베크 도시국가와 헤센 왕국이 플로비스 왕국을 지탄하고 나섰다.

　―플로비스 왕국은 리즈 의장에게 백배 사죄하라!

　두 국가가 내세운 내용이었다.

　그동안 남부에서 은연중 맹주 자리를 맡고 있던 플로비스 왕

국의 기를 꺾어놓고, 리즈와의 관계를 유지하려고 하는 계획이
었다.

이러한 압박에 랭가스터 제국도 동조했고, 당사자인 크로뮐
공화국은 플로비스 왕국을 공격하는 것을 논의 중이라고 하자
더 이상 두고 볼 수 없게 되었다.

"용서해 주시오."

"……"

리즈는 눈앞에서 고개를 숙이며 용서를 구하는 베드로 국왕
을 보며 침묵을 지켰다. 그는 각국의 압박에 더 이상 견디지 못
하고 리즈에게 사과하는 것을 선택했다.

그렇지 않으면 당장에라도 크로뮐 공화국의 전력이 플로비스
왕국을 휩쓸 기세였던 것이다.

글론드가 사라와 절친한 사이라고 하지만 노환을 이유로 전
면에 모습을 드러내지 않는 그에게 다른 기대를 할 수 없는 상
황이었다. 개국식에 있었던 일로 은퇴한 카리온 공작에게 다른
것을 기대하는 것은 더더욱 무리였다.

결국 베드로 국왕의 선택은 직접 찾아가 리즈의 자비를 기다
리는 것뿐이었다.

리즈의 침묵은 한동안 이어졌다. 물끄러미 그를 바라보다가
입을 열었다.

"제가 어떻게 하길 바랍니까?"

"용서를 구할 뿐입니다."

"과거에도 여러 차례 제 목숨을 노린 걸 기억하고 있습니다.
결국 플로비스 왕국을 떠난 것도 그와 관련이 있는 일 때문이었

지요. 겉으로는 위선을 가장하고 뒤로 다른 꿍꿍이를 보이는데 제가 어찌 믿을 수 있단 말입니까?"

"……."

날카로운 리즈의 말이 베드로 국왕의 폐부를 후벼 팠다. 그렇다고 하여 그가 할 수 있는 말은 아무것도 없었다.

"…그저 자비를 구할 뿐입니다."

한참의 고민 끝에 내놓은 말이었다. 리즈도 베드로 국왕이 할 수 있는 말이 없음을 알고는 더 이상 그를 몰아붙이지 않았다.

그저 지켜보면서 생각에 잠겨 있을 뿐.

그러면서 머릿속에서는 데레사 황녀의 말이 울려 퍼지고 있었다.

—배신도 나름인데, 베드로 국왕의 배신은 질이 좋지 않아요. 아마 이 자리에서 용서를 하더라도 언젠가 다시 이를 드러낼 거예요, 그렇다면 이번 기회를 살려 두 번 다시 준동하지 못하도록 옴짝달싹 못하게 옭아매는 것이 중요하다고 생각해요. 그러기 위해서는 가장 먼저…….

데레사 황녀의 말을 집중력있게 들은 리즈는 베드로 국왕에게 원하는 바에 대해 하나둘씩 꺼내놓기 시작했다.

구체적인 그의 요구 조건에 베드로 국왕의 안색이 시꺼멓게 죽어갔다. 만약 수용하게 되면 플로비스 왕국은 사실상 크로뷜 공화국의 결정에 운명이 정해지는 것과 같았다.

'나도 늙었군.'

올바르지 못한 판단으로 왕국에 큰 악영향을 끼치고 말았다. 이 조건을 수락하고 돌아간다 한들 더 이상 예전처럼 장악력을 보일 수 없을 터. 베드로 국왕은 자신의 시대가 막을 내렸음을 깨달았다.

그것이 플로비스 왕국의 운명을 결정했다.

플로비스 왕국의 막대한 이권을 손에 넣은 크로밀 공화국은 나날이 번영을 이뤄 나갔다. 매직 스톤을 토대로 탄탄한 자금력을 손에 넣었으며, 라파드와 그를 중심으로 한 신진 학자들의 연구로 관료체제가 세워짐에 따라 탄탄한 중앙 집중 체제가 완성되었다.

여기에 그치지 않고 아스렌을 중심으로 한 신검가에서 대대적으로 육성한 기사들이 하나둘씩 엑스퍼트에 오르니, 그 누구도 크로밀 공화국에 시비를 걸지 못했다.

건국 삼 년 후에는 의장의 부인 루시아가 임신을 하니, 축제 분위기에 휩싸였다. 그리고 그녀를 똑 닮은 딸을 낳자 국가가 축제를 벌이면서 벌써부터 혼담이 줄을 이어 들어오기 시작했다.

그렇게 모든 것이 승승장구할 것처럼 보였다.

하지만 그 평화의 기간은 십 년에 불과했다.

불가침조약이 끝나기 무섭게 랭가스터 제국에서 대대적으로 군대를 이끌고 진군을 시작했던 것이다.

총사령관은 아라발라가 공작이 맡았다. 지난 십 년 동안 제국은 잃었던 전력을 복구하는 데 집중했고, 그 결과 새로운 그랜드 마스터와 8단계 마법사 한 명을 배출하는 데 성공했다.

더 이상 크로밀 공화국에 밀릴 것이 없다고 여기자, 침공을 재개한 것이다.

아라발라가 공작은 새로운 8단계 대마법사 하비드와 함께 삼십만 대군을 일으켜 크로밀로 향했다. 리즈도 여기에 밀리지 않고자 십만 군을 도시 앞에 주둔시킴으로써 정면 대결의 의지를 드러냈다.

먼저 대결이 펼쳐진 것은 리즈와 새로운 대마법사 하비드간의 대결이었다.

야심만만한 젊은 대마법사인 그는 리즈를 꺾고 추후 대륙제일의 마법사가 되고자 하는 야망에 부풀어 있었다. 자신이 개량을 거듭한 고속 캐스팅이라면 능히 그를 꺾고 전쟁에 큰 공을 세울 수 있으리라 생각했다.

하지만 그것은 그의 착각.

전투가 벌어지는 순간, 그가 자랑하던 고속 캐스팅은 리즈의 캐스팅 애플리케이션에 철저히 깨져 버리고 말았다.

당장에라도 목숨을 잃을 듯 위태로운 그를 구원하고자 나선 것은 한 차례 망신을 당했던 마법병단이었다.

그동안 절치부심 힘을 기른 그들은 하비드를 도와 리즈를 상대해 나갔다.

8단계 대마법사와 이백여 명에 달하는 마법사 군단과의 대결이었지만 리즈는 밀리지 않고 치열한 마법 공방을 벌였다.

화려한 마법이 곳곳에 펼쳐지면서 사방에 폭발이 일어났고, 리즈의 캐스팅 애플리케이션이 발휘될 때마다 하비드와 마법병단 마법사들은 가슴이 서늘해지는 것을 느꼈다.

긴 대결의 끝은 리즈가 시전한 헬 파이어가 마법병단 부대 하나를 날려 버렸을 때였다.

삼십여 명에 달하는 마법사가 비명조차 지르지 못하고 불타 버려 목숨을 잃으니, 전황은 급속도로 기울게 되었다.

그들을 구원하고자 나선 것이 아라발라가 공작이었다.

"물러나도록."

"…고맙습니다."

냉정한 그의 말에 자존심이 상했지만 하비드는 감사의 인사를 표하며 마법병단과 함께 뒤로 물러났다. 실력의 차이를 단단히 경험한 그는 두 번 다시 리즈와 겨루고 싶지 않았다.

―좋지 않아요.

'알아. 지금 상태로는 불리한데.'

리즈는 가로막은 아라발라가 공작을 보며 미간을 좁혔다. 정상적인 상태라면 능히 상대할 수 있겠지만 마나 소모가 극심한 상황에서 대등한 대결을 벌일 자신이 없었다.

그때, 그를 구원하고자 나선 사람이 있었다. 슬쩍 고개를 돌리니 루시아가 명검 한라를 들고 리즈와 아라발라가 공작이 대치한 곳으로 다가오고 있었다.

그녀는 과거 아라발라가 공작에게 패하여 빚을 지고 있었다.

"제가 상대하겠어요."

"알았어. 몸조심해."

"절 믿으세요."

"그래."

그랜드 마스터의 그녀를 걱정하는 것은 사치일 뿐이란 걸 리즈는 알았다. 블러디 로즈의 검술을 완벽하게 익히고, 명검 한라의 힘을 온전히 끌어낼 수 있는 그녀라면 아라발라가 공작을 상대하는 것도 능히 가능한 일이었다.

리즈가 뒤로 물러나자 루시아와 아라발라가 공작의 대치구도가 형성되었다.

"자신감이 넘치는군."

"……."

루시아는 대답 대신 검을 들면서 강렬한 투기를 발산했다. 그리고 이어지는 선제공격. 십 년 전 황궁에서 펼쳤던 공방을 떠올리며 아라발라가 공작은 레드 티어즈의 힘을 끌어 올려 단숨에 부숴 버리겠다는 마음을 먹었다. 그녀의 기세는 십 년 동안 전혀 늘어나지 않았다.

'애를 낳았으니 제대로 실력이 늘 수 있나? 흐흐, 그래도 몸매 하나는 좋군. 마나 홀을 부숴 버린 다음 폐하께 진상하는 것도 좋을지도.'

그런데 기이한 현상이 발생했다. 루시아의 검 끝이 점차 확대되기 시작하더니, 이내 망막을 가득 채우기 시작했던 것이다.

빛보다 빠른 일격. 아라발라가 공작은 자신의 반사 신경을 훨씬 뛰어넘는 루시아의 검을 보고 두 눈을 크게 뜨며 욕설을 내뱉었다.

"비겁하게 기습을……."

서걱!

그의 말은 끝을 맺지 못했다. 빛살처럼 뿜어진 일격이 단숨에 목을 가르고 지나간 것이다. 두 눈을 크게 뜬 아라발라가 공작의 얼굴이 땅바닥을 데굴데굴 굴렀다. 잘려진 단면에 피가 분수처럼 뿜어져 나오며 무너지는 몸을 본 루시아가 검을 번쩍 들었다.

와아아아아!

전쟁의 향방을 가르는 일격이었다.

아라발라가 공작의 죽음은 제국군의 사기 저하로 이어졌다. 리즈는 여세를 몰아 대대적으로 공세를 퍼붓기 시작했다. 사라와 아스렌의 합류, 라파드의 물밀 듯 이어지는 지원은 십만의 크로뮐 공화국군이 삼십만의 제국군을 밀어붙이는 광경을 연출했다.

전투와 전투, 추격과 추격의 연속.

파도처럼 끊임없이 몰아치는 공세에 제국군은 후퇴를 거듭하다가 급기야 황도까지 밀리고 말았다.

빌리오덴 3세는 총동원령을 내려 크로뮐 왕국군에게 맞서려고 했지만 아라발라가 공작을 꺾은 루시아와 신검 계승자 아스렌을 꺾을 이들은 누구도 없었다.

새로운 그랜드 마스터 구드센 후작이 아스렌과 대결 시작 후, 십여 합을 견디지 못하고 심각한 내상을 입은 뒤 패배를 시인했어야 했고, 리즈는 클로뷔과 카시오의 협공에도 우위를 점하며 판정승을 거두었다.

전쟁은 소모전 양상으로 흘러갔지만 시간이 지날수록 불리한 상황에 처하는 것은 랭가스터 제국이었다.

결국 빌리오덴 3세가 휴전 요청을 하며 굴욕적이라 할 수 있는 조건을 모두 수락하고서야 평화가 찾아올 수 있었다.

하루하루가 행복했다. 리즈는 과거의 자신과 현재의 자신을 비교하면서 어느 때가 행복한 건지 묻는다면 단언컨대 지금이 더 행복하다고 할 수 있었다.

"너도 행복하지?"

"꼬옥꼬옥! 행복하다! 꼬옥! 먹을 것이 많아 행복하다, 꼬옥!"

광녀는 날갯짓을 하면서 연신 울음을 터뜨렸다. 그 모습을 보며 리즈는 입가에 미소를 지은 채 곁에 앉아 있는 루시아를 바라보았다.

"힘들지?"

"절 알면서 그래요?"

"하긴, 아이를 낳으면서 힘들지 않은 건 루시밖에 없었지. 이번에는 딸일까, 아들일까."

"아들이었으면 좋겠어요."

"하하, 그게 쉽지 않네."

"당신이 딸을 원하니 계속 딸을 낳는 거잖아요. 이번에도 딸이면 벌써 딸이 일곱이에요."

"좋잖아, 칠공주라 칭해도 되고. 난 나를 닮은 아들보다 루시를 닮은 딸이 더 좋다고."

"칫! 말이나 밉게 했으면."

입술을 삐죽이는 모습은 사십이 넘은 여인처럼 보이지 않았다. 그녀는 여전히 대륙제일미녀로 불리고 있으며, 그랜드 마스터에 오른 육체는 세월의 흐름을 빗겨나간 것처럼 여전한 미모를 자랑했다.

그녀와 리즈의 금슬은 대륙에서 모르는 사람이 없을 정도로 유명했다.

사십이 넘었음에도 루시아는 임신을 했던 것. 첫째 레온을 시작으로 둘째 캐시, 제국과의 전쟁 이후 해마다 아이를 낳았는데, 모두 딸이었다.

현재 둘 사이에 이번에 태어날 아기까지 총 팔남매였다. 그랜드 마스터인 루시아는 임신 중에도 입덧이 심하지 않고 아이를 낳을 때 별다른 힘이 들지도 않았다. 또한 산후 조리도 필요하지 않아 리즈와 루시아는 금슬을 증명하듯 해마다 아이를 낳곤 했다.

그런데 사소하다면 사소한 문제가 발생했으니, 바로 루시아가 익힌 블러디 로즈의 마나연공법과 리즈의 성취에 공능이 존재했던 것이다.

리즈는 마법을 연구하던 도중 루시아가 익힌 블러디 로즈의 마나연공법에 흥미를 갖게 되었는데, 이것은 과거 추악했던 여인의 저주가 깃들어 있어 익힌 당사자의 성격을 바꿔 버리는 능력을 지녔다.

천사와 악마의 축복과 저주를 지녔지만 두 힘이 상충되면서 한 가지 결함이 발생했는데, 그것을 채워줄 수 있는 것이 바로 임신과 출산이었다.

아이는 곧 사랑의 증거. 초대 블러디 로즈가 갖지 못했던 마지막 퍼즐을 채움으로써 루시아는 더 강해질 수 있는 계기를 마련한 것이다. 아라발라가 공작이 그녀에게 제대로 된 대응조차 못하고 죽은 것도 임신 후, 더 강해진 무위가 한몫을 하였다.

아이를 낳을 때마다 강해지는 것, 그것이 루시아가 지닌 사소한 문제라면 문제였다.

그런데 더 큰 문제는 리즈에게 있었다. 그는 꾸준한 수련을 반복하여 마침내 여덟 번째 서클을 완성하여 대륙의 유일한 9단계 마법사가 될 수 있었다.

그는 자신의 의지만으로 마법을 발현할 수 있게 되어 더 이상 캐스팅 애플리케이션이 필요하지 않게 되었는데, 문제는 루시아의 임신과 맞물리게 되었다.

의지로 결과를 만들어낼 수 있게 되다 보니 그의 바람이 딸로 이어지면서 루시아가 딸만 낳게 되었던 것이다.

이번에도 딸이면 벌써 딸만 일곱이다. 루시아는 그것이 싫지 않았지만 리즈의 지독한 딸 사랑에 질려 버리고 말았다.

"내 마음대로 되지 않는 문제라니까. 기왕이면 루시를 닮은 딸을 잔뜩 낳아서 딸로만 이루어진 기사단을 창설하는 게 어때?"

그러면서 손을 뻗어 허리를 감싸 안으니, 루시아가 눈을 흘기며 말했다.

"짐승."

"짐승이지. 짐승이 아니면 어떻게 딸만 일곱이겠어. 아차!"

이번에도 딸을 낳을 거란 리즈의 말에 루시아의 눈이 가늘어졌다.

"뭐예요?"

"하하! 그게 뭐 중요해? 당장 나아가는 게 중요한 거지."

그러면서 부드럽게 루시아의 입술을 훔치는 리즈였다. 시간

이 흘러 예전의 애틋함과 설렘이 사라졌지만 그것을 채우는 것
은 애정이었다. 그녀와 함께 있는 것만으로도 전생에 있던 상처
를 치료할 수 있었고, 앞으로 두려움 없이 나아갈 수 있다는 자
신감을 가질 수 있게 되었다.

'나는 지금 행복한가?'

리즈는 자신있게 말할 수 있었다.

지금 자신은 누구보다 행복하다고.

『컴플리트 메이지』 완결

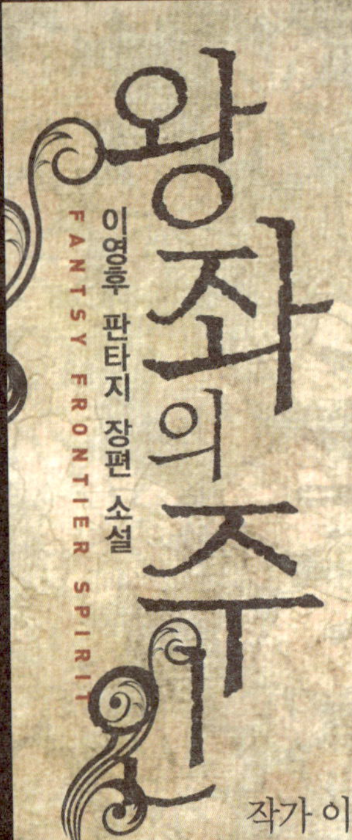

작가 이영후가 선보이는 야심작!
가슴을 떨어 울리는 판타지가 찾아온다!

『왕좌의 주인』

세계를 몰락 위기로 몰았던 이계의 절대자들
그들의 유적이 힘을 원한 자들을 불러들이고…
그 힘을 취한 어둠은 암암리에 세계를 감쌀 뿐이었다.

"세계를 구원할 것은 너뿐이구나."

어둠을 격정한 네 영웅은 하나의 희망을 키워낸다.
이계 최강의 절대자 티엔마르.
그리고 이 모두의 힘을 이어받은 새로운 존재…
은빛의 절대자 레오!

Book Publishing CHUNGEORAM

유행이 아닌 자유추구 —
WWW.chungeoram.com

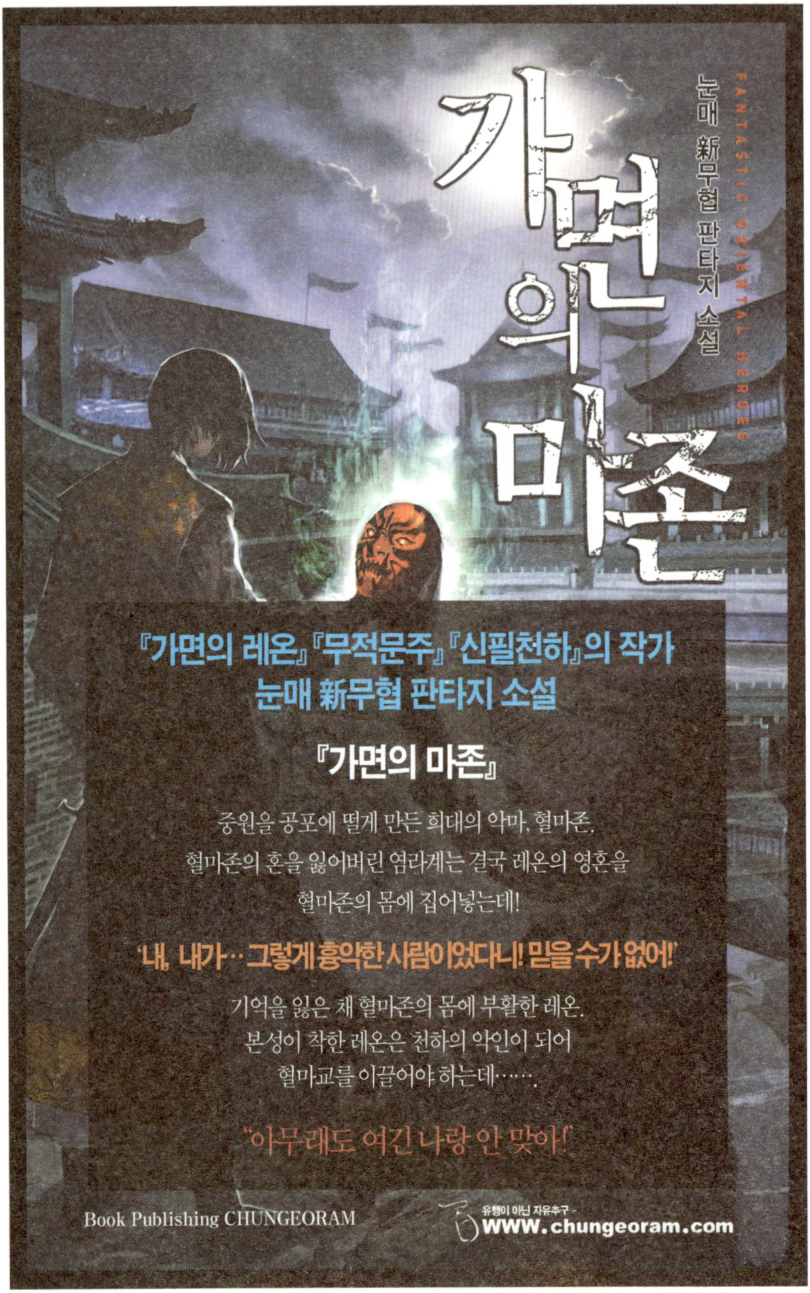

가면의 마존
눈매 新무협 판타지 소설
FANTASTIC ORIENTAL HEROES
『가면의 레온』『무적문주』『신필천하』의 작가
눈매 新무협 판타지 소설
『가면의 마존』
중원을 공포에 떨게 만든 희대의 악마, 혈마존.
혈마존의 혼을 잃어버린 염라계는 결국 레온의 영혼을
혈마존의 몸에 집어넣는데!
'내, 내가… 그렇게 흉악한 사람이었다니! 믿을 수가 없어!'
기억을 잃은 채 혈마존의 몸에 부활한 레온.
본성이 착한 레온은 천하의 악인이 되어
혈마교를 이끌어야 하는데……
"아무래도 여긴 나랑 안 맞아!"
Book Publishing CHUNGEORAM
유행이 아닌 자유추구 -
WWW.chungeoram.com